U0540086

通識教材：國文叢書 211

中國散文卷 2111
中國詩詞卷 2112
中國小說卷 2113
中國戲曲卷 2114
中國哲學卷 2115
中國文學批評卷 2116
應用中文卷 2117
中國古典文學卷 2118
中國現代文學卷 2119
臺灣文學卷 21110
大陸文學卷 21111
港澳文學卷 21112
中國文學綜合卷 21113

中國散文卷

蔡輝振 編撰

天空數位圖書出版

目 錄

004 編者序：

007 壹、勉勵篇：

　　一、國文對吾人一生的影響..................**008**

　　二、文學與人生......................**010**

021 貳、史跡篇：

　第一章、中國散文之概念與類別 **022**

　　　第一節、**散文**的概念..................**022**

　　　第二節、**散文**的類別..................**023**

　第二章、中國散文之起源與發展 **025**

　　　第一節、散文的起源..................**025**

　　　第二節、散文的發展..................**030**

095 參、賞析篇：

　第一章、先秦時期之散文選 **096**

　　　1.左丘明：《左傳‧鄭伯克段于鄢》........**096**

　　　2.佚名：《戰國策‧馮諼客孟嘗君》........**105**

　　　3.屈原：〈卜居〉......................**114**

　　　4.宋玉：〈對楚王問〉..................**119**

　　　5.李斯：〈諫逐客書〉..................**124**

目錄

第二章、漢魏六朝時期之散文選 132

  6.賈誼：〈過秦論〉..................................132
  7.鄒陽：〈獄中上梁王書〉........................142
  8.陶弘景：〈答謝中書書〉........................156
  9.庾信：〈哀江南賦序〉............................159

第三章、隋唐時期之散文選 167

  10.李白：〈春夜宴桃李園序〉..................167
  11.柳宗元：〈至小丘西小石潭記〉..........170

第四章、宋元時期之散文選 174

  12.歐陽修：〈祭石曼卿文〉......................174
  13.蘇東坡：〈超然臺記〉..........................179
  14.王若虛：〈焚驢志〉..............................186
  15.元好問：〈送秦中諸人引〉..................192
  16.鄧牧：〈越人遇狗〉..............................197
  17.鍾嗣成：〈錄鬼簿序〉..........................200

第五章、明清時期之散文選 206

  18.張岱：〈西湖七月半〉..........................206
  19.紀昀：〈許南金不畏鬼〉......................213
  20.龔自珍：〈病梅館記〉..........................217

第六章、民國時期之散文選 222

  21.魯迅：〈紀念劉和珍君〉......................222
  22.周作人：〈故鄉的野菜〉......................229
  23.朱自清：〈生命的價格～七毛錢〉......234
  24.梁遇春：〈淚與笑〉..............................239

245 肆、練習篇：

中國散文卷

編者序

　　大學通識國文課程,已從綜合教材教學改為依老師專長開課,依學生興趣選課的「大學國文興趣分組選課」方式。但市場並無專門為依興趣分組選課的國文教材流通,殊為可惜。

　　本叢書之問世,即基於上述之理念,特與國立雲林科技大學漢學研究所、數位典藏中心產學合作,由本人忝為主持人,並由李奕璇、李文心、李珊瑾、陳鈺如、陳慧娟、陳若葳、張怡婷、葉宛筠等研究生協助蒐集資料,歷經六年所編撰的成果。當然,人生的第一次難免有所不足,本團隊如有缺失,還望先進指正,研究生蒐集資料如有不慎侵權時請告知,本團隊將立即改正,特此聲明!

　　本叢書依老師的專長,學生的興趣來編撰教材。計有:中國散文卷、中國詩詞卷、中國小說卷、中國戲曲卷、中國哲學卷、中國文學批評卷、應用中文卷、中國古典文學卷、中國現代文學卷、臺灣文學卷、大陸文學卷、港澳文學卷,以及中國文學綜合卷等十三卷叢書,讓授課教師或學生,依其專長、興趣的需要,選擇最適合本身的教材,不假外求。其體例大致以勉勵篇、史蹟篇、賞析篇,以及練習篇來編撰。其中,勉勵篇旨在讓學生知道國文對其一生的重要性,勉勵其用心,進而引發興趣,學習成效自然可成;史蹟篇在於讓學生知道中國各類學術的起源,與其發展的歷史軌跡,並依各類學術發展的主題,以朝代來分期,自先秦以降,一路論述至今,讓學生一窺中國學術之浩瀚,而後自詡於生在大哉的文化中國;賞析篇在於呼應史蹟篇之分期,讓學生一睹每一時期的作品,使其對於中國先賢的智慧能真確體認與掌握,並確實反省自身的生命意義與人生價值,以涵養學生的品格與興趣,進而創造美麗幸福的人生;練習篇則在檢視學生習修本課程的成果。唯應用中文卷體例係依教

編者序

育部新規定所編著而成之新教材，側重於實務應用，盡可能網羅完整的相關資料，是目前應用中文教材中內容最新也最完整之一，可讓授課教師自由選擇。

為配合教育部之政策，讓學生快樂的學習，本公司不惜花費巨資，建置「**天空**數位學習平臺」。該平臺將本叢書全部數位化，並建置教師與學生雙向互動式數位教學模式，以及練習系統、考試系統、題庫資料庫等。對教師而言：將可免除備課與出題考試、閱卷批改的煩惱，課程內容又可標準化，以及廣深化，資料也可隨時統一更新，非常方便省時。對學生而言：趣味性的數位教學，將可引發學習的動機；教材內容的豐富性，將可增進知識的廣博，尤其是課後的輔導，教師與學生之間，隨時可在互動式數位教學平臺上雙向溝通，也可以不受時空限制反覆的學習，尤其是紙版與數位版的教材可相互為用，非常方便。自此而後，我們將可置身在一個人性化、智慧化、便捷化，以及講究視聽覺享受的操作環境，唾手可得所要的資訊。

特別交代，本書原編撰至今日臺灣、大陸、香港、澳門等海峽四地的作品。奈何！因該時期的作品皆有著作權問題，基於取得受權不易，或找不到作者，或授權費過高等因素，只能割愛捨去這單元，僅能在中國文學「發展」這個單元，說明海峽四地的概況，其資料來源多參考《維基百科》等。不能完整呈現中國文學的教材，實是筆者的遺憾，本想在一個文化中國的框架上，讓海峽四地的學生，皆能欣賞到現代作品，以擴展文學視野。只能期待有那麼的一天……。

國立雲林科技大學漢學所教授兼數位典藏中心主任
大學國文分組興趣選課教材叢書編著委員會總編著

蔡輝振　謹識於臺中望日臺
2025.06.19

壹 勉勵篇

一、國文對吾人一生的影響
二、文學與人生

本單元之用意，在於讓學生知道國文對其一生的重要性，勉勵用心學習，進而引發興趣，國文的教育目的則可成矣！故以下將分國文對吾人一生的影響，以及文學與人生來勉勵諸君。

一、國文對吾人一生的影響

國文對大學生而言，除中文系同學外，一般皆認為不是那麼的重要，在他們心目中，專業科目是**「生命之必須」**，將來就業的飯碗；而國文僅是一門**「營養學分」**，營養多一點、少一點，並不影響他們的生存，加上其本身較枯燥無味，學生自然意興闌珊，興趣缺缺，這是目前各大專院校同學大致上的普遍現象。

學生會主動努力去唸書的科目，主要是建立在兩個基礎上：其一是他認為對其一生有重大的影響，如專業科目，縱是枯燥無味，他們也會強迫自己去讀；其二是本身的興趣（如漫畫、小說類書籍）或他們所喜歡的老師，你就是想禁止他們去讀，恐怕也難。至於他們認為不重要或沒興趣的科目，難免心存應付的態度為之。

試問，什麼科目是我們日常生活中，甚至一生當中，最息息相關的呢？專業科目僅在職業上發生作用，平常用的機會並不多。唯有國文如影隨形的相伴，講話也好，寫文章也罷，舉手投足之間無不展現出一個人的氣質水準。我相信，每一位男士或女士，誰都希望能找個談吐文雅，氣質翩翩的伴侶，誰也都不願意跟低俗粗暴的人做朋友。正如俗語所說：**「龍交龍，鳳交鳳，隱痀的交侗憨。」**什麼樣的人會跟什麼樣的人在一起，物以類聚是很自然的事。所以，一個國文程度好的人，在他的人際關係中，自然會受到較多的青睞，結交異性朋友的機

壹、勉勵：一、國文對吾人一生的影響

會也會較多，如此便使他的人生旅途更為平順。

再者，一個大學畢業生走出校門，能否順利就業，其關鍵往往建立在國文的基礎上。因任何公司行號、金融機構、學校或政府機關的用人，很普遍是透過筆試與口試來篩選人才，尤其是高普考及各種特考等，而國文（論文及公文）即共同的必考科目，有的甚至規定國文不及格者不能晉級參加口試，或直接不予錄取，如司法特考。所以，任你專業知識再豐富，第一關的國文筆試沒能通過也是枉然；進入第二關的口試，也必須藉由國文做為橋樑，適當的遣辭用字，引經據典，方能淋漓盡致地將滿腹專業知識精準地展現出來，國文不好，自難以表達專業知識。

中國清代以前的科舉考試，僅考國文一科而已，因從考生的文章中，便可知學生是否學識淵博，見解是否深入，思想是否正確，智慧是否高超，性格是否正常……等，便可判斷可不可以錄取當官。一個人在就業的筆試或口試中，必須將你的思想、經驗、感情及專業表達出來，而不論是手寫或口說，一定要透過文字來傳遞。如果你的國文造詣深，文字運用能力強，便能占盡優勢，優先錄取，進而改變你的一生。

由此得知，一個人走出校門，踏入社會，能否順利就業，進而開創美麗幸福的人生，其關鍵是在國文的基礎上，雖非必然性，卻有較多數的機會，可見國文對吾人一生影響的重大與深遠。李白是舉世公認才華橫溢的人，然他卻一生潦倒，機會雖曾曇花一現，但終究不得志，只因沒有舞臺的緣故。一個人的才華，需靠舞臺才能展現，而舞臺的獲得，對現今而言，往往是建立在國文的基礎上，願藉此勉勵各位。

二、文學與人生[1]

主辦單位、以及在座的諸君們：大家好！

今天我能回到久違的故鄉～彰化，與各位鄉親碰面，本人感到非常的高興。彰化！這個令我又恨又愛的地方，多少童年往事，多少辛酸血淚，曾經因妳而發生。也有多少憧憬、多少夢想，曾經為妳而編織。如今呢？雖事隔多年，不管是好是壞，也僅留下一片片，片斷的殘夢，然而我卻始終不能忘懷。於是我將這些殘夢，寄託於筆端，寫下我的感觸，我的哀愁，我的處女作品《雛鴿逃命落溝渠》，便因而得以完成。這時，我突然發覺，長久以來一直積壓在我內心的憤懣、傷感，由此一掃而光，在那一剎之間，我的精神變得非常舒暢、快樂。於是我在書本的自序上寫下這麼一段話：

> 我感謝上帝，賜給我一個不同的環境，也給我一個奮鬥的機會，我將要堅決與命運搏鬥一場。人生猶如一道激流，沒有暗礁是掀不起美麗的浪花，我始終相信有朝一日，我會踏著滿地的落葉歸回。

---

1. 蔡輝振：〈文學之樂樂無窮〉，《彰化縣文化講座專輯》第十三輯(彰化：彰化縣立文化中心)，1998，頁274～285；今更名為〈文學與人生〉。

二、文學與人生

　　現在，我對於我生長的故鄉，只有感恩沒有怨恨，我甚至慶幸自己能有這樣的一段童年。各位想知道，是什麼原因讓我從怨恨而轉向感恩、熱愛我的故鄉嗎？這便是今天我以**「文學與人生」**為演講題目的由來。所以今天我不打算用那較為深澀的學術性來演講這個題目，我只想以我個人的親身體驗，來說明從事文學欣賞或創作，可帶給我們快樂無窮的人生，如果我講得好，那是應該；如果我講得不好，那只好請各位見諒囉！以上是我的開場白。

　　接著，在我們要進入主題之前，我們有必要先了解一下什麼是**「文學」**；什麼是**「人生」**。基本上，文學這個名詞，曾有很多專家學者為它下過定義，然不管是劉勰在《文心雕龍》上所說的**「聖賢書辭，總稱文章。」**或是章太炎在《國故論衡》上所說的**「文學者，以其有文字著於竹帛，故謂之文；論其法式謂之文學。」**抑是美國文學家亨德（T.W.Hunt）所說的：**「通過想像、感情以及趣味、具有思想性的文字表現即是文學。」**等等，到現在也似乎都沒有定論。但不管怎麼說，人類將其對人生的感觸，運用各種形式如：小說、散文、詩歌等方式表達出來的作品，總在文學的範疇之內這應無疑義。了解這個概念後，對於今天我所要講的題目也就夠了，其他讓專家學者去解決，我們無需傷這個腦筋；而什麼是**「人生」**呢？記得有一個故事說：

> 有幾個學生問他們的老師蘇格拉底（Socrates,470～399B.C.）說：「什麼是人生？」蘇格拉底帶他們去蘋果園，要大家從果園的這端走到另一端，每人挑選一個自己認為最大的蘋果，並規定不許走回頭路，不許選

擇兩次。學生便穿過果園認真挑選自己認為最大的蘋果。等大家到了果園的另一端，蘇格拉底已在那裡等候他們。他笑著問學生說：「你們挑到自己最滿意的蘋果嗎？」大家你看我我看你，都沒有回答。蘇格拉底見狀又問：「怎麼啦！你們對自己的選擇不滿意嗎？」有一個學生請求說：「老師！讓我們再挑選一次吧！因我剛走進果園時，就發現一個很大的蘋果，但我還想找一個更大更好的，當我走到果園盡頭時，才發現第一次看到的就是最大最好的蘋果。」另一個接著說：「我和他恰好相反，我走進果園不久，就摘下一個我認為最大的蘋果，可是後來我又發現了更大的，所以我有點後悔。」「老師，讓我們再選擇一次吧！」其他學生也不約而同地請求。蘇格拉底笑了笑，語重心長的說：「同學們！這就是人生，人生就是一次無法重複的選擇。」

所以，當我們面對無法回頭的人生，我們只能做四件事：第一，鄭重的選擇並努力爭取，不要留下遺憾；第二，有了遺憾就理智面對，並盡力爭取改變；第三，不能改變就勇敢接受，不要後悔繼續往前走；第四，調整心態，因塞翁失馬焉知非福。陳前總統水扁先生，因臺北市長的選舉失利而有機會選上總統，因選上總統而有海角七億的貪瀆，因貪瀆而有牢獄之災，這就是人生。

好！我們現在就正式進入主題，談談為什麼從事文學欣賞或創作，會帶給我們無窮的快樂呢？各位應常聽人家說：「**人生不如意事十有八九**」，佛家也說：「人生是苦海」。可見我

二、文學與人生

們的生命並不怎麼樣的完美，自然界有月圓月缺，春夏秋冬，而人類有生老病死，悲歡離合，也正因為人生的不完美，才讓我們活著有意義、有價值。各位試想，如果沒有月缺，我們怎麼會知道月圓的美麗，如果沒有冬天寒風的刺骨，我們也無從去體會春天陽光的可愛。我們的人生又何嘗不是如此，沒有離別的悲傷，那來相聚的歡樂？這世界如果真的是那麼完美無缺，我還真不知道我們活著要幹嘛！每天吃、喝、拉，然後等死，這樣的人生有什麼意思！所以名作家魯迅就說：

> **蓋凡有人類，能具二性：一曰受，二曰作。受者譬如曙日出海，瑤草作華，若非白痴，莫不領會感動；既有領會感動，則一二才士，能使再現，以成新品，是謂之作。**

這意思是說，我們人類的創作，來自於對天地萬物的感受，沒有感受也就不會產生創作，所以各位要記住，自然科學甚至是哲學，是用領悟的，文學呢？是用感受的，而人生若是太完美，反而讓人感到空虛，失掉人類存在的價值。我們常聽到歐美先進國家有人自殺，卻少有聽過非洲落後國家的人自殺，只有餓死而已，就是這個道理。了解這一層意義後，我們就可更上一層樓的來談文學欣賞與創作，嘗試從苦澀的咀嚼中，咀出甘味來。各位要知道月圓固然是美，月缺依舊也是美，只不過這是兩種不同的美而已，前者讓人的感覺是一種圓滿的美，而後者讓人的感覺是一種帶有淒淒殘缺的美，卻也最能觸動我們人類的心靈。現在讓我們來欣賞一下南唐後主李煜的《相見歡》：

無言獨上西樓，月如鉤。寂寞梧桐深院鎖清秋。

剪不斷，理還亂，是離愁。別是一般滋味在心頭。

請各位閉一下眼睛，發揮你們的想像力，去試想一下這首詞的情境：「在一座很大的庭院裏，裏面有幾棟樓房，還有幾棵梧桐樹，然後在一個秋風瑟瑟夜深人靜的晚上，有一個孤獨的人帶著落寞神情，登上西樓的陽臺上，若有所思的望著高掛在天空的殘月。」這種情境讓人的感覺自然是一種淒涼的美，但卻也是最能觸動我們人類心靈的跳躍，引發出情感的一種情境。懂得如何去欣賞殘缺的美後，我們自然就可化悲憤為力量，化哀愁為快樂。各位都知道，在我們一生當中，必須常要去面對一些挫折、痛苦，如果你是以哭泣流淚的方式去面對，對事情的解決並沒有任何幫助，畢竟淚填不滿人生的遺恨。如果你是以憤怒、暴力的方式去面對，那也只是徒傷自己的身體而已，甚至因暴力而發生令人終生遺憾的事，對事情的解決也沒有任何幫助。這時，如果你能化悲憤為力量，將挫折、委屈寄託於筆端寫下你的憤懣、你的哀愁，將你的感觸化為美麗的詩篇，當你傾訴於紙張後，你將會發覺心中是多麼的舒暢，多麼的快樂，說不定還能讓你成名，甚至抽不少版稅而致富呢？縱然不是美麗的詩篇，也足以讓我們終生回味，各位試想當我們白髮蒼蒼時，成群兒孫聚集一起，傾聽你話說當年南征北討的英雄事蹟，那是多麼快樂的一件事啊！

再者，各位要知道我們人類的情緒有如一座水庫內的水，經常發脾氣的人，就像水庫經常的放開閘門，讓水庫的水適時放出，如此就不會造成水庫的崩潰，所以喜歡發脾氣的人，通

二、文學與人生

常是發一發脾氣一下子就好了。而不發脾氣的人，就像水庫的水不放出一樣，一直是一點一滴的累積，等到水庫容納不了而使閘門崩潰時，就會一發不可收拾，那種破壞力自然比愛發脾氣的人大得太多了。然而就像俗話所說的：「**一種米養百樣的人**」，我們實在很難去控制它，其實也不必去控制，只要將下游的引導溝渠建立好，哪怕再多的水也能引導它流入大海。而引導人類情緒的溝渠是什麼呢？那便是從事文學的創作，我們盡可將我們的喜怒哀樂，毫不憚懼的發洩在紙張上，越是波濤洶湧，越是壯觀，發洩完後所帶給我們的，將是一種成就，一種快樂，不信你們可試試看，我是過來人，深知個中的奧妙。

記得我十八歲時，便因家庭因素而趁著月黑風高，從我家後門偷跑出來，各位想想看，一個十八歲的鄉下土包子，身上僅帶著伍佰元及幾件衣服，跑到一個舉目無親的繁華都市臺北去奮鬥，這其中之挫折與辛酸可想而知，真是寒天飲冰水，點滴在心頭。我曾經撿過同事丟棄在垃圾筒的罐頭起來吃，也曾在三更半夜偷吃房東的飯菜而被逮個正著，但為了活下去，那是無可奈何的事。各位知道嗎？我讀書時的學費是怎麼來的，那是在同學們正興高采烈的歡度假日時，我戴著斗笠在烈日陽光下，將磚塊一塊塊的挑上四樓賺來的。雖然，我面臨的是如此困境，但我內心卻充滿著鬥志，因每當我顧影自憐於坎坷的遭遇時，我便會讀一讀鄭豐喜《汪洋中的一條船》我就會覺得我比鄭先生幸福得太多了，畢竟我有健全的四肢，足以與環境搏鬥。每當我受盡別人的欺凌恥辱時，我會去唸一唸宋代蘇東坡所說的：

古之所謂豪傑之士，必有過人之節，人情有所不能忍

者,匹夫見辱,拔劍而起,挺身而鬥,此不足為勇也。天下有大勇者,卒然臨之而不驚,無故加之而不怒,此其所挾持者甚大,而其志甚遠也。

　　這時我心中的悲憤也會頓然消失而能一笑置之。每當我遭遇挫敗時,我便想起蔣故總統經國先生在《風雨中的寧靜》書中所說的:「為了高尚的目標,甘願歷苦捨生,忍受一切憂傷創痛,來建設永恒的快樂。」如此我便能坦然接受我坎坷的命運。最後我把這段奮鬥的經過,寄託於筆端,寫下我的哀愁,我的辛酸,去參加香港中國文化學會所主辦的全球華人徵文比賽,得了第三名,黃鶯初啼竟然能榜上有名,這心中之喜悅可想而知。從此以後我便喜歡將心裏的感受,不管是喜是悲,讓它跳躍於紙上,慢慢譜成屬於自己的生命之歌。各位知道嗎?那種感覺真是好,沒想到不堪回首的往事,如今竟變成我創作的泉源,我真慶幸上帝給我一個這樣的環境,如果下輩子上帝給我選擇的權利,我想我還是會喜歡今世的我,雖然我過得很辛苦,但我已懂得如何從苦澀的咀嚼中,咀出甘味來,這也就是我在前面會說,故鄉是一個令我又恨又愛的地方的緣故。

　　以上,各位如果能做到的話,那將是打開快樂泉源的閘門,不管是喜是悲,是好是壞,都能讓你的一生,快樂無窮。善用文學它所提供給我們的幻想空間,讓我們的思想可毫無禁忌奔馳於遼闊無際的天空上,任何不可得的事物,在文學中皆可獲得慰藉、滿足。不管你要的是白馬王子、白雪公主,或是王永慶般的財富,皆不成問題,這也就是古人所說的:「書中自有顏如玉,書中自有黃金屋」的樂趣。你甚至可嚐一嚐扮演上帝的滋味,操縱你筆下人物的生死,交代月下老人,亂點他們的

二、文學與人生

鴛鴦譜。也可將你最痛恨的人物,成為你筆下的犧牲品,出出你的悶氣而無傷大雅,這又何其樂哉!

至於從事文學的欣賞與創作,可產生哪些功用呢?它的功用很多,不過主要的有下列三點:

第一點、文學可改造社會、淨化人心:

國父孫中山先生曾說:「**政治之隆污,繫乎人心之振靡。**」而我們的人心要如何去提振而去靡,這是非常重要的課題。自古以來,我們的教育方法,無非要我們如何知禮義、懂廉恥,如何克制我們的慾望。問題是這種教育在中國已具有三、五千年的歷史,今天我們的社會變好了沒有?沒有,歹徒公然在縣長公館槍殺桃園縣長劉邦友,彭婉如的命案至今還未破獲,以及藝人白冰冰女兒白曉燕被擄人勒贖案等等,層出不窮的暴力事件,我們彷彿活在野蠻的社會中。以前總是有人把這些罪過推給所謂的「**饑寒起盜心**」,人們為了活下去那是可理解的。而今呢?臺灣這麼富裕,外匯存底位居世界前茅,但我們的社會為什麼還是這麼亂?可見我們的教育方法並不正確。各位回憶一下先秦時代大禹父子治水的故事,大禹父親「鯀」,他治水方法是用「堵」的方式,雖歷經九年的漫長歲月,洪水依舊沒有消退。而禹治水方法是用「導」的方式,將洪水引入大海,終於平息了洪水氾濫。各位想想看,我們的教育要我們克制慾望,這個也禁止,那個也不行,什麼非禮勿聽,非禮勿視,但一個高挑的美女,穿著迷你裙從我們眼前輕盈的飄過,教我們如何不多看她幾眼呢?這種教育與鯀的治水方法有何不同。所以人類的情感慾望是不能用堵的,要引導它得到正常的發洩,

要讓他們懂得如何以藝術眼光來欣賞這位女孩的美，進而讚嘆上帝的傑作。誠如名詩人朱湘所說的：

> 人類的情感好像一股山泉，要有一條正當的出路給它，那時候它便會流為一道灌溉田畝的江河，有益於生命，或是匯為一座氣象萬千的湖澤，點綴著風景；否則奔放潰決，它便成了洪水為災，或是積滯腐朽，它便成了蚊蚋、瘴癘、汙穢、醜惡的貯藏所。

而這條出路便是從事文學的欣賞與創作。我舉一個例子來說明，每個人雖然都有情緒，但發洩的方法卻各自不相同，農人發洩情緒，大概就是三字經滿天飛，嚴重者充其量也只是打打架而已。地痞流氓發洩情緒，不是白刀進去紅刀出來，就是到警察局開它幾槍示威。而文藝家發洩情緒，大都表現在作品上，即使在罵人也是冷嘲熱諷，罵得非常斯文。簡單的說，我們的社會若從事文學欣賞與創作的人愈多，社會就愈祥和，就愈能造就一股風氣，進而帶動社會向前邁進，建立一個良性互動的社會環境，從而達到改造社會淨化人心的目的，這也就是俗語所說的：「喜歡文學的小孩，不會變壞」的原因。

第二點、文學可擴大我們的體驗，增長我們的見聞，提昇我們的生存能力：

前中央研究院院長吳大猷曾說：「**識越深，觸角就愈廣。**」各位要知道，一個人對於外界的體驗是非常有限的，不要說那種像驢子轉磨般的農民，他們終生只是黏附在那幾畝有限的土地上，日出而作，日入而息。就是拿那些閱歷最廣的人來說，他們所經歷的社會各相，比起社會的全相而言，也僅是九牛一

二、文學與人生

毛而已，這說明我們人類要以有限的生命去經歷那無限事物的不可能性。當然，也沒有這個必要凡事皆需親身經歷，我們可從文學上吸取前人的各種經驗，以作為我們的知識，進而引為處事的借鏡，使我們成為先知先覺的第一種人，能拿別人的經驗來做為自己的經驗而不須付出代價。千萬不要去做那後知後覺的第二種人，凡事皆要付出代價才能獲得教訓，各位要記住這種代價有時是非常慘痛的，會造成你終生遺憾。當然，更不能去當不知不覺的第三種人，經驗後仍不知引為借鏡，一直在做錯誤的嘗試，那種代價之高就可想而知。所以我們如果能當第一種人，培養出對文學的愛好，便能從文學中吸取前人那對人生豐富體驗的總和，擴大我們的觸角，增長我們的知識，相對的也提昇了我們生存的能力，足以去應付各種環境的挑戰。

第三點、文學可變化我們的氣質，充實我們的人生：

在大體上而言，每個人都有每個人的氣質，每一類的人也都有每一類的氣質。基本上，軍人有軍人的氣質，文人有文人的氣質，地皮流氓或殺豬的也都有他們的樣子，這個樣子就是我所說的氣質，我們一看即大致可分辨出來。各位不妨看一看你四周的朋友，大概也知道哪些是學生，哪些是教師，或從事其他工作的人。當然，如果我們還要細分的話，還可從每一類中再加以區分，如教師這一類，體育老師就有體育老師的樣子，文科老師就有文科老師的樣子。如果你的觀察能力很強的話，你甚至連哪位老師較有文學修養，哪位老師的脾氣不好等，也都可大致上分辨出來。各位若不相信，我們現在請主辦人瞿毅老師站起來，面向大家，各位總不會把他看成是殺豬的吧！所以說，一個人氣質的表現，來自於其所經歷環境的總和，也就

是說一個人的氣質深受其置身環境的影響。因此，如果我們能培養出對文學的愛好，自然可變化我們的氣質。

再者，文學還可提供一個消愁遣悶的好去處，進而規劃我們的生涯，充實我們的人生。德國哲學家叔本華曾說：「**苦是人類的本份。**」意思即說明了在我們的一生當中，會有許許多多的愁苦，而這種愁苦煩悶如都蘊結在我們的心中，它最是傷害身體。這時，如果你能讀一讀法國作家雨果的《悲慘世界》(LsMiserables)，或是鄭豐喜《汪洋中的一條船》，你將會從埋怨上帝轉而變成慶幸自己。當然，如果你悶得發慌時，你也不妨看一看魯迅的小說《阿Q正傳》或《離婚》等，你將會從你的嘴角邊露出會心的微笑，在百般無聊中得到慰藉，尤其是在退休後那種空虛的日子裏。各位只要留心一下你四周的親朋好友，你就會發現很多人一旦退休下來，便會頓時失去依憑，整日無所事事，煩悶得很，不是生病就是性情大變。如果他們能夠培養出對文學的愛好，就像瞿老師一樣，雖已退休了，但仍熱衷於文學，辦雜誌及各種文藝活動，使他忙得不亦樂乎，生命也更為充實精彩。

據上，我們都知道從事文學的欣賞與創作，不僅能帶給我們個人無窮的快樂，充實我們的人生外，更能建立一個良性互動的祥和社會，真可謂有百利而無一害的事情。如果各位現在就開始培養對文學的興趣，就有如打開了快樂泉源的閘門，你的一生將會過得快樂無限，這就是文學的人生。

好！今天就講到此結束，請各位賢達多多賜教，謝謝！再見！

貳

史跡篇

第一章、中國散文之概念與類別
第二章、中國散文之起源與發展

本單元之用意，在於讓學生知道中國散文的起源，與其發展的歷史軌跡，並依各朝代學術發展的主題來分期，由先秦以降，一路論述至今，讓學生一窺中國散文之浩瀚，而後自詡於生在大哉的文化中國。故以下將以中國散文之概念與類別，以及中國散文之起源與發展來作說明：

第一章、中國散文之概念與類別

在文學的基本體裁中，散文是一種自由靈活、不受拘束的文學樣式，它能夠迅速地表現作者的生活感受，真實地反映社會生活，選材範圍非常廣泛，表現手法也是多樣。其結構鬆散，幾乎沒有格律的限制。在文學：散文、詩詞、小說，以及戲曲等四大類型中，散文是最容易書寫，也最能具體呈現主題思想。

第一節、散文之概念

「散文」一詞首見於宋‧羅大經之《鶴林玉露》，該書說：「**山谷詩騷妙天下，而散文頗覺瑣碎局促。**」雖是如此，但在不同的時代對散文的稱呼與定義也不盡相同。

春秋戰國時代的「文」、「文章」、「文學」係指文學作品而言；兩漢的「文章」專指狹義散文與詩歌辭賦，而「文學」則指經學、史學等學術性著作；魏晉南北朝時所稱的「文學」及「文章」包括了散文與詩歌辭賦。唐代則稱散文為「文」、「古文」或「文章」。

廣義的散文，指不押韻、不對仗、無須排偶、沒有格律規範等所寫成的文章即可稱之。清‧姚鼐編《古文辭類纂》將古文分為論辯、序跋、奏議、書說、贈序、詔令、傳狀、碑誌、雜記、箴銘、頌贊、辭賦、哀祭十三類，可見散文涵蓋的範圍相當廣泛。

而狹義的散文，則須具有文學性，並要以散體格式單行文句所撰寫而成，與詩詞、小說、戲曲並稱為文學作品中的一類。

第二節、散文之類別

散文的類別，根據表達方式的不同，大致可分為：敘事散文、抒情散文，以及議論散文等三類。茲說明如下：

一、敘事散文：

所謂的「敘事散文」，係以記人、敘事為主，通過寫人和敘事來抒發作者特定的認知與感受，洋溢著濃厚抒情氛圍的散文。這類散文善於通過某些生活片斷、場景和細節描寫以及人物的性格特徵，來表現人物的精神面貌，揭示事件的意義。它側重於從敘述人物和事件的發展變化過程中，以反映事物的本質，具有時間、地點、人物、事件等因素。其中，敘事散文又分為「記人散文」，如魯迅的《藤野先生》屬之；以及「敘事散文」，如魯迅的《從百草園到三味書屋》，則屬之。

二、抒情散文：

所謂的「抒情散文」，係抒發感情為主的散文，是抒發作者對現實生活的感受、人生的意願。其抒情的特徵在於寓情於景，寓情於物，借物抒情，託物言志，以及直抒胸臆，也就是白描的手法。通過對人、對事、對物極盡其妙的藝術描寫，以抒發作者的主觀感受和情懷。一篇優秀的抒情散文感情真摯、語言生動，作者常常運用象徵和比擬的手法，將思

想寓於形象中，因而具有強烈的藝術感染力，如朱自清的《荷塘月色》，以及魏巍的《依依惜別的深情》等皆屬之。

三、議論散文：

所謂的「議論散文」，係以議論為主要表達方式的文體，藉由理性分析、推理論證，進而觀點闡述，以表達作者對某一主題的思考與見解。當然，它沒有學術論文那麼嚴謹的推理，也有別於抒情散文的感性流露，它兼具思想性與文學性的書寫形式。議論散文通常會圍繞著社會現象、文化藝術、歷史思潮，或人生哲理等議題展開論述，既關注現實問題，也能深入探討抽象觀念。「議論」雖講究客觀，卻帶有作者個人獨特的主觀視角，也就是客觀中含有主觀的成分。

議論散文是一種剖析事理，論述事理，發表意見，提出主張的文體。作者通過擺事實、講道理、辨是非、舉例子等方法，來確定某觀點正確或錯誤，樹立或否定某種主張。議論文具有觀點明確、論據充分、語言精煉、論證合理、具有嚴密邏輯性的特點。它融合了議論的理性、抒情的感性與文學的藝術性，使其既能啟發思考，又富有閱讀的美感與魅力。

第二章、中國散文之起源與發展

中國散文起於西周，鼎盛於戰國，後經歷代的發展，而有今日的成果。其中之春秋時期，為東周初年到韓、趙、魏三家分晉（前770～前四七六年）這兩百九十五年間；而戰國時期，則從周元王元年至秦始皇統一中國（前475年～前221年）為止共兩百五十四年間，統稱「先秦時期」。基於「繁華當知來時路」，故以下將分中國散文之起源與發展來做說明。

第一節、散文之起源

《尚書》是散文之祖，成書於西周時期[1]，此為中國散文之起源。後因禮樂崩壞，中央統治衰微，諸侯勢力強大，社會正歷經重大的變革，貴族開始沒落，平民逐漸崛起，流落在民間的貴族，只能以傳授知識為生。因此，學識從原本的貴族階層開始普及於民間。「士」階層形成之後，私人講學的風氣興起，養士也盛行，各諸侯國為強兵富國，爭相羅織人才。於是諸子紛紛提出自己的主張，其思想言論，或自己著書立說，或由門人記錄而為文章，形成諸子百家爭鳴的局面。因此，春秋戰國時期的散文可分成兩大類，一為史傳散文(也稱歷史散文)，二為諸子散文。茲說明如下：

一、史傳散文：

---

[1] 見朱建亮：〈《尚書》成書年代考析〉，《國學》2017年2期。

《尚書》是中國散文的開端，其成書、整理、流傳過程極為複雜，歷史上出現過多個書寫字體、篇卷構成、具體內容不同的版本。有部份曾由朝廷組織學者整理、校勘，頒布「定本」。據《緯書》記載，古代《尚書》凡三千二百四十篇，至孔子刪定為一百二十篇，遂被儒家列為經典之一，又稱《書經》，為五經之一。該書又分為古文《尚書》與今文《尚書》，內容記錄了上古歷史文獻及政治文誥，約彙編於春秋時期。《尚書》以記言為主，但因年代久遠，語言隨著時間演變，到了韓愈時代已經相當「詰屈聲牙」。[2]該書內容多與政事有關，如《尚書・盤庚》內容敘述商王盤庚遷都殷地之事，〈盤庚〉記錄了他向臣民說明必須遷都的原因，語言情感豐沛、形象生動。

　　《春秋》為中國第一部編年體斷代史，是儒家五經之一，係孔子據魯國史書修訂而成，記載魯隱公元年到魯哀公十四年（前722年～前481年）的歷史，其褒貶是非、微言大義的筆法對後世散文產生很大的影響。該書以記事為主，記載事件非常簡略。

　　《國語》為中國最早的國別史，其作者存有爭議，至今尚無定論[3]。和《尚書》相比，該書在文筆上已多潤飾。《國語》

---

2. 見唐・韓愈：〈進學解〉。
3. 關於《國語》作者問題，歷代存有爭議，至今尚無定論。司馬遷最早提到該書的作者是左丘明，其後班彪、班固，以及劉知幾等都認為是左丘明所著，並把該書稱為《春秋外傳》。晉朝以後，許多學者如傅玄、劉炫皆懷疑國語不是左丘明所著，唐朝啖助、陸淳亦認為與左氏文體不符。一般認為是集體創作，非一人所為，清朝趙翼提出《國語》為「左氏持簡料而存之，非手撰也」。直到現在，學界仍爭論不休，並否認左丘明是國語的作者，然缺少確鑿證據。普遍認為，該書是戰國初期一些熟悉各國歷史的人，根據當時周朝王室和各諸侯國的史料，經

第二章、中國散文之起源與發展

記載了周穆王西征犬戎至智伯被滅（約前947年～前453年）之間周朝王室及魯、齊、晉、鄭、楚、吳、越等諸侯國的歷史，為分國記述之史料彙編。該書善於議論說理，有不少精闢的比喻及議論，以記言為主。

《左傳》為一內容豐富、敘事詳備的編年體史書，全稱為《春秋左氏傳》，又名《左氏春秋》，是為解釋《春秋》三傳之一，相傳為春秋末期的魯國史官左丘明所著。書中記載魯隱公元年到魯哀公二十七年（前722～前481年）間各諸侯國的歷史，包括各國的政治、軍事、外交等，是先秦歷史散文中最重要的著作之一。此外《左傳》還補充《春秋》裡沒有記錄的大事，是一部優秀的文學著作，其內容多記戰爭，豐厚而富麗。它的特色為長於述事，善於描寫及刻畫人物，語言簡練。

《戰國策》又稱《國策》，其作者至今仍未定[4]。全書依東周、西周、秦國、齊國、楚國、趙國、魏國、韓國、燕國、宋國、衛國、中山國分國編寫，主要記述戰國時期縱橫家的言行、外交策略及政治主張。該書對人物形象的刻畫、文辭的運用及寓言故事等方面的敘寫相當成功。無論在寫人、敘事、說理或記言上皆有超越前代史書之處，文風不同於《國語》及《左傳》，

　過整理加工彙編而成，左丘明可能參與其中的工作。參見維基百科。
4.關於《戰國策》的作者至今仍未定，有人認為是劉向，但羅根澤疑出於蒯通。這些文章原有《國策》、《國事》、《短長》、《事語》、《長書》、《修書》等名稱。西漢末年，劉向校錄群書時，在皇家藏書中發現六種記錄縱橫家的寫本，但內容混亂，文字殘缺，劉向便按照國別編訂了《戰國策》。因此，戰國策顯然不是一時一人所作，劉向只是戰國策的校訂者和編訂者。因其書所記錄的多是東周後期時諸國混戰，縱橫家為其所輔之國的政治主張和外交策略，因此劉向把該書命名為《戰國策》，而該時期亦因此被史家稱為戰國時代。參見維基百科。

第二節、散文之發展

　　文學發展的分期，向來多樣，有以歷史朝代來分期，如：先秦時期、兩漢時期等方式；有以本身發展的變化來分期，如：創作主體、思想內容、文學體裁、文學語言、藝術表現、文學流派、文學思潮、文學傳媒，或接受物件等方式；也有提出「三古七段」說來分期，如：上古時期、中古時期、近古時期；在三古內，又具體分為七段，上古時期：先秦兩漢，第一段：先秦、第二段：秦漢；中古時期：魏晉至明中葉，第三段：魏晉至唐中葉、第四段：唐中葉至南宋末、第五段：元初至明中葉；近古時期：明中葉至五四運動，第六段：明嘉靖初至鴉片戰爭、第七段：鴉片戰爭至五四運動止。

　　本文基於以歷史進行劃分，可得到一個描述性的抽象概念，具有相對穩定特徵的歷史時間段，提供方便的分期。故從一九四九年國民政府遷臺前，因時間長遠，以歷史朝代順序來劃分，其界限比較明確；之後則因時間短暫，如以歷史分期則太過於籠統，無以表達其發展脈絡，故以文學本身發展變化之年代來分期，而每個年代以十年為限，並以公元分期，如（1946年～1955年）為五〇年代。

　　中國散文自春秋戰國的鼎盛後，每於各朝代也都獲得相當程度的發展。以下將按朝代或年代順序做說明如下：

一、先秦時期散文：

　　秦始皇於前二〇二一年統一六國後，建立秦朝，在存續的十五年間，除了詔令奏疏等文之外，僅有李斯的〈諫逐客書〉

第二章、中國散文之起源與發展

值得一觀。

李斯初向荀卿學習帝王之術，後入秦拜為長吏客卿。秦王政十年時，秦的宗室大臣決議驅逐所有的客卿，李斯上〈諫逐客書〉給秦王，請他收回命令。該書論證充分，舉例豐富，具有雄辯之氣，最後還舉出逐客的嚴重性，辭采華美、音調鏗鏘，對漢代政論文及漢賦頗有影響。

二、兩漢時期散文：

漢高祖於前二〇〇年滅秦建漢以後，在存續的四百二十六年間，其文學也有很大的發展。漢代初期時的文風，仍然受到戰國時期的文章風格所影響，奮發、馳騁是其特色。故西漢時期的代表人物有：賈誼、晁錯、枚乘、鄒陽、司馬相如、司馬遷、東方朔、劉向，以及揚雄等人。

賈誼之政論文章兼有遠見與深刻的洞察力，《新書》為其代表作。富有盛名的〈過秦論〉氣勢充沛，開頭即以秦亡歷史為教訓，而後總結鞏固政權之道就是要讓人民休息，輕徭薄賦為最佳的政策。賈誼另有〈治安策〉，提出眾建諸侯以削弱其勢力的主張。他的文章，具有先秦散文恣肆縱橫的風格。

晁錯因主張中央集權、削弱諸侯勢力而遭權臣諸侯的反對，被吳楚諸侯國以「誅晁錯、清君側」為名，在景帝默許下遭到腰斬。晁錯的政論文以切中時弊、條理曉暢、語言樸實為特色，如〈論貴粟疏〉，文章結構嚴謹、對比精確。

司馬相如[8]以辭賦見長，散文作品有〈諭巴蜀檄〉、〈難蜀

8.司馬相如「琴挑文君」的故事：卓文君四川臨邛人，為全國首富卓王

父老〉等。著名的辭賦之作有〈子虛賦〉、〈上林賦〉、〈長門賦〉[9]等。司馬相如文章擅長運用排比、對偶等技巧，且行文善於鋪陳描繪，富有才氣。

司馬遷曾因為好友李陵講話而受牽連，下獄受宮刑，並在獄中完成《史記》。該書為西漢歷史散文的代表，包括本紀、表、書、世家、列傳，共一百三十篇。記敘從上古到武帝時期共三千多年的歷史，為中國第一部紀傳體通史。其寫人的藝術高超，且善於描寫緊張激烈的場面，筆下的人物形象豐滿而逼真，語言雄厚暢達，簡潔富麗，曾被譽為「無韻之離騷」。司馬遷另有〈報任安書〉，委曲盡意，直抒胸臆。

東方朔在武帝時曾任太中大夫。散文有〈諫起上林苑疏〉、〈答客難〉等，以〈答客難〉最為知名。東方朔作〈答客難〉

孫之女，姿色嬌美，精通音律，善彈琴，有文名。十六歲嫁人，幾年後，丈夫過世，返回娘家寡居。司馬相如到卓王孫家赴宴，得知卓文君新寡，便彈奏一曲《鳳求凰》，傾吐愛慕之情。文君聽了之後，當夜與相如連夜私奔逃到成都。在成都時，夫婦二人一貧如洗，只好回臨邛開小酒店為生，卓文君賣酒，司馬相如洗碗，生活清苦。卓王孫得知後，在朋友勸諫下資助他們，才使得生活有所改善，成為富人。參見維基百科。

9.《長門賦》計728字，最早見於南朝梁蕭統編著的《昭明文選》，其序言提到西漢司馬相如作於漢武帝時，據說是受失寵的陳皇后百金重託所寫成，武帝讀後大為感動，陳皇后遂復得寵。賦前有序，說明作賦緣由，先以武帝口吻說「朝往而暮來」，但武帝喜新忘舊。接著改為陳皇后口吻，寫她登蘭臺遠望「浮雲四塞，天色昏暗，雷鳴風飄，玄猿長吟，而君不再來。」再描寫宮室雖好而寂寞難耐「明月自照，撫琴長愁，只能涕淚縱橫，舒息增嘆。」最後寫夢中見君王在側，然醒後仍是孤身一人，夜長難過，體現了失寵宮人望君不至的心理。全賦想像豐富，層次清楚，描寫細膩，工於鋪敘，在漢賦中別出一格，對後世閨情宮怨詩歌有很大影響。由於序言提及武帝的諡號，司馬相如不可能知道，而且歷史上武帝對陳皇后也沒有復幸之事。所以《長門賦》的序言被認為是後人偽作。參見維基百科。

第二章、中國散文之起源與發展

以表達個人不滿之情，全文如莊子般使用寓言且詼諧，以問答方式溫和的批評，兼用排偶句式。

劉向為漢朝宗室，曾官中壘校尉，世稱劉中壘。明人張溥輯有《劉中壘集》，收入《漢魏六朝百三家集》中。著有《別錄》、《新序》、《說苑》、《列女傳》、《洪範五行傳》、《五紀論》等書，並編訂《戰國策》、《楚辭》。又有賦33篇，今僅存《九歎》一篇。劉向文本於經術，文風典實俊潔，援引典故頗多。

揚雄著有《法言》、《太玄》等書，其辭賦尤為知名，有〈甘泉賦〉及〈羽獵賦〉。揚雄為文善於引用歷史典故，辭采洋溢，然文字多古奧晦澀之詞。

至東漢時期後，其代表人物有班固、王充等人。班固是東漢知名的經學家、史學家與文學家，其《漢書》係以儒家思想為主，承襲《史記》寫作體例而又有些微變化。該書之敘事綿密周詳，用語典雅。

王充的《論衡》，充分反應當時盛行的讖緯思想。劉勰說：「至於光武之世，篤信斯術。風化所靡，學者比肩。」[10]該書主要為王充的哲學見解，用語質樸淺近，析理細密。

至於兩漢辭賦，亦可一觀。劉勰謂：「賦者，鋪也；鋪采摛文，體物寫志也。」[11]而關於賦的起源，清人章學誠認為：「古之賦家者流，原本《詩》、《騷》，出入戰國諸子。」[12]賦興於楚而盛於漢代，漢賦重藻飾，到東漢班固的〈兩都賦〉及張衡〈兩京賦〉，敘事轉為平實典雅，語調漸為和緩。張衡的〈歸

10.見漢・劉勰：《文心雕龍・正緯》。
11.見漢・劉勰：《文心雕龍・詮賦》。
12.見清・章學誠：《校讎通義・漢志詩賦第十五》。

田賦〉為抒情小賦的代表,其形式短小文風明淨,內容表達自己欲歸隱田園的願望,不同於內容浮誇、堆砌辭藻的大賦。

三、魏晉南北朝時期散文:

魏文帝於公元220年受禪登基建魏計四十五年間;晉武帝於公元265年滅魏建晉計一五五年間;南北朝約從公元420年～589年計一六九年間,合計約有三六九年間。魏晉南北朝時代的玄學、佛學盛行,儒釋道三家並存的局面形成,此時期思想活躍且開放,文學作品也更加富有情趣,士人多流行尋幽訪勝,或隱居山中。因此,出現許多描寫山川景物的佳作,於是山水散文興起。駢體文也在此時期出現,該文講究對偶、聲律,文辭藻飾、用典繁多,其婉曲典雅頗受士大夫階層歡迎,因而為之風靡。

漢末至魏(三國)時期,散文已脫開儒家的包袱,文章清新有生命力,加上玄學也蔚為風潮。前者如曹操的通俗自然,也有曹丕與曹植的華美藻飾。曹操的〈讓縣自明本志令〉直率灑脫、豪放有個性。曹丕之〈與吳質書〉、《典論·論文》很具代表性,尤以書信散文最為擅長,其懷舊深情相當動人。曹植擅長於詩賦,是當時有名的詩人,為人聰慧有文采,性格放任,其作品語言懇切,文筆流暢富有熱情,〈七步詩〉、〈洛神賦〉最為出名。〈與楊德祖書〉為論文人與文學之散文名篇。後者,竹林七賢之阮籍與嵇康等,則為士大夫競相談玄說理的代表。

阮籍的思想可分為兩階段。早年信奉儒家思想,自述:「昔年十四五,志尚好詩書。被褐懷珠玉,顏閔相與期。」[13]甚至

13.見阮籍:《詠懷·其十五》。

第二章、中國散文之起源與發展

有「視彼莊周子，榮枯何足賴」[14]的詩句，表達對莊子想法的不認同。後來阮籍觀察到當時政治現實的殘酷，逐漸接受老莊的思想，著有《大人先生傳》、《達莊論》等文章，批判儒學的想法。他這些充滿老莊思想的文章，對當時的玄學潮流，產生一定的影響。

嵇康與阮籍二人思想相近，並稱「嵇阮」。阮籍以詩見長，嵇康則以散文成名，故劉勰評價二人說：「嵇康師心以譴論，阮籍使氣以命詩。」[15]嵇康的文章隨性自然，文采飛揚，富于思想性，魯迅稱讚他：「思想新穎，往往與古時舊說反對。」[16]其代表作為《琴賦》、《與山巨源絕交書》、《養生論》，以及《聲無哀樂論》等，並受到高度推崇。其中之《養生論》提出的「神仙存在」及「長生可學」等思想，被後世道教學者葛洪繼承並發揚，成為神仙道教的基礎理論。

兩晉時期散文傾向於抒發個人情志且文辭綺麗。西晉有潘岳、陸機等，潘岳文章風格清麗流暢，陸機文章多議論與抒情。東晉有王羲之、陶淵明等。王羲之文章饒富情致；陶淵明為田園詩人的鼻祖，其詩文風格俱自然淡泊，〈歸去來兮辭並序〉、〈五柳先生傳〉，以及〈桃花源記〉為其名篇，文章具有真摯的性情與平易親切的語言，不同於當時堆砌華麗辭藻的文風。

南北朝時期有鮑照、庾信、顏之推、酈道元、楊衒、沈約、徐陵，以及陶弘景等人為文壇大家。鮑照之〈蕪城賦〉對今昔盛衰、個人身世與家國之痛有所感觸。而〈登大雷岸與妹書〉

14.同前註，其三十八。
15.見漢・劉勰：《文心雕龍・才略篇》。
16.見魯迅：〈魏晉風度及文章與藥及酒之關係〉。

則為一寫景佳作，其描繪景物形神兼備。

　　庾信的文章大量用典且講究對仗，他早期的文風綺豔，梁元帝時庾信奉命出使西魏，梁亡後被迫滯留北方，由南入北後庾信文風大變，家國之變、屢逢戰亂與離鄉僑居皆讓他有很深的人生感受，亡國之痛與身世之感，讓他的文章富含情感且蒼涼悲憤。撰於晚年的〈哀江南賦序〉為其代表作，文中自敘其經歷，對自己羈留北方的痛苦、今昔興衰之感與懷念故土之情皆有深刻的描述，對偶工整，文章可見其悲苦之情，該文被認為：「麗而不靡，哀而能壯。」[17]

　　酈道元之《水經注》與楊衒的《洛陽伽藍記》，為山水散文的代表，歷來被認為是北朝文學的雙璧。其他佳作篇尚有王羲之的〈蘭亭集序〉與陶弘景的〈答謝中書書〉等。

　　陶弘景為人謙謹，性好著述，尚奇異，隱居茅山華陽洞，梁武帝屢聘不出，時人稱他為「山中宰相」。〈答謝中書書〉文僅六十八字，透過視野高低遠近的變化，生動描繪了江南山川景色的秀麗，為六朝山水小品文名作，歷來與吳均之〈與宋元思書〉齊名。

　　另有文學價值甚高的小賦，如王粲的〈登樓賦〉、江淹的〈別賦〉、〈恨賦〉，庾信的〈小園賦〉、〈枯樹賦〉等。六朝之後小賦佳作仍多，然不為傳統儒學家所重。

四、隋唐時期散文：

　　隋文帝於公元五八九年統一南北朝，建立隋朝，存續僅二

---

17. 見劉一沾、石旭紅：《中國散文史》，頁 193。

第二章、中國散文之起源與發展

十九年間,其文學發展與代表作家,大致都橫跨漢唐,故在此不論。而唐朝自唐高祖於六一八年滅隋建唐後,在存續的三四二年間,其文學有很大的發展。唐宋兩代為古文大興的時代,當時的士大夫與文人興起一波古文運動的浪潮,主張大力創作可「明道」、「載道」的文章,為此目的必須抵制六朝以來駢儷華靡的文風,主張古文復興,如此不但可振興朝綱,甚至有療救時弊之效。因此,唐宋兩代的古文運動在散文史上具有相當重大的意義。

在初唐時期有王勃、楊炯、盧照鄰、駱賓王等初唐四傑,其文章華美,辭采中蘊含剛健之氣。王勃的〈滕王閣序〉全篇對仗工整、辭采華麗,氣勢充沛,融敘述、抒情、寫景於一體。駱賓王〈討武曌檄〉氣勢雄健、號召力強。四傑之後有陳子昂,陳兼等擅長駢散,文風質樸。

盛唐時期王維與李白的散文也頗具特色,王維〈山中與裴秀才迪書〉與李白的〈春夜宴桃李園序〉為優美雋永的散文小品。之後的蕭穎士、李華、元結、獨孤及、梁肅等人,則是唐代古文運動的先驅,他們以儒家思想為本,文章帶有儒氣。主要的主張為抵制駢體文、力主復古,在內容上傾向於重道輕文,其中以元結為代表。元結反對浮艷的文風,認為文章需有「救時勸俗」之效,並且需要激昂的情感。元結亦擅長山水遊記,〈右溪記〉為其佳作。

中唐時期則有韓愈、柳宗元等為古文運動的領導者。古文即古代散文,與駢文相對,通行於先秦兩漢的文章。

韓愈文章以「宗經」、「明道」為主,蘇東坡評其為:「文

起八代之衰,而道濟天下之溺。」[18]他志在恢復儒家之道,認為文章氣盛則能言宜,韓愈文章議論說理之處頗多,氣勢盛大。在議論說理之外,韓愈也有哀慟感人之作,如:〈柳子厚墓誌銘〉為其悼念好友之作。

柳宗元則繼韓愈之後,力主古文運動最重要的領導者。柳宗元取道於五經,主張「文以明道」,他重視文章的抒情性與文學技巧。他的寓言、散文、山水遊記俱佳,如:〈黔之驢〉、〈蝂蝂傳〉的影射諷刺,〈捕蛇者說〉的議論抨擊,「永州八記」[19]對自然景色的個性描繪,俱為唐文中的佳作。

晚唐時期,古文風潮暫歇,駢散兩種文體互有消長。皮日休、陸龜蒙、羅隱為晚唐小品文(散文)的代表。令狐楚、李商隱、溫庭筠等則以駢文知名。

皮日休其貌不揚,性情傲慢,詼諧好謔,其詩文與陸龜蒙齊名。魯迅說:皮日休「是一蹋糊塗的泥塘里的光輝的鋒芒」[20]著有《皮子文藪》十卷,與陸龜蒙唱和《松陵集》十卷。而陸龜蒙喜愛品茗,在顧渚山下闢一茶園,耕讀之餘,則喜好垂釣。與皮日休為友,時常在一起遊山玩水,飲酒吟詩,世稱「皮陸」。著有《笠澤叢書》四卷,以及《耒耜經》,是一本農學書。

李商隱和杜牧[21]合稱「小李杜」,與溫庭筠合稱為「溫李」,

18.見宋・蘇東坡:〈潮州韓文公廟碑〉。
19.柳宗元被貶永州時所做的具有代表性的八篇散文,為〈始得西山宴遊記〉、〈鈷鉧潭記〉、〈鈷鉧潭西小丘記〉、〈至小丘西小石潭記〉、〈袁家渴記〉、〈石渠記〉、〈石澗記〉、〈小石城山記〉。
20.見魯迅:〈小品文的危機〉。
21.「十年之約」的故事:杜牧早年遊湖州時,見一十多歲少女,長得極美,就與她母親約定:「等我十年,不來再嫁。」十四年後杜牧果然

第二章、中國散文之起源與發展

其文章風格與段成式、溫庭筠相近。李商隱一生糾纏於政治派系鬥爭，以及戀愛的痛苦中，養成感傷抑鬱的性格。他的作品多諷刺意味，大半借託史事，寄其弔古傷今之意。溫庭筠擅長於詞，喜譏刺權貴，生性傲慢，多觸諱忌。由於形貌奇醜，因號「溫鐘馗」。他的詞風華麗濃艷，題材內容，主要是以描寫美人的苦悶情緒、追求真誠的愛情為主。兩人之詩詞駢文價值很高，散文方面則較無成就。

五、宋代時期散文：

宋太祖於公元九六〇年滅唐建宋後，共存續三百一十九年間。在晚唐時期，浮豔綺靡的文風與駢體文又重新流行，尤以《花間集》最為代表。一直到宋初，仍有浮豔餘習。柳開是最早提倡學習韓愈作古文以革新文風的人，然影響不大。柳開之後的王禹偁「以雄文直道獨立當世」[22]，其〈待漏院記〉、〈黃岡竹樓記〉深婉情真。之後楊億、錢惟演、劉筠的「西崑體」也盛行文壇，詩文俱浮豔。於是有穆修、范仲淹、宋祁、尹洙、蘇舜元等人寫作古文，反西崑派。然而一直到歐陽修、曾鞏、王安石，以及蘇氏三父子等，宋代古文運動才真正蓬勃發展。

范仲淹的文學素養很高，寫有不少名著，如《嚴先生祠堂記》與《岳陽樓記》等，收錄於《范文正公集》。元‧脫脫云：

當了湖州刺史，但那女子已經嫁人生子，杜牧悵然賦詩一首：「自是尋春去較遲，莫須惆悵怨芳時。狂風落盡深紅色，綠葉成陰子滿枝。」當時杜牧沒有命題，時人命題為《悵詩》。事見晚唐高彥休《唐闕史》卷上，這是唐人的最早記載，最可信。杜牧外甥裴延翰所編《樊川文集》未載此詩，但唐宋人筆記小說中卻載有與此詩相關的故事。參見百度百科。

22. 見宋‧蘇東坡：〈王元之畫像贊〉。

「仲淹泛通六經，長於《易》。」[23]更以「先天下之憂而憂，後天下之樂而樂」成為千古名句。成名的〈岳陽樓記〉，多用四言，文章夾雜排偶，內容藉描述洞庭湖的優美景色來抒發自己被貶的心情，胸襟開闊。也留下眾多膾炙人口的詞作，如《漁家傲》、《蘇幕遮》等作品，蒼涼豪放、感情強烈，為歷代所傳誦。

歐陽修為宋代古文運動重要的領袖，對韓愈的文章相當推崇，他推行古文並「獎引後進，如恐不及。」[24]認為文與道一樣重要，文章的內容和文章的形式語言、表現技巧同樣重要，兩者皆不能偏重何方。歐陽修為人正直，〈與高司諫書〉、〈朋黨論〉為其仗義敢言，議論時政的代表作。寫景散文也相當知名，如〈醉翁亭記〉即以借景抒情的方式，來寄託作者寄情山水之感，全文情景交融。而〈祭石曼卿文〉的祭文，則情感豐富、真摯動人。

曾鞏是歐陽修的傑出門生，其文風平易自然，劉熙載嘗言：「曾文窮盡事理，其氣味爾雅深厚，令人想見朔人之寬。」[25]曾鞏文章自然淳樸，作品以議論說理為主，如〈墨池記〉即為敘事、議論兼俱的佳作。

王安石[26]重視文章的實質功效，以政論類為最突出，〈答司

---

23. 見元・脫脫等：《宋史・范仲淹傳》。
24. 見元・脫脫等：《宋史・歐陽修傳》。
25. 見劉熙載：《藝概・文概》。
26. 「扒灰」的故事：傳說有一次王安石早朝回來，走過媳婦的房間，看見媳婦還在睡覺，非常生氣的在白灰牆上題了一句：「朝罷歸來日已斜，偶見帳中一琵琶。」寫完後便離開。媳婦醒來後看到公公留下這樣的詩句，於是戲弄一下公公，在詩句後續上一句：「何不摟起彈一曲，清聲不落外人家。」王安石再回來看媳婦是否起床，看到媳婦的

第二章、中國散文之起源與發展

馬諫議書〉分析入微、文暢而氣盛，文筆簡潔精練。他的山水遊記文章也非常突出，〈遊褒禪山記〉借敘事以抒情，全文情理互見。

蘇洵、蘇東坡、蘇轍三父子是宋代重要的散文大家。蘇洵文章長於議論說理，筆勢縱橫，見解不凡。所作史論及政論文章皆相當有名，〈六國論〉為其代表，全文論證逐層而深入，分析透闢。

蘇東坡的詩、詞、書、畫俱佳，他的散文繼承韓愈、柳宗元的平實流暢，然內容更加開闊，〈赤壁賦〉、〈留侯論〉，以及〈方山子傳〉等，皆為人所熟知。蘇東坡為文揮灑奔放，嘗自評：「吾文如萬斛泉源，不擇地皆可出。」[27]又謂：「大略如行雲流水，初無定質，但常行於所當行，常止於不可不止，文理自然，姿態橫生。」[28]由此可見其風格，以及對散文的主張。〈喜雨亭記〉、〈超然臺記〉、〈放鶴亭記〉等之文，也常發人深省，議論兼抒發感懷。

蘇轍文章汪洋澹泊，有秀傑之氣，其風格與父兄不同，舒緩而有內勢、遠近互為照應等風格，常見於蘇轍文章。〈上樞密韓太尉書〉提出自己對寫作的看法，〈黃州快哉亭記〉有真

話後，心裡難免會癢癢的想入非非時，沒想到這時兒子出現，於是趕緊用手去扒牆上的字跡，兒子奇怪問老父在做什麼，王安石說，在「扒灰」。故「扒灰」即指公媳有曖昧關係。又有專家考證說，扒灰一詞不是出於王安石，而是蘇東坡，其故事情節大同小異。於是民間就有了扒灰的傳聞。但此二說皆太牽強，估計是反對王安石改革的政敵刻意編造的。參見百度百科。

27. 見宋・蘇東坡：〈自評文〉。
28. 見宋・蘇東坡：〈答謝民師書〉。

實自然之情,〈武昌九曲亭記〉內容委婉情深,皆為其代表作。

南北兩宋時期,戰爭頻繁,又受到靖康之變的影響,散文有主戰和主和兩派的激烈辯論,故此時多議論說理之文,如:胡銓、辛棄疾、文天祥、謝翱、鄭思肖等人。

胡銓的〈戊午上高宗封事〉正氣凜然、慷慨激昂。辛棄疾為著名詞人,散文成就頗高,〈九議〉等文章分析時事立論透闢。文天祥之〈指南錄後序〉、〈正氣歌並序〉、〈獄中家書〉,謝翱的〈登西臺痛哭記〉與鄭思肖〈文丞相敘〉等文章,皆反應出民族氣節與亡國之痛,情感沈鬱動人。

六、遼金時期散文:

與宋朝並立的遼、金兩個先後國家,其學術與文化皆受宋朝很大的影響。然「遼國書禁甚嚴,傳入中土者,法至死。道宗清寧末,又禁刊文字,故流傳者無多。復以亡國於女真,五京兵燹,典籍佚散。」[29]故遼國文章傳世不多。

東北的女真族於公元一一一五年建立金朝,金元時期的散文成就不高,佳作亦少。金朝立國一百二十年,散文以趙秉文、王若虛、元好問等人的成就最高。金文繼承宋代的長於論證、情景交融的特色,加上北方遊牧民族的雄渾剛健與酣暢明快之風,散文風格非常獨特。上述之趙、王、元等人為文皆學歐陽修、蘇東坡等,風格平易自然。

趙秉文十分推崇蘇東坡,其散文〈適安堂記〉長於辨析、〈寓樂亭記〉視野博大開闊。王若虛散文以詩論有名,見解獨

29.見陳述:《全遼文序例》。

到。〈焚驢志〉為一篇生動的寓言，具有很強的諷刺性。元好問善文，工詩詞，為金朝最有成就的作家。他的文章擅長於敘事，如〈濟南行記〉則生動描述濟南的山水景物；〈送秦中諸人引〉文筆清新流暢，語言雄健富美，表達作者歸隱山林、閒適自得的心境。

七、元代時期散文：

元世祖於公元一二七九年統一南北宋，建立元朝，存續計八十九年間。元朝由蒙古族建立，因疆域遼闊及主政者大力扶持商業之故，因此經濟發展甚為繁榮。然元代因民族壓迫及種族歧視，儒學不受重視，儒士地位低微，文學成就不高。

元代散文主要以學習韓愈與歐陽修的文章為主，鄧牧、姚燧、戴表元、趙孟頫，以及虞集等人為元代的散文代表作家。

鄧牧因對理學、佛教、道教均持反對態度，故又自號「三教外人」。擅長於古文，南宋滅亡後無意仕進，遍遊方外，歷覽名山。〈越人遇狗〉是模仿柳宗元〈三戒〉的短篇寓言，藉越人以人禮對待獵犬，最後反招致自身被犬齧首斷足的故事，諷諭宋朝和金、蒙古妥協而自取滅亡。著有《伯牙琴》《洞霄圖志》等書。

姚燧文章以韓愈為師，現存多碑、銘、詔、誥等文，文風古奧、簡約細緻，〈中書左丞姚文獻公神道碑〉、〈太華真隱諸君傳〉為其代表作。戴表元文章雅潔，〈送張淑夏西遊序〉、〈寒光亭記〉、〈秋山記〉等為其代表作。趙孟頫的詩文、繪畫、書法都很知名，文章神韻動人。虞集代表作則有〈陳炤小傳〉、〈答劉桂隱書〉等。

八、明代時期散文：

　　明太祖於公元一三六八年滅元建明後，在存續二七六年間，其文學亦有相當程度的發展。明初散文有劉基、宋濂兩人為代表。

　　劉基字伯溫，其文氣勢奔放、擅以寓托方式說理，前人評其文為「氣昌而奇」[30]。著有《郁離子》一書，當中有部份寓言及小品文，如〈楚有養狙以為生者〉的筆調，則趣味生動。〈賣柑者言〉也是劉基的名篇，其凌厲的文筆與反詰、排比的交互運用使文章文氣暢達，發人深省。

　　宋濂提倡為文應能明道致用，文章需取法唐宋，他的文章有儒者之氣。〈送東陽馬生序〉為其代表作，內容質樸感人。宋濂的傳記散文，描繪人物形象鮮明、性格凸出，如〈王冕傳〉、〈秦士錄〉、〈記李歌〉等作品，情節生動、引人深思。

　　永樂、成化年間，文壇盛行「臺閣體」，代表作家為楊士奇、楊榮、楊溥等三人，所作文章雖雍容典雅，然內容貧乏、文氣虛弱。明中葉有前後七子，他們反對「臺閣體」的庸俗及八股文的空洞，主張「文必秦漢，詩必盛唐」，強調作文應模擬古人，然過份強調復古擬古的結果，使得他們所作的文章艱深古奧、拗口難懂。其中之前七子為李夢陽、何景明、徐禎卿等人，後七子則以李攀龍、王世貞為首。

　　嘉靖年間，出現一股反復古的思潮，以王慎中、茅坤、歸有光等人為主的「唐宋派」，反對擬古派的模擬之風，主張為文應學習唐宋古文平易暢達的文風，且文章須直抒胸臆。因此，

30.見清・張廷玉等：《明史・劉基傳》。

第二章、中國散文之起源與發展

唐宋派的文章具有樸素自然的特色,其中以歸有光的成就最為凸出。

歸有光的創作以古文為主,風格簡潔樸素,文章長於敘事,〈先妣事略〉、〈項脊軒志〉、〈寒花葬志〉等作品,雖多敘述家庭瑣事,然樸實無華、簡潔生動,描繪人物細膩深刻,內容抒情有韻味。

唐宋派之後,文壇上出現一股主張真情與性靈的思潮,他們認為創作應反映童心、獨抒性靈,此時期的文章大都形式短小、清麗雋永且自由活潑。因此,小品文的創作在晚明有很大的發展,其代表作家有公安三袁、張岱、徐霞客等人。

袁宗道、袁宏道、袁中道三兄弟為湖北公安人,世稱「公安派」。袁氏三人在創作上主張「獨抒性靈、不拘格套」,反對模擬古人,文章需表現真率的性情。三人之中以袁宏道成就最高,他的文章清新流暢,〈徐文長傳〉寫人鮮明生動;〈滿井遊記〉寫景細膩、充滿情致;〈晚遊六橋待月記〉、〈初至西湖記〉等遊記情致雋永、清新活潑,是山水散文的名家。

公安派之後有以竟陵人為首的「竟陵派」,其代表作家有鍾惺、譚元春等人。竟陵派對晚明文學的影響主要在於詩而不在於文。

晚明優秀作家還有徐宏祖與張岱等人。徐宏祖因遊歷過許多名山大川,因此他的山水遊記以其敏銳、獨特的觀察力描繪出物我交融的境界。其代表作為《徐霞客遊記》,書名之由來,乃因徐宏祖號霞客而得。

張岱文章的風韻，既深厚而又有詼諧的一面，筆韻靈活多變，記遊文章意境優美。如〈湖心亭看雪〉、〈西湖七月半〉、〈虎丘中秋夜〉、〈西湖香市〉，以及〈柳敬亭說書〉等寫作，描人繪景入木三分，神韻生動。

九、清代時期散文：

清世祖於公元一六四四年建國後，在存續二六八年間，其文學得到較整體的發展，不管是詩詞、散文、小說、戲曲等皆有長足的進步。在散文方面，有清初期有黃宗羲、顧炎武、王夫之等學者反對清廷的壓迫及專制，文章不同於晚明小品文的閒適，而是風骨遒勁兼有民族氣節。黃宗羲於清兵入關後投身抗清運動，著有《明夷待訪錄》散文風格宏偉恣肆。

人稱「清初三大家」的侯方域、魏禧與汪琬也是此時期的代表。侯方域散文極富才氣，擅長於描寫人物，〈李姬傳〉、〈馬伶傳〉描寫人物形象生動。魏禧主張「考古以用今，練事以驗理」[31]其文感情澎湃、真摯動人。汪琬古文淳篤，筆墨飽滿酣暢，〈江天一傳〉、〈送王進士之任楊州序〉等文章俱佳。

清朝中葉，文壇上出現一大古文流派，即以方苞、劉大櫆、姚鼐為首的桐城派。方苞主張文章要言之有物，提出「義法說」：「義即《易》之所謂言有物也；法即《易》之所謂言有序也。義以為經而法緯之，然後為成體之文。」[32]他的文章以弘揚儒學為主，古文創作多用典，文風方正純厚，為文嚴謹審慎。其〈獄中雜記〉、〈左忠毅公軼事〉等作品，雅潔有序；〈鮑氏姐

31.見魏禧：〈與富平李天生書〉。
32.見方苞：〈又書貨殖傳〉。

第二章、中國散文之起源與發展

哀辭〉、〈亡妻蔡氏哀辭〉等悼亡作品,則感情真摯、深婉情厚。

　　劉大櫆主張創作文章應注意神氣、音節、字句等要素,他認為:「行文之道,神為主,氣輔之」[33],他的文章氣勢盛大,善於議論。姚鼐則認為作文章應該「義理」、「考據」、「辭章」三者並重,且提出文章的風格有陽剛及陰柔兩類,無論偏於哪一方都不可以,只有「陰陽剛柔並行而不容偏廢」[34]才是上乘之作。〈登泰山記〉、〈快雨堂記〉寫景細膩,〈左仲郛浮渡詩序〉、〈復魯絜非書〉等作品寫景、議論俱佳。其所編撰之《古文辭類纂》,堪稱古文寫作的典範,對後世影響很大。

　　深受乾隆帝器重的紀昀,總纂《四庫全書》,並編撰《四庫全書總目提要》,他的雜著筆記《閱微草堂筆記》,記載各種名人軼聞與鬼魅奇談,篇篇引人入勝。〈許南金不畏鬼〉記載許南金不怕鬼魅,進而與其周旋的故事;〈書癡〉則諷刺明末以降的知識份子,讀死書卻不問世事。

　　清朝末年,桐城派古文雖仍有其影響力,然因國勢日漸衰微,經世致用的文章,在當時受到相當的重視。龔自珍與魏源便是以文章傳播新思想的代表,其文章常以古喻今,如龔自珍著名的文章〈病梅館記〉,即是抗議當時的統治者箝制文人思想的代表作,開散文新風氣之先。

　　甲午戰爭之後,國家正值危急存亡之秋,西方文化的衝擊與國勢的衰弱,促使文學界產生巨大的變革。新文體即是在此背景下產生,梁啟超為此時期的代表。

---

33. 見劉大櫆:《論文偶記》。
34. 見姚鼐:〈海愚詩鈔序〉。

梁啟超提倡的新文體，劉一沾等說：「是一種宣傳社會思想、介於文白之間而見之於報章的政論文章。」[35]梁啟超也曾說：「務為平易暢達，時雜以俚語、韻語，以及外國語法，縱筆所至不檢束，學者競效之，號新文體。」[36]此種文章除文學性之外還兼具有宣傳性，數量頗多。梁啟超的〈新民說〉、〈關復辟論〉等政論文章，說理透闢、語言暢達；〈少年中國說〉語言自由，情感奔放。梁啟超的新體散文半文言半白話，清末散文正處於由文言過渡到白話的階段，梁啟超的新體散文領域廣闊，對當時影響深遠。

十、民國時期散文：

孫中山於公元一九一二年建立亞洲第一個民主國家至今，已有一百多年，其文學發展進入嶄新的時代。由於二十世紀以來，中國文化受到西方科學及民主思潮的影響，出現新文化啟蒙運動，文學界也出現反舊文學、提倡新文學的「五四運動」。此時期近代西方文藝理論經由翻譯大量進入中國，隨著白話文運動的開展，散文成為一種文學體裁，它的範圍包括雜感、隨筆、書信、短評等作品，散文的概念被重新確定，並擁有主流的地位。

五四以來，以議論說理為主的創作佔最大宗，許多有識之士在《新青年》雜誌上，發表他們議論透闢、活潑生動的創作，其中以魯迅的雜文最具代表性。

魯迅在《新青年》上發表的雜感和議論文，相當尖銳的批

35.見劉一沾、石旭紅：《中國散文史》。
36.見梁啟超：《清代學術概論》。

第二章、中國散文之起源與發展

評當時社會的落後思想和不合理的社會現象。日本入侵東北後，他更創作大量抗日救國的雜文，後集結成《花邊文學》、《且介亭文學》等散文集[37]。魯迅還有《野草》、《朝花夕拾》兩書，《野草》運用象徵手法、寓意深刻；《《朝花夕拾》則追憶自己從前的生活片段，情感沈鬱。

　　一九二一年，文學研究會成立於北京，發起人包括周作人、沈雁冰等人。正如其發起宣言所說，其產生是為了「聯絡感情」、「增進知識」和「建立著作工會的基礎」。文學研究會並得到商務印書館等出版企業的支持，提倡寫實主義的文學，主張為人生而藝術，文學應該反映社會的現象，表現並討論有關人生的問題；反對無病呻吟的名士詩文，攻擊當時用文言寫的舊詩詞、以文學為遊戲的鴛鴦蝴蝶派，也攻擊後起打著浪漫主義旗幟的創造社。

　　周作人為魯迅之弟，是文學研究會的主要成員之一，他參加語絲社，並有大量社會批判的散文。還提倡「美文」，即藝術性抒情散文小品，他的散文風格平和閒適。〈碰傷〉、〈賣汽水的人〉、〈故鄉的野菜〉為周作人的代表作。朱自清也是文學研究會的成員，一九二五年後的創作以散文為主，他的散文集《背影》記錄自己真切的感受，情感真摯動人，清新秀麗。〈荷塘月色〉有巧妙的聯想、比喻新穎。冰心本名謝婉瑩，亦是文學研究會的成員，她的散文常以書寫母愛、純真的童心及大自然風光為主。〈笑〉、〈往事〉風格秀婉，描寫細膩溫柔，略有感傷之情。徐志摩，其散文情感濃厚、詞藻華麗；郁達夫散文

---

[37] 散文集，為將以前所發表的單篇作品集結成冊，故從單篇發表到集結成冊，會有相當的時間差。

則情感澎湃；許地山有《空山靈雨》散文集，內容富含哲理，文章篇幅大都精練短小；梁遇春的散文深受英國隨筆的影響，著有《春醪集》、《笑與淚》。他的散文詞藻華美，想像豐富，經常抒寫對現實人生的感受，情感真摯坦率。他「喜歡使用精彩的比喻和警句格言，來抒寫異乎常人的奇思。」[38]其文章善用典故，剖析事理深入，見解獨到。

林語堂在一九三二年創辦《論語》與《人間世》幽默刊物，提倡有別於長文篇幅的短篇小品文之幽默文學。他說：「幽默本身是人生之一部分，所以一國的文化，到了相當程度，必有幽默文學的出現。人之智慧已啟，對付各種問題之外，尚有餘力，從容出之，遂有幽默……因為幽默只是一種從容不迫達觀態度。」[39]林語堂著有《大荒集》、《我的話》；豐子愷著有《緣緣堂隨筆》、《車廂社會》、《率真集》等作品。他的散文具有佛理的哲思，〈無常之慟〉、〈晨夢〉等為其代表。他的散文也有很大一部分在描寫兒童純真的心靈世界，有〈給我的孩子們〉、〈兒女〉、〈談自己的畫〉等散文，他認為：「成人的世界，因為實際的生活和世間的習慣的限制，所以非常狹小苦悶。孩子們的世界不受這種限制，因此非常廣大自由。」[40]然而他在描寫孩子的天真純潔時，也意識到孩子長大後，將不復往日那樣的真率與自由，因此筆帶哀惜，自然純樸，他常即興抒寫生活中的物事，予人親切明亮之感。

隨著一九三七年七月七日盧溝橋事變的爆發，中國隨即進入全面對日抗戰時期。該時期，文學界許多作家紛紛在報章雜

---

38. 見凌宇等：《中國現代文學史》。
39. 見林語堂：〈論幽默〉。
40. 見豐子愷：〈談自己的畫〉。

第二章、中國散文之起源與發展

誌上發表抗日宣傳，或進入前線加入救援的工作。一九三八年在武漢成立的「中華全國文藝界抗敵協會」，簡稱「文協」。其會刊《抗戰文藝》為抗戰時期重要的文學刊物，許多作家都在該刊物上發表與抗日、民族有關的作品。而《大公報》則是抗戰時期最重要的報紙之一。尤其是在抗戰初期時，有一種「報告文學」[41]的興起，內容記錄前線將士的愛國精神與日本在戰場上的暴行，蕭乾本名蕭秉乾的〈流民圖〉與汝南的〈當南京被屠殺的時候〉，其描述情感沉痛濃烈；茅盾本名沈德鴻，他的抒情小品文，遣詞用字簡練，〈白楊禮讚〉以白楊樹作象徵，具有極強的感染力；素有江南才子之稱的錢鍾書，其《寫在人生的邊上》，旁徵博引古今中外文史哲典故，重在論說，是一本級為優秀的散文論集；張愛玲之《流言》，書寫她在生活中的見聞，描寫物事細膩、情感流動於文章之中，語言靈動鮮活，具有豐富的想像力；梁實秋是著名的散文家與翻譯家，一九四五年移居臺灣。他的《雅舍小品》風格淡雅，筆調灑脫，或寄寓人生感慨，或寫多樣的人情世態，皆能引起讀者的迴響與共鳴。他善於觀察生活周遭的事物並加以思考，以恬靜平和的心境感受人生，筆鋒機智而有諧趣。

沈從文是著名的散文家與小說家，但他的小說《邊城》與

---

41. 報告文學又稱紀實文學、報導文學，主要係以真人真事為主的記敘性質的文學作品，結合新聞與文學，以緊貼現實為主，但須符合新聞學對報導的要求，是以所描述的人物、事件，必須根植於事實的文體。他的源頭，來自於著名小說家卡波特（Truman Capote）在《紐約時報》看到美國堪薩斯州發生一家滅門慘案的報導後，到當地進行採訪，發現一篇單在《紐約客》的報導並不夠，於是便下定決心寫一部「寫實文學小說」的書，這個作品成為報導文學的始祖。後來改編成電影《冷血自傳》，由菲臘‧西摩‧荷夫曼（Philip Seymour Hoffman）主演。參見維基百科。

《長河》成就遠超過他的散文,是瑞典學院院士、諾貝爾文學獎終身評審委員的馬悅然(瑞典語:NilsGöranDavidMalmqvist,1924年～2019年)曾表示,一九八八年諾貝爾文學獎最後候選名單中,沈從文入選了,並認為他是最有機會獲獎的候選人。他成名的散文之作《湘西》,均以故鄉湘西為題材,充滿鄉土特色;方令孺是當時知名的詩人與散文家,她的散文風格清新自然,著有《信》、〈琅琊山遊記〉等作品,是為當時佳作,文中對山中夜景的描繪與感悟,尤令人印象深刻。她的悼文〈悼瑋德〉、〈志摩是人人的朋友〉、〈青春常在〉等文,情感深厚且濃烈。

十一、海峽四地散文:

一九四九年國民黨政府戰敗,而退守臺灣,共產黨則在大陸取得政權,並建立中華人民共和國,以致形成海峽四地散文各自發展的狀況。茲說明如下:

1.臺灣散文:

臺灣[42]位居中國大陸東南方,地理上與中國大陸十分接近。根據文獻記載[43]推測,三國時代的孫權以及隋煬帝都曾經

42.臺灣位於亞洲東部、太平洋西北側,另有寶島、鯤島、大員、東寧、福爾摩沙等別稱。地處琉球群島與菲律賓群島之間,西側隔臺灣海峽與歐亞大陸相望。面積約3.6萬平方公里,人口1,400萬人左右。主要由最早定居於此的原住民族、與17世紀後遷入漢族所構成;若以族群概念劃分,則分為:原住民、閩南人、客家人、外省人、新住民等五大族群。

43.陳壽之《三國志・吳書・孫權傳》中提到夷洲這個地名,有學者認為是今天的臺灣,也有學者提出質疑。另,唐・魏徵之《隋書・流求國》與唐・令狐德棻之《隋書・陳稜傳》中提到一個在東方海上的島國,法國學者聖丹尼斯(Marie-Jean-Léon,Marquis l'Hervey de Saint

第二章、中國散文之起源與發展

派兵至臺灣。不過，在清朝以前的中國歷朝都未曾在臺灣本島設官治理，只有元代及明代曾斷斷續續在澎湖設巡檢司。然臺灣文學的啟始是到一六五二年，明儒沈光文因颱風漂泊而來到臺灣後才產生。

明清時期的散文，自沈光文來臺後，便與季麒光等十三人發起「**東吟社(詩社)**」，致力於傳統文學的播種，培養許多詩人。葉石濤稱：「沈光文是臺灣文學史上頭一個有成就的詩人。」從沈光文來臺，到1844年澎湖子弟**蔡廷蘭**中進士為止的兩百年間，傳統文學遲遲未能在臺灣生根，主因是臺灣的社會結構使然。臺灣本為一個漢人、原住民雜處的社會，移民而來的漢人多屬目不識丁的庶民階層，尤以農民居多，缺乏熟悉傳統文學的士大夫階層，至於來臺當官的「**宦遊人士**」，只把臺灣當作是暫時居留地，他們的詩文，大多屬於文獻性質的史書，至於個人述懷的詩文，多是傷懷詠吟、富於「**異國情趣**」的作品，缺乏對臺灣本土的認同。此時期的代表作家和作品有：郁永河之《裨海記遊》、黃叔璥之《臺灣使槎錄》、朱士玠之《小琉球漫誌》、藍鼎元之《平臺紀略》《東徵集》、陳夢林之《諸羅縣志》、江日昇之《臺灣外紀》等散文作品。

在「**宦遊文學**」主宰臺灣文壇的年代，本土的傳統文學也開始發聲，大陸的傳統文學便逐漸移植至臺灣本土上，這些本

Denys)認為這個流求國就是今天的臺灣。元·汪大淵的《島夷志略》則稱琉求，謂「自彭湖望之甚近」而被認為指今日高雄的壽山，並略述其地物產與原住民獵頭習俗。但梁嘉彬於1958年發表的〈吳志孫權傳夷洲亶洲考證〉，以東洋針路、季風、洋流等佐證質疑是臺灣說法，並提出流求應是指今日的琉球群島，是最早提出的反對觀點。另施朝暉等人認為，當時的流求應泛指琉球群島、臺灣等地，是中國東方海中的一連串島嶼。

土作家群，以澎湖進士蔡廷蘭為首，著有《海南雜著》，彰化的陳肇興和黃詮，淡水的黃敬和曹敬，新竹的鄭用錫和林占梅等，皆是這時期的代表作家。到清末年間，臺灣如同大陸般的內憂外患接踵而來，激起知識份子保鄉衛國的情操與覺醒，認為文學並非遊戲應酬的工具，它應反映本土人民的疾苦生活，以及發揚民族精神。在同治與光緒年間，臺灣本土作家的作品水準已與大陸不分軒輊，其風格卻有強烈的鄉土色彩，文名遠播大陸。當時之宦遊人士如：王凱泰、楊浚、林豪、吳子光、唐景崧都很有名；本土詩人則以：陳維英、李夢洋、丘逢甲，以及施士浩等人為代表。

二〇年代前，由於臺灣在一八九五年割讓給日本[44]，以至到一九一九年間，在東京的臺灣留學生改組原先的**「啟發會」**為**「新民會」**，展開該階段各項政治運動、社會運動的序幕。這些擺脫古詩的近代文學，為臺灣新文學運動的肇始者，也被認為與日本的**「言文一致運動（げんぶんいっちうんどう）」**[45]或與大陸的五四運動(白話文運動)息息相關。

三〇年代，影響臺灣文學、語言、族群意識的臺灣鄉土話文論戰正式展開。臺籍的日本居民黃石輝於東京力倡臺灣文學應是描寫臺灣事物的文學、可以感動激發廣大群眾的文學、以

---

44. 中日甲午戰爭，日本稱日清戰爭（にっしんせんそう），國際通稱第一次中日戰爭（First Sino-Japanese War），係大清帝國與日本帝國在朝鮮半島和遼東半島進行的戰爭。光緒二十年年（1894年）按中國干支紀年為甲午年，故謂甲午戰爭，最終大清戰敗與日本在 1895 年 4 月 17 日簽訂《馬關條約》將臺灣割讓給日本。
45. 該運動係日本明治維新所推動，主張語言和文章應一致，使能自由並正確的表現思想及情感的文體改革運動。該運動發端於明治初期，經由二山田美妙、葉亭四迷、尾崎紅葉等作家嘗試後而逐漸普及，最後演變成為現在的日本口語文，並為日本現代文學的起源。

第二章、中國散文之起源與發展

及用臺灣話描寫事物的文學。1934 年之後的兩年，集結臺灣進步作家的臺灣文藝聯盟、臺灣新文學等民間組織相繼成立，表面標榜為文藝運動，實則具有政治性的文學結社。

　　四〇年代，蘆溝橋事變於一九三七年爆發後，臺灣總督府隨即設立國民精神總動員本部，皇民化運動於是正式展開。臺灣作家大部分只能依附在日本作家為主的團體，如一九三九年成立的臺灣詩人協會，或一九四〇年擴大改組的臺灣文藝家協會等。這個時期最重要的本土作家主要有三人：賴和本名賴河的〈無題〉、〈獄中日記〉；楊逵本名楊貴的《鵝媽出嫁》、《羊頭集》；吳濁流本名吳建田的《南京雜感》、《黎明前的臺灣》等散文作品。其中之吳濁流於日據[46]末到臺灣光復後初期著有《亞細亞的孤兒》長篇日文小說、《無花果》、《臺灣連翹》，被後人稱為**「孤帆三部曲」**，成為臺灣大河小說的開創先河，影響後來的李喬本名李能棋《寒夜三部曲》、東方白本名林文德《浪淘沙》、吳景裕《鄉史補記》等作品，可見這個時期臺灣文學已開始興起。然就語言方面看，這時期所使用的語言，是以中國白話文和日文為主，白話文寫作在歷經臺灣話文論戰後，逐漸將地方方言融入文學語言的傾向，如賴和《雕古董》、《棋盤邊》、《一個同志的批信》等篇，都可看出作家將母語整合至文學創作中的苦心。

　　就整體而言，以日文寫作的文學成就較高，其原因有二：一為日本政府並不真心鼓勵漢文創作，尤其進入皇民化後，漢

---

46. 日本統治臺灣這段時間，在兩蔣時代皆以日據時期稱之，臺灣是中華民國的一部份非常明確。李登輝主政後，即出現國土未定論的主張，故有日治時期、日統時期、日領時期等名稱出現，基於實務及歷史的考查，筆者主張以日據時期稱之。

文即被禁止使用，使臺灣本土作家，尤其受新式教育的年輕作家大多習於使用日文寫作。二為本土作家用以吸收世界思潮，與現代文學知識、典範的媒介語言幾乎都是日語，創作上自然以日文較能駕輕就熟。此乃時代環境限制與影響之必然，無關乎個人的國家與身份認同。依葉石濤對臺灣新文學運動的分期來看：第一期為**「搖籃期」**（1920年～1925年），代表作家與作品有：謝南光之日文〈她將往何處去～致苦惱的年輕姊妹〉、中文〈無知的「神秘的自製島」〉等小說。第二期為**「成熟期」**（1926年～1937年），該時期本土作家輩出，作品的水準與日提升，代表作家有：賴和、楊雲萍本名楊友濂、楊守愚本名楊松茂、楊逵本名楊貴、蔡秋桐、朱石峰、王詩琅、林越峰本名林海成、張慶堂、巫永福、張文環、翁鬧、吳天賞等人。第三期為**「戰爭期」**（1938年～1945年），該時期的小說藝術之成就最高，代表作家有：張文環、呂赫若、龍瑛宗、王昶雄、葉石濤、周金波、陳火泉等人。其中，葉石濤的《三月媽祖》是最早以二二八事件[47]為背景寫成的小說。

---

47. 該事件於1947年2月28日所發生的大規模民眾反抗政府事件，以及3月至5月間國民政府派遣軍隊鎮壓臺灣民眾的事件。包括民眾與政府間的衝突、軍隊鎮壓平民，以及當地人對新移民的攻擊等情事。其導火線係在前1日，臺北市的一件私菸查緝血案而引爆衝突，觸發28日臺北市民聚集臺灣省行政長官公署抗議、請願、示威、罷工、罷市等現象，卻遭衛兵開槍射擊，遂轉變成對抗公署的政治運動，並爆發自國民政府接管臺灣以來因貪腐失政所累積的民怨，造成臺灣人和外省人之間的省籍情結。數日內便蔓延全臺，使原本單純的治安事件演變為社會運動，最後導致官民間的對抗衝突與軍隊鎮壓。該事件造成數萬人傷亡。該事件的發生與臺灣獨立運動並無關係，當時幾乎沒有臺獨的倡議，但當國民政府以〝**陰謀叛亂**〞、〝**鼓動暴亂**〞、〝**臺灣獨立**〞、〝**陰謀叛國**〞，以及〝**臺灣人與共產黨合作**〞等為由鎮壓，藉以捕殺林茂生、陳炘、洪炎秋、張秀哲等人。該等人對祖國是懷抱強烈認同的臺灣人，使臺灣人的祖國夢碎，二二八事件因此成為後來臺灣

第二章、中國散文之起源與發展

一九四九年,國民政府遷臺後,臺灣依舊繼承中國散文的發展,而有了臺灣本土自主性的特色。如從創作主題來分類[48],大致可分:反共與懷鄉、存在與現代主義、鄉土與寫實主義、本土與女性主義,以及多元與後現代主義等五個時期來說明:

A.反共與懷鄉時期(1945～1955):

五○年代,在國共戰爭的陰影下,臺灣文壇的主流是標榜反共、鼓吹戰鬥的文學,當中以一九五○年五月成立的「中國文藝協會」(簡稱「文協」)最具影響力,是這一時期最活躍的官方文藝團體。五○年代的軍中作家活躍於文壇,像是朱西甯本名朱青海、司馬中原本名吳延玫、姜穆等都有一些作品表達「反共」的主題,尤其也有甚多作家從大陸追隨來臺,如:蘇雪林本名蘇小梅、謝冰瑩本名謝鳴崗、琦君本名潘希珍、張秀亞、羅蘭本名靳佩芬、林海音本名林含英等人,此時期的散文作家大都遠離故鄉親友,因此這些作家主要以懷鄉及親情為主題,創作出許多受歡迎的作品。

這個時期的臺灣文壇,幾乎都由大陸作家掌控,因本省籍作家面臨由日據時期所用的日文寫作,要轉換成中文的障礙,又加上「二二八事件」[49]以來充斥的白色恐怖環境,本省籍作家多半保持在沉寂的狀態,所以本省籍作家中寥寥無幾。其中,

---

獨立運動興起的重要原因。
[48] 本文以創作主題來分期,並以其發展時期作為界線,每個時期以十年劃分,便會有甚多作家橫跨不同時期,故本文所選擇,自當以呼應其時期的知名作家。
[49] 「二二八事件」,是指1947年2月27日至5月16日間,臺灣各地爆發激烈的官民衝突,民眾要求政治改革,最終中華民國國民政府派遣軍隊武力鎮壓。

以鍾肇政與鍾理和最具代表性。

鍾肇政為臺灣客家人,生於日治時期臺灣新竹州大溪郡龍潭莊字九座寮（今屬桃園市龍潭區）。被尊為臺灣文學之母,與賴和相互輝映,也與葉石濤齊名,兩人被並稱為「北鍾南葉」。他曾以自費方式編印的十六期《文友通訊》,報導了當時本土作家約十人的文學動態,極具歷史價值,但他是以小說成名的小說家,非散文家。雖有:《丹心耿耿屬斯人:姜紹祖傳》、《原鄉人:作家鍾理和的故事》、《鍾肇政回憶錄:徬徨與掙扎》、與王世勛合著之《桃園老照片故事:鍾肇政的文學影像之旅》等的傳記散文,以及《永恆的露意湖:北美大陸文學之旅》的散文作品傳世。

鍾理和也是臺灣客家人,出生於高雄美濃,與鍾肇政齊名,被稱為「兩鍾」、「倒在血泊裡的筆耕者」。但他也是以小說成名的小說家,非散文家。雖有:〈白薯的悲哀〉（未刊稿）、〈祖國歸來〉（未完成）、〈小岡〉、〈做田〉、〈登大武山記〉、〈我的書齋〉（未刊稿）、〈老樵夫〉（未刊稿）、〈賞月〉（未刊稿）,以及〈薪水三百元〉（未刊稿）等的散文作品傳世。

B.存在與現代主義時期(1955～1965):

六〇年代,《現代文學》於一九六〇年創刊,標示著臺灣文學的發展,是以現代主義佔主流地位的時期。《現代文學》是由當時就讀臺大外文系的白先勇、王文興、陳若曦本名陳秀美、歐陽子本名洪智惠、李歐梵等人所創的,一九七三年停刊,培養了不少本土作家,如:黃春明、七等生本名劉武雄、施叔青、李昂本名施淑端、林懷民等。他們提倡「橫的移植」來代

第二章、中國散文之起源與發展

替「縱的繼承」，把西方的存在主義、意識流、超現實主義等前衛的文學意識形態和寫作技巧，透過刊物引進國內，造成一時的風行。他們有嚴重西化傾向，主要的原因是因為大陸在三、四○年代的作品被禁止在臺灣流通，無法找到可以模仿的對象，只好轉而大量吸收歐美的現代文學潮流。就在這種與大陸文學、日據時代臺灣新文學文化傳統的「雙重隔絕」下，他們不得不走向全盤西化。

白先勇就曾指出，他們這些來臺第二代作家都有一種「無根與放逐」的共同意識，探索人存在的意義便成為當時盛行的話題，存在主義因此風靡了整個六○年代。王尚義的〈野鴿子的黃昏〉即充滿了此一思潮的風格而在文壇受到重視，他的短文及散文集《溪谷足音》、《落霞與孤鶩》等，也大致呈現這種風格。在這個時期臺灣知名散文家主要有：蕭白、王鼎鈞、余光中、許達然等人。

蕭白本名周仲勳，浙江諸暨人，是臺灣現代的散文家，作品以散文、小說見長。曾獲中山文藝獎散文獎，一九六五年出版第一部散文集為《多色河畔》，後陸續有《藍季》、《山鳥集》等二十幾部散文集出版。他的作品，展現出抒情與哲思兼備、語言形式辨識度高的風貌。在他的文字中，可見對自然天地的讚美、哲性生命思考和鄉愁情感，以此映現了他一生對真善美的追尋精神。

王鼎鈞是山東臨沂人，是臺灣現代的散文家。他的創作，雖有詩、小說、劇本、評論，以及散文等，但主要創作以散文為主，他的散文作品有《人生觀察》、《長短調》等二十幾部散文集出版，有濃郁的現代主義風格。曾獲中山學術文化基金會

中山文藝創作獎、《中國時報》時報文學獎散文推薦獎,以及「吳魯芹散文獎」。其散文卓然成家,被譽為「一代中國人的眼睛」。學者黃錦樹謂他「美的散文」與「力的散文」。

余光中福建永春人,是臺灣知名詩人、散文家、翻譯家、學者。他的創作,以詩及散文為主,一九六三年出版第一部散文集為《左手的繆思》,後陸續有《逍遙遊》、《聽聽那冷雨》等二十幾部散文集出版。他的作品,兼有中國古典文學與外國現代文學之精神,創作手法新穎靈活,比喻奇特,描寫精雕細刻,抒情細膩纏綿。曾獲吳三連文藝散文獎、吳魯芹散文獎等獎項。梁實秋評論:「右手寫詩,左手寫文,成就之高,一時無兩。」

許達然本名許文雄,臺灣臺南人,是臺灣現代的散文家、史學家。他的創作,主要在現代詩和散文,共出版十八本散文集和二本詩集。他的第一本散文集是《含淚的微笑》,也是他的成名作。他的作品,體現中國文字的藝術性,用字凝鍊,意象豐盈,抒情中帶有哲思與批判,兼具社會意識與人道關懷。曾獲吳濁流文學獎及吳三連文藝散文獎等獎項。學者陳芳明認為,他是鄉土文學運動中受到最多矚目的散文家,他不純然寫鄉土,扮演冷靜旁觀的注視者,瞭望臺灣社會政治經濟的變化。他的重要,其實在進行一場寧靜的革命,對於現代主義運動以來,文字精緻化與私密化的現象,刻意反其道而行,這是臺灣散文的一枝奇筆,也是相當寂寞的孤筆。

C.鄉土與寫實主義時期(1965～1975):

七○年代,鄉土文學的興起,與兩次文學論戰有關。第一

第二章、中國散文之起源與發展

次是一九七三年爆發的現代詩論戰，史稱「唐文標事件」。許多報刊、雜誌都捲入此次事件，「回歸鄉土」的呼聲在此事件後日益高漲。直到一九七七年的「鄉土文學論戰」時，現代派與鄉土派又進行了一次規模更大也更為激烈的決戰。經過這場論爭，鄉土文學獲得充實的理論基礎，寫實主義取代了過度西化的現代主義，最後鄉土派顯然是占了上風。學者彭瑞金認為，這場論戰給予本土作家極大的動力朝鄉土文學的方向寫作，鄉土文學寫作風行一時。這個時期活躍的鄉土散文家，主要有：子敏、林文月、楊牧，以及張曉風等人。

子敏本名林良，福建同安人，是臺灣兒童文學作家，也是臺灣現代的散文家。他的散文創作計有：《茶話》、《小太陽》等十幾部散文集出版，其題材多取自日常生活經驗，挖掘家庭瑣事的韻味，以及追憶童年往事，不堆砌華麗的詞藻，堅持以「真實的現代語言」寫作，有濃郁的鄉土寫實風格。一九七三年《小太陽》首度獲得中山文藝獎；二○一二年榮獲國家文藝獎。總統褒揚令謂：「資深散文暨兒童文學作家林良（子敏）……意境視野，沾溉人心，允為臺灣跨世代鏈結之津梁。」

林文月臺灣彰化人，是日文翻譯家，也是臺灣現代的散文家、學者。他的散文創作計有：《京都一年》、《讀中文系的人》等十幾部散文集出版，具有樸實、冷靜而平淡的寫實主義風格。文學大家白先勇評她：「筆意清暢，風格醇厚，寓人世的悲憫欣喜於平淡之中，字裡行間輻射溫暖與智慧的光芒。」她在臺大任教期間，更被讚譽為「臺大第一景」，吸引一票學生粉絲，是校園傳奇，先後曾獲得時報文學獎、國家文藝獎、臺北文學獎等獎項。

中國散文卷

　　楊牧本名王靖獻，臺灣花蓮人，是現代的詩人及散文家、評論家、翻譯家、學者。他的散文創作計有：《葉珊散文集》、《年輪》等十幾部散文集出版，其風格浪漫抒情之外，還多了一份冷靜與含蓄，並關心鄉土與現實的問題，充滿「反思」和「探索」的精神。詩人陳黎評謂：「僅從文學創作的藝術性成績來講，我想楊牧老師可能可以稱作臺灣第一人。這裡的判斷依據是，他在不同階段創作中的質與量，還有他創作的變化幅度，包括他對一代一代創作者的刺激和啟發。」先後曾獲得時報文學獎、吳三連文學獎、國家文藝獎等獎項。

　　張曉風江蘇銅山（今徐州）人，是現代散文家、立法委員、學者。著有：散文集《地毯的那一端》、《你還沒有愛過》、《再生緣》、《我在》、《從你美麗的流域》、《玉想》、《我知道你是誰》、《這杯咖啡的溫度剛好》、《星星都已經到齊了》、《曉風戲劇集》、《送你一個字》，以及《花樹下，我還可以再站一會兒》等散文集出版，具有用知性來提升感性，以小我拓展到大我的風格。學者余光中譽她為「亦秀亦豪的健筆」。二十五歲出版第一本散文集《地毯的那一端》，次年即獲中山文藝散文獎，為至今得獎人中最年輕的一位；另獲國家文藝獎、吳三連文學獎等獎項。

D.本土與女性主義時期(1975～1985)：

　　八○年代，鄉土文學逐漸被揚棄，取而代之的是本土文學。直到一九八七年解嚴以後，「臺灣文學」才取代「本土文學」。所以在這個時期後，文壇不再是主流掛帥的局面，而是呈現多流派、多風格、多題材的多元化格局，尤其是伴隨著婦女解放運動的興起，「挑戰父權、解放女性」成為這個時期文學創作

第二章、中國散文之起源與發展

的主題。這類作品主要是探討社會複雜環境下現代女性的處境，具有強烈的女性成長與覺醒意識。然而，這種女性覺醒的意識大部分呈現在小說方面，如：李昂的〈殺夫〉、蕭麗紅的〈千江有水千江月〉、廖輝英的〈油麻菜籽〉、袁瓊瓊的〈自己的天空〉等，有的控訴父權社會對女性的壓迫，有的大膽觸及情欲題材、有的塑造女強人模式、有的顛覆傳統對女性的定位等，讓女性文學的領域在八〇年代得到很好的發展。這個時期主要的本土散文家有：三毛、陳冠學、孟東籬、洪素麗、蔣勳，以及阿盛等人。

三毛本名陳平，浙江省定人，是臺灣現代散文家，他的散文創作計有：《撒哈拉的故事》、《雨季不再來》等十九部散文集出版，充滿了女性主義抬頭的風格。一九七四年，她開始以三毛為筆名，發表在西屬撒哈拉沙漠日常生活為題材的散文作品等，該等作品引起廣泛關注與喜愛，自此「三毛熱」迅速從臺灣橫掃整個華文世界而成名。文學大家白先勇評說：「三毛創造了一個充滿傳奇色彩瑰麗的浪漫世界；裡面有大起大落生死相許的愛情故事，引人入勝不可思議的異國情調，非洲沙漠的馳騁，拉丁美洲原始森林的探幽～這些常人所不能及的人生經驗造就了海峽兩岸的青春偶像。」

陳冠學臺灣臺南州學甲莊大灣（今臺南市學甲區）人，是臺灣現代散文家，他的散文創作計有：《田園之秋》、《父女對話》等十餘部散文集出版，充滿了本土風格。大陸學者范培松說：「陳冠學純粹的返鄉實現了返鄉後的純粹，這種純粹打破了數千年，只有失意人能寫絕妙田園詩文的神話，在二十世紀中文散文史上，空前絕後。」其中之《田園之秋》，成為不朽的臺灣散文經典之作，被譽為「臺灣文學史上最光輝燦爛的田

園隨筆」,曾獲時報文學獎散文推薦獎、吳三連文藝散文獎等獎項。

孟東籬本名孟祥森,河北定興人,是臺灣現代散文家、翻譯家、學者,力行耕讀澹泊的生活方式,以生態、哲學為創作主題,素有綠色生態作家稱號,先後出版:《幻日手記》、《萬蟬集》、《濱海茅屋札記》、《野地百合》、《愛生哲學》、《念流》、《人間素美》、《素面相見》,以及《以生命為心——愛生哲學與理想村》等散文集。題材多取自生活上的反省與感悟,內容充滿了對生命、本土自然的關懷。作家劉克襄評論說:「從文學的角度,孟東籬的作品內涵或有可貴的情操,唯文字創作較為隨性、鬆散,缺乏嚴謹的縝密思考,以及散文所要求的質地。但若說臺灣最早投入慢活、儉樸生活與環保運動者,說其為先驅,一點也不為過。」

蔣勳陝西西安人,是臺灣現代散文家、畫家、節目主持人、學者,一九八四年蔣勳的第一本散文集《萍水相逢》才告誕生,來年即獲得中興文藝獎及中國時報散文推薦獎。後陸續出版《大度山》、《歡喜讚歎》等散文集,其文筆清麗流暢,說理明白無礙,兼具感性與理性之美。詩人席慕蓉說:「蔣勳是我們這個時代踏入藝術門檻的最佳引路人。他為我們開啟的,不只是心中的一扇窗,更是文化與歷史長河上所有的悲喜真相。時光終將流逝,然而美的記憶會長存。」

阿盛本名楊敏盛,臺灣臺南人,是臺灣現代散文家,是典型的農家子弟,對於農村懷有深厚的感情,尤其是從農村來到都市的生活,更是感觸深沉,使他擅長經營鄉土題材,尤其是被異化的城市居民的人性剖析。著有:《行過急水溪》、《火車

第二章、中國散文之起源與發展

與稻田》、《民權路回頭》等二十餘部散文集,其內容保留住最真實、傳神的臺語文遣詞用語筆觸的特色,樸實中卻絲毫不帶有文人士大夫矯揉造作之貴氣,塑造出最具臺灣本土性,又擁有鄉土文學之美學的散文風格。學者向陽評論說:「阿盛散文雜糅古典與現代、鄉土與都會,隨心運轉,隨意鋪排,展現俚俗和典雅爭勝、詼諧與嚴肅共存的獨特文風。」曾獲得吳魯芹散文獎、吳三連文藝散文獎、中山文藝獎等獎項。

E.多元與後現代主義時期(1985～迄今):

九〇年代後迄今,臺灣文學基本上延續著八〇年代的多元格局,後現代主義成為文學主流。這些後現代思潮包括了女性主義、性別論述、後殖民論述、後結構主義、弱勢社群論述等。其中,後設文學與情色文學較引人矚目,令不少新一代作家趨之若鶩。然而,這種後設文學與情色文學也大部分呈現在小說方面如:黃凡的〈如何測量水溝的寬度〉、蔡源煌的〈錯誤〉、張大春的〈自莽林躍出〉等。廖咸浩主編的《八十四年短篇小說選》中,全部作品都具有後現代色彩,可看出後現代主義在臺灣的風行程度。至於「情色文學」以描寫兩性情慾、性別認同、多元情慾、同性戀等為素材,也是這個時期臺灣文學界的一大特色。較出色的作品有:李昂描寫性與政治的《北港香爐人人插》、朱天文描寫男同性戀的《荒人手記》、邱妙津描寫女同性戀的《蒙馬特遺書》、陳雪的《惡女書》等。

該時期,也出現網路文化所衍生的網路文學[50]如:痞子蔡《第一次親密接觸》、《超商之戀》;藤井樹(本名吳子雲)《夏日之詩》;九把刀《那些年～我們一起追的女孩》;簡士耕《愛你

---

50 本文所指網路文學,係指新創作,首次在網路上流通閱讀的文學創作。

一萬年》、《初戀風暴》等，然知名網路文學大都呈現在小說方面，散文則少見有名作，故在此不列舉。

這個時期主要的散文家有：黃碧端、廖玉蕙、龍應臺、林清玄、陳幸蕙、張曼娟、簡媜、鍾文音等人；原住民文學亦發展起來，高山族群代表散文家有：瓦歷斯諾幹、阿㜷、夏曼‧藍波安等人。

黃碧端福建惠安人，是臺灣現代散文家、評論家、學者，當過教育部政務次長及行政院文化建設委員會主任委員。著有：《有風初起》、《沒有了英雄》、《期待一個城市》等散文集出版，其風格以思索人生世界的哲學與美，以及抒發一個學者對現實社會紛亂變化的感受，筆鋒冷靜又富悲憫之情，優遊而從容，說理抒情皆直指人心。詩人瘂弦曾譽：「感性與理性兼蓄並攬，交光互影，是黃碧端散文的最大特色。」曾獲得吳魯芹散文獎、中興文藝獎等獎項。

廖玉蕙臺灣臺中人，是臺灣現代散文家、學者，其作品計有：《閒情》、《今生緣會》等四十幾部散文集出版，其內容多為對日常生活的感觸，並致力於從平常的事件裡追尋常人不易見到的社會另一面，以敘述或批判角度進行書寫，充滿本土與寫實風格，被評論為「在人間事物中寄託感情；在冷漠社會裡，燃燒她的熱情。」曾獲得吳三連文藝散文獎、中山文藝獎、吳魯芹散文獎等獎項。

龍應臺臺灣高雄人，是臺灣現代散文家、學者，當過文化部首任部長。著有：《孩子你慢慢來》、《親愛的安德烈》、《目送》、《龍應臺雜文精品》、《野火集》、《野火集外集》、《看世紀

第二章、中國散文之起源與發展

末向你走來》、《思索香港》、《目送》、《大江大海一九四九》等散文集出版。她的散文以觀察社會現象、針砭時事為主，筆鋒犀利、見解獨到；而描寫親情及回憶往事之作，則描寫細膩，情感濃厚，呈現多元與後現代主義的風格，學者余秋雨評：「雨龍應臺是一名真正的文化批評家和優秀的文化建設者。」

　　林清玄臺灣高雄人，是臺灣現代散文家，篤信佛法，以融合佛法的散文而著名，著有超過一百部。其中，以《紫色菩提》、《紅塵菩提》等「菩提系列」最負盛名，也有不少知名之作如：《菩薩寶偈》、《禪心大地》、《身心安頓》、《在蒼茫中點燈》、《茶味禪心》、《蓮花開落》、《月中法華》、《聆聽自在》、《冷月鍾笛》、《溫一壺月光下的酒》、《鴛鴦香爐》、《金色印象》、《白雪少年》等散文集出版。創作內容大都論及佛家、禪門之事，期許讀者重視清規、教條，透過作功德、布施，慈悲喜捨，一心向善，放棄執著與慾望，最終達到覺悟的境界，並揉合佛法、禪學、茶道的心靈風格，使他在海峽四地受到讀者歡迎與追捧，被形容為：「文章恰如其名，清下香滿紙、玄意悠遠。」由於他的文筆脫俗，在30歲前就已獲得：國家文藝獎、中山文藝獎、吳三連文藝獎、時報文學獎、中華文學獎、《中央日報》文學獎、吳魯芹散文獎等獎項，頗負盛名。

　　陳幸蕙臺灣臺中人，是臺灣現代散文家，以創作散文為主，小說、評論次之。她的人生觀是「忠於自我，熱愛工作，享受生活，持續成長，歡喜創造，心存感恩，關懷人間，疼惜地球。」。著有：《群樹之歌》、《把愛還諸天地》、《交會時互放的光亮》、《青少年的四個大夢》、《現代女性的四個大夢》、《以一整座銀杏林相贈》、《玫瑰密碼―陳幸蕙的微散文》、《與玉山有約》、《海水是甜的》、《你為幸福而生！》、《愛就是放下你的手機》、

《我的馬拉松故事》、《再見西沙》、《童年‧夏日‧棉花糖》、《生命中的碎珠》、《碧沈西瓜》、《結善緣》、《世界是一本大書》、《日出草原在遠方》,以及《在大地上寫詩》等散文集出版。其文筆構思靈巧,文字細膩,內容則重在表達生活的情味與對生命的熱愛。學者余光中譽為:「臺灣第四代散文家的佼佼者。」曾獲得中山文藝散文獎、教育部文藝創作獎、中國時報文學獎、梁實秋文學獎、中央日報文學獎、十大傑出女青年等獎項。

張曼娟臺灣臺北人,是臺灣現代散文家、小說家,以創作散文、小說為主,一九八八年出版第一部散文集《緣起不滅》,後續著有:《百年相思》、《人間煙火》、《風月書》、《夏天赤著腳走來》、《青春》、《黃魚聽雷》、《不說話只作伴》、《天一亮,就出發》、《你是我生命的缺口》、《噹!我們同在一起》、《那些美好時光》、《當我提筆寫下你:你就來到我面前》、《只是微小的快樂:便足以支撐這龐大荒涼的人生》、《我輩中人》、《愛一個人》、《以我之名:寫給獨一無二的自己》、《自成一派》、《甜蜜如漿烤番薯》等散文集,以及《愛情可遇更可求》、《溫柔雙城記》、《女人的幸福造句》、《幸福號列車》等小品文。其內容從朦朧纏綿的情感、細膩敏銳的筆觸,轉而融合多元的敘述方式、議題與題材,深入探討女性的心理處境,並闡述對情感世界的體會,人與世界種種接觸及聯繫,文字流暢清新,風格優美,有準確的意象表達。曾獲中華文學散文獎等獎項。

簡媜本名簡敏媜,臺灣宜蘭人,是臺灣現代散文家,以創作散文、繪本為主,自稱是:「不可救藥的散文愛好者」。著有:《水問》、《只緣身在此山中》等二十幾部散文集問世。其內容從大學時期的少女情懷、鄉土與兒少記憶,到女性群像、社會諷刺、傷逝、育兒、教育、飲食、老化的書寫。其辭采華茂,

第二章、中國散文之起源與發展

設喻新警的風格，很受讀者欣賞。曾獲得中國文藝協會文藝獎章、梁實秋文學獎第三名、吳魯芹散文獎、中國時報時報文學散文首獎、國家文藝獎(舊制)散文獎、臺北文學散文獎等獎項。

　　鍾文音臺灣雲林人，是臺灣現代散文家、小說家，以創作散文、小說為主，著有：《寫給你的日記》、《永遠的橄欖樹》、《文青櫃姐聊天室：那些失去與懸念的故事》等二十餘散文集出版。其內容，以女性書寫為文氣基調，探討親子關係、兩性關係及同性情誼，並以旅遊敘述為主，兼及生活的觀照。鍾文音2005年獲得「第28屆吳三連文學獎散文類」時，被評為：「創作題材十分多樣，呈現寬廣的視域。其題材一方面來自鄉土的切身生活經驗與社會的觀察、歷史文化的追索；一方面來自旅行世界各地的聞見。由此而構成其創作的兩大主軸與類型：家族書寫與旅行書寫。」曾獲得吳三連散文類文學獎、聯合報文學獎、臺北文學獎、長榮旅行文學獎，以及林榮三散文類文學三獎等獎項。

　　瓦歷斯‧諾幹臺灣臺中人，為臺灣原住民泰雅族散文家、詩人，作品雖橫跨散文、詩、小說、論述等，但以創作散文、詩為主。一九九〇年以筆名柳翱發表第一本散文集《永遠的部落》，其價值觀和文化觀接近漢人，並創辦原住民文化刊物《獵人文化》及「臺灣原住民人文研究中心」，展現出有關泰雅族的文學風格，並參與《原報》、《南島時報》、《山海文化雙月刊》等刊物編輯工作，以爭取主流媒體外的對話平臺。著有：《永遠的部落》、《戴墨鏡的飛鼠》、《番人之眼》、《迷霧之旅：紀錄部落故事的泰雅田野書》、《城市殘酷》，以及《七日讀》等散文集出版。其主題，在於對原住民族群歷史的釐清與重建，並詮釋及自我生活實踐體驗的深刻反。國史館館長張炎憲評說：

「瓦歷斯‧諾幹以實踐的美學，完成他對人生、歷史、文化的追求和詮釋。」曾獲得鹽分地帶文學營散文獎第一名、西子灣文學獎散文首獎、教育部文藝創作獎第一名、臺北文學獎散文類首獎，以及聯合報文學散文獎等多項獎項。

利格拉樂‧阿𡠄（漢名高振蕙）臺灣屏東人，為臺灣原住民排灣族散文家，以散文作品為主，兒童繪本為輔。父親是外省人，母親是排灣族人。曾與瓦歷斯‧諾幹合作推廣原住民文化，出版《獵人文化》雜誌，為臺灣原住民運動寫下歷史，並長期關注並投入原住民的女性史、部落史之田野工作。著有：《誰來穿我織的美麗衣裳》、《紅嘴巴的VuVu》[51]、《穆莉淡Mulidan：部落手札》，以及《祖靈遺忘的孩子》等散文集出版。其內容，大都以「原住民女性」的觀點，透過對家族（母親、外婆）生命史的溯源，以及族群同胞口耳相傳的故事紀錄，以平實的呈現原住民原始自然的文化風貌，呈現族群間的差異，進而學習對異文化的包容與尊重。臺文館員趙慶華就認為：「（由於父母親不同族人的身分認同而飽受歧視與排擠）被排擠的經歷，使得阿女𡠄可以比較辯證地思索自己的認同，也更能站在弱勢者的位置上，去體察社會制度與政治權力在結構上的缺陷與不公。」

夏曼‧藍波安臺灣蘭嶼人，為臺灣原住民達悟族散文家、小說家，主要撰寫散文與小說。著有：《八代灣的神話故事》、《我願是那片海洋的魚鱗》、《冷海情深～～海洋朝聖者》、《飛魚的呼喚》、《海浪的記憶》、《航海家的臉》，以及《大海之眼》

---

51 《紅嘴巴的VuVu》雖為報導文學，但如果以文學：散文、詩、小說、戲曲等四大類別來區分，自然屬於散文類。

第二章、中國散文之起源與發展

等散文集出版；尚未結集的單篇作品有：《在地名與外來名的思維》等多篇散文發表於各雜誌，並有：英、法、日、捷克等譯本。由於出生背景與生活環境的關係，讓夏曼·藍波安熱愛海洋，他的散文也以書寫海洋為主，文章中充滿著對海洋的深厚情感，並關注達悟族人與現代社會在相處時產生的衝突。夏曼·藍波安海洋文學的重要創作，靈感來自於父親精彩的口傳故事，其敘述中的海洋文化活動，富含著達悟族文化的象徵意義。學者陳芳明評說：「夏曼·藍波安的回歸證明是豐收且富饒，他不只是為蘭嶼攜回一位驍勇的海上健兒，也為臺灣催生一位不懈的文壇健將⋯⋯飛魚是生命的珍貴資源，是決定人格的重要測試，也是達悟信仰的崇高象徵。」曾獲得中研院史語所母語創作獎、吳濁流文學獎、時報文學獎推薦獎、吳魯芹散文獎、吳三連文學獎、國家文藝類文學獎等獎項。

至於，新生代散文工作者要卓然成「家」，並非易事，需要經過時間的考驗與多數人的認同，方能成家。目前具有潛力的寫手，如：林育靖《天使的微光～一位女醫師的行醫記事》、黃信恩《游牧醫師》、吳柳蓓《裁情女子爵士樂》、徐嘉澤《門內的父親》、謝子凡《我和我追逐的垃圾車》、林予晞《時差意識》、溫如生《願你在深淵綻放》，以及陳淑華《島嶼的餐桌》，其題材更為多元。然因不是家，在此不多介紹。

2.大陸散文：

一九四九年，中華人民共和國建國後，大陸的散文創作雖承襲民國時期，但受到建國前延安解放區文學的影響，而有明顯的變化，尤其是隨着政治社會的改變，文學必須承擔起宣傳和歌頌時代的任務，富於社會批判精神的雜文便逐漸消失，繼

之而起的發展是：共產時期、文革時期、改革開放時期，以及多元時期。茲說明如下：

A.共產時期(1949～1966)：

五〇年代，在散文的創作上，以反映國共革命鬥爭歷史、社會主義建設「新生活」為主流的共產文學。其中，以反映民主革命為主，描寫中國共產黨領導的革命鬥爭的各個歷史階段，如：老舍本名舒慶春的《我愛新北京》、臧克家本名臧承志的《毛主席向著黃河笑》等散文作品。而以反映農業及工業建設的作品較受矚目，如：柳青本名劉蘊華的《一個女英雄》、秦兆陽的《王永淮》、沙汀本名楊朝熙的《盧家秀》等散文，該等描繪農村欣欣向榮的氣象和精神風貌。而華山本名楊華寧的《童話的時代》、楊朔本名楊毓晉的《石油城》、李若冰本名杜德明的《在柴達木盆地》，以及蕭乾本名蕭秉乾的《萬里趕羊》等散文作品，都真實地反映社會主義建設的風貌。

六〇年代，除描寫社會主義建設外，也有反映抗美援朝的作品，如：巴金本名李堯棠的《生活在英雄們中間》、楊朔的《鴨綠江南北》、魏巍本名魏鴻傑的《誰是最可愛的人》、劉白羽本名劉玉贊的《朝鮮在戰火中前進》等散文作品。尤其是魏巍的《幸福的花為勇士而開》散文集，是這個時期的代表作。該書收錄分四輯：〈誰是可愛的人〉、〈依依惜別的深情〉、〈我的老師〉和〈幸福的花為勇士而開〉。前兩輯是歌頌抗美援朝的作品，後兩輯則反映社會主義建設的風貌。一九六一年，一種帶有含蓄頌歌意味的散文興起，既相容了抒情散文和通訊報道[52]的特點，又具有一定的知識性，形成「以小見大」、「托物

---

52 通訊報道是一種散文體，量大、詳盡、生動、形象地報道客觀的事物，

第二章、中國散文之起源與發展

言志」的「詩化」風格,楊朔、劉白羽和秦牧等是此類散文的代表作家。楊朔的《荔枝蜜》、《雪浪花》、《茶花賦》等散文被選入文革前和文革後的中學語文教科書中;劉白羽的《芳草集》,獲得優秀散文獎;秦牧本名林派光,他的散文是一種智力的文體,在體式上繼承了「五四」閒話體散文的特點,但又對之進行改造,並吸收了抒情散文敘事如畫,感情濃郁的妙處,創造出將抒情、敘事、議論融為一體的新文體,《長河浪花集》是其散文的代表作。

B.文革時期(1966～1976):

七〇年代,文壇發生重大變化,文化大革命於一九六六年爆發,對於意識形態作了絕對的箝制,使文學的發展遭逢嚴重的挫折。這個階段對於文學和社會都是一個巨大衝擊。在四人幫極端化思潮的控制下,文革的風暴不僅剝奪幾乎所有作家從事創作的權利,甚至使不少作家因不堪屈辱而失去性命。在四人幫的政策下,文學只能是宣傳的工具,文學公式化、雷同化、八股化的情形十分嚴重,因此出現所謂的「樣板文學」,其中最有名的作品即是樣板戲[53],如:曲波本名曲清濤的京劇《智取威虎山》革命樣板戲。由於江青等四人幫所掌控的中央政府支持而一枝獨秀。雖是如此,但樣板戲截至一九七六年文化大

或典型人物的新聞寫作體裁,它可以有敘述、描寫、議論、抒情等表現手法,不僅具有新聞價值,還具有可讀性,是報刊、廣播新聞節目的重要報道形式,真實性是通訊報道的第一要素,也是生命,無論通訊所報道的內容具有怎樣的新聞價值,都必須建立在真實的基礎上。

[53] 樣板戲,全名革命樣板戲,或稱八個樣板戲,係指1967至1976年間,由中國共產黨官方報導《人民日報》、新華社認定的一批在無產階級文化大革命中定稿,主要反映當時中共極左政治立場的舞臺藝術作品。

革命結束,也僅二十幾部作品而已,嚴重箝制大陸文學的發展,尤其是詩、散文、小說等的作品,少得可憐。

其中,散文創作較具代表性為季羨林等,他有三件東西:一把菜刀、一封裝著燒焦的舊信件,以及一張被畫了紅X的蔣介石和宋美齡的照片。致使他站上批鬥大會成為被批鬥的對象。他的散文《牛棚雜憶》,便是描寫他們要自己搭建牛棚,並把整個被批鬥的過程、蹲牛棚經過,鉅細靡遺的敘述,偶爾戲謔似的嘲諷著此番悲痛遭遇,以及他差點到圓明園自殺的心路歷程。總理溫家寶曾五次看望季羨林,並評他說:「您最大的特點就是一生筆耕不輟,桃李不言,下自成蹊。您寫的作品,如行雲流水,敘事真實,傳承精神,非常耐讀。」、「您寫的幾本書,不僅是個人一生的寫照,也是近百年來中國知識分子歷程的反映。⋯⋯您在最困難的時候,包括在「牛棚」挨整的時候,也沒有丟掉自己的信仰。」、「您一生坎坷,敢說真話,直抒己見,這是值得人們學習的。」

C.改革開放時期(1976～1986):

八〇年代,毛澤東於一九七六年九月九日逝世,文化大革命也宣告結束。接著鄧小平、胡耀邦等人主導了撥亂反正、改革開放的路線。由此,以揭露文革時期所造成傷痛的「傷痕文學」興起,最具代表作品為:一九七七年劉心武的短篇小說〈班主任〉;一九七八年盧新華的短篇小說〈傷痕〉;一九八一年韓少功的短篇小說〈月蘭〉等。由此傷痕文學,便成為這個時期的主要文學思潮之一。

其中,劉心武的《垂柳集》散文集,是這個時期較具代表

第二章、中國散文之起源與發展

性的作品。冰心說：「《垂柳集》中的散文，不論是回憶，是遊記，是隨筆，是評論還都沒有以上(華麗詞藻堆砌、滿紙粉裝玉琢、如鍍金的蓮花、只配佛桌供品)的毛病，這是難能可貴的！作者雖然謙虛地說：自己飛得較早，進步很慢，但是我覺得像他這樣地年輕，又有了一雙能飛的翅膀，趁著春光正好，春風正勁，努力地飛吧，飛到最空闊最自由的境界裡去！」盧新華並無成名的散文作品；而韓少功則於一九八六年出版《面對神秘而空闊的世界》隨筆的散文集，後發表《山南水北》即獲魯迅文學獎之全國優秀散文獎。

繼傷痕文學之後，一批作家也開始以反思文革，並且進行批判，總結歷史經驗的教訓，以警醒世人。由此，出現了「反思文學」為這個時期的主要文學思潮之一，它強調的是要揭示生活的本質，必須穿透生活表象，深入到歷史、文化和人的精神深處去尋找答案。主要代表作有：張抗抗本名張抗美的《橄欖》散文集、史鐵生的《秋天的懷念》、《合歡樹》散文集、張潔的《世界上最疼我的那個人去了》長篇散文，以及王安憶的《蒲公英》等作品。

反思文學之後，便是「尋根文學」的興起。倡導者為韓少功、阿城、鄭義等作家。其開端是韓少功在一九八五年第四期《長春》上，發表《文學的「根」》的短文。由此，尋根文學成為這個時期的文學思潮之一，作家們大多有意以文學尋求傳統民族文化之根，企圖思索人類現實生活處境，且有意跳出中共政治文化的束縛，並在語言、風格上也極力擺脫窠臼。韓少功、阿城、鄭義等，堪稱尋根文學的代表作家，韓少功的《夜行者夢語》；阿城本名鍾阿城的《威尼斯日記》；鄭義本名鄭光召的《紅色紀念碑》等散文集，即有這樣的表現。

尋根文學之後，也出現從前之「通訊報道」思潮，再度興起而成為報告文學。劉賓雁、徐遲、柯岩、陳祖芬、錢鋼等都是當時著名的報告文學作家。其中以劉賓雁最具代表性，他於一九七九年發表《人妖之間》報告文學，揭露中華人民共和國建國以來，地方官員最大貪污的王守信案，在民間引起很大的迴響而獲得「中國的良心」稱號。在一九七九年至一九八七年期間，他擔任《人民日報》高級記者，發表大量揭露社會問題的報告文學作品，如《第二種忠誠》、《因為我愛》等。在一九八一年、一九八三年、一九八五年、一九八七年四度獲得中國作協頒發全國報告文學獎。

在這個時期，文壇有一個怪現象，即受到香港及臺灣通俗小說的影響，也出現金庸的武俠小說與瓊瑤的言情小說風行大陸，此等出版數量幾乎無法統計，更有超過正版數量的盜版書銷行，可以肯定這二位作家在大陸擁有最廣大的讀者，遠非其他作家可比擬，更由於小說改編的電視劇，也助長他們聲勢，一直持續到九十年代還餘熱未消，這種現象是中國現代文學史上罕見。同時，大陸作家亦開始模仿通俗小說的寫作，然其水準並不高。

D.多元時期(1986～迄今)：

九〇年代，大陸與外國文化交流渠道日益暢通，新銳的西方文藝思潮迅速介紹進來，以致現代主義逐漸式微，尤其是一九八九年「六四事件」[54]發生後，不少知識分子心存戒懼或者

---

54 六四事件，又稱天安門事件，是指 1989 年 4 月中旬開始的以悼念胡耀邦活動為導火線，由中國大陸高校學生在北京市天安門廣場發起，持續近兩個月的全境示威運動，1989 年 6 月 3 日晚間至 6 月 4 日凌晨，中央軍事委員會調集中國人民解放軍戒嚴部隊，武裝警察部隊和

第二章、中國散文之起源與發展

心灰意冷，放下了「以天下為己任」的精英心態，以及文化生態受到市場經濟的顯著影響，該主義的精英取向也難以拓展讀者市場，其中心地位因而迅速喪失。繼之而起的是後現代主義、女性主義、解構主義、符號學、後殖民理論、新歷史主義、大眾文化研究等理論，紛紛登場之多元時期，他們鼓吹去中心、反權威、零散化、無深度的寫作，並以中國歷史文化現象為描寫對象，借此抒發現實的關懷。

該時期有許多年輕的作家加入行列，如：方方本名汪芳的《漢口的滄桑往事》、池莉《怎麼愛你也不夠》、范小青《花開花落的季節》、蘇童本名童忠貴《尋找燈繩》、葉兆言《流浪之夜》、王安憶《蒲公英》等散文集，陸續發表明顯不同於前一時期的作品。他們探索人的生存本質，不再過份玩弄文字與敘事技巧，回歸到貼近真實自然的生活，被稱為「新寫實文學」。然最具代表性的散文家有：周同賓、賈平凹、余秋雨、匡文立等人。

周同賓的《皇天后土～99個農民說人生》散文集，於1998年獲全國首屆魯迅文學優秀獎，2014年獲得2013年度華文最佳散文獎等；

賈平凹本名賈平娃，他的散文取材於日常生活，對生活的觀察與體悟使其文章有獨特的哲理式玄思，如：〈醜石〉、〈落葉〉、〈觀砂礫記〉，以及《靜水深流》長篇散文等作品；

余秋雨有：《文化苦旅》、《山居筆記》、《霜冷長河》、《千年一嘆》、《行者無疆》、《借我一生》，以及《我等不到了》等

人民警察在北京天安門廣場對示威集會進行的武力清場行動。

七部散文集作品，文章中充滿文化人對民族與歷史的情感，先後獲得中國作家協會魯迅文學獎、中國出版獎、上海優秀文學作品獎等獎項；

匡文立則有：《姐姐散文》、《銅鏡中的佳人》、《中國文人與佛與道》《女人與歷史》等散文集。其作品獲得甘肅省第一、二、三、四屆優秀文學獎，首屆《中華文學選刊》優秀作品獎，1992年和1997年中國滿族文學獎等。

該時期，也出現網路文化所衍生的網路文學，較具代表性有：少君本名錢建軍，於一九九一年在網路上發表《奮鬥與平等》小說，成為歷史上第一位中文網路作家；邢育森於一九九七年發表《活得像個人樣》小說，在網路上一炮而紅，迅速被甚多中文網站轉載，流傳極廣；蕭鼎的《誅仙》、《暗黑之路》、《矮人之塔》、《叛逆》等網路小說。這些知名網路作品，大都呈現在小說方面，散文則少見有名作，故在此不列舉。

3.香港散文：

香港[55]位居中國大陸南海沿岸，地處珠江口以東，北接中

55.香港原為數千人口的小漁村，今已發展至600萬人口以上的大都會。曾因1842年中英鴉片戰爭割讓給英國成了殖民地。第二次世界大戰期間，日本攻佔香港有3年8個月的時間。1945年日本無條件投降後，英國恢復對香港行使主權。英國對香港人的治理，除國防、外交與政治外，幾乎享有與英國公民一樣的待遇。1997年7月1日香港主權移交中華人民共和國，並成立特別行政區，首長為行政長官，實行一國兩制，保有原資本主義和生活方式五十年不變，除國防與外交外，香港人享有其他一切事務的高度自治及參與國際事務的權利。香港在英屬期間，由於是殖民地的身份與地理環境下，免去中國大陸的亂局所影響；太平天國、國共內戰、抗日戰爭，以及文化大革命等期間，有大量難民逃到香港，人口迅速增長而帶來人才、資金和技術，

第二章、中國散文之起源與發展

國深圳,南方為萬山群島,西方為澳門和珠海,由香港島、九龍和新界所組成,於前 214 年被秦朝納入中國版圖。並於一八四二年《南京條約》正式割讓香港島、一八六〇年《北京條約》割讓九龍半島界限街以南部份,以及一八八九年《展拓香港界址專條》,強行租借新界九十九年。後又於一九四一年至一九四六年間為日本所佔領,後又歸英國管轄,直到一九九七年才回歸祖國。

據現有文獻顯示,香港文學的發展歷程,大概從清末始談及一九〇七年的文藝雜誌《小說世界》、《新小說叢》、1921 年《雙聲》、一九二八年的《伴侶》等。其中,《雙聲》雜誌開始以香港作為小說的背景,用半白話文寫作小說。在這之前,已有清廷官員黃遵憲、康有為,清廷欽犯王韜、洪仁玕,以及著名報人潘飛聲、胡禮垣等人在香港留下作品。

黃遵憲廣東梅州人,於同治九年(1870)從廣州回家的途中到香港短期旅行,並將他所見所聞寫下《香港感懷十首》。這十首全是五言律詩,內容主要鋪寫晚清香港的風俗面貌,以及淪為英國殖民地的沉痛,字裡行間表現了愛國主義的憤懣情緒。在早期有關香港的文學創作中,應是最有名的詩品。

康有為廣東南海人,於光緒五年(1879)初次遊歷香港,即謂:「**觀西人宮室之瑰麗,道路之整潔,巡捕之嚴密,乃始知西人治國有法度,不得以古舊之夷狄視之。**」並開始接觸西方文化。戊戌變法失敗後,在英國領事館的協助下到香港,再由香港逃往加拿大。一八九九年在英屬哥倫比亞省組織保皇

其經濟於戰後便得以快速發展,從漁村發展成現代化國際大都會,被譽為亞洲四小龍和紐倫港之一。

會，鼓吹君主立憲反對革命，並在北美、東南亞、香港、日本等地設立分會，其機關報為澳門《知新報》和橫濱《清議報》，並發表作品。

王韜江蘇州長洲（金吳縣）人，在旅居香港期間，尋訪故老，收集有關香港的資料，著有：《香港略論》、《香海羈蹤》、《物外清游》等三篇文章，記述香港的地理環境、開埠前的狀況，英軍登陸香港後設立的官府、制度和兵防，以及十九世紀中葉香港的學校、教會、民俗等歷史資料，是香港早期歷史的重要文獻。一八七〇年王韜在鴨巴甸（今香港仔）租了一間背靠山麓的小屋，名為「**天南遁窟**」，從事著述之餘，仍舊出任《華字日報》主筆，並發表《遁窟讕言》等作品。

洪仁玕廣東花縣人，是太平天國領導人之一，因金田起義前往香港避難，並跟隨傳教士學習英文，是早期重要華人傳道人。他提出的《資政新篇》，在當時的中國算是相當先進的思想。

潘飛聲廣東番禺（今廣州市海珠區）人，赴港之年正逢1894年中日甲午黃海大戰之際，中國海軍竟全軍覆沒，最後割地賠償，喪權辱國，舉國憤慨。是年秋，他離開廣州應聘前往香港出任《華字日報》主筆，倡導中華文化，並憤作《七律‧甲午冬日珠江舟發》詩，以詩言志，以劍自喻，劍聲錚錚，塑造出長夜未眠的俠影，並借祖逖、王猛等古人自喻其報國無門的長嘆。潘飛聲旅居香港逾十三載，撰社論、寫詩作，仗義執言，非常關心國家的興亡。他曾詩作送給當時駐守九龍城的一位副將馮雍，頗能寫出將軍之氣概，落筆有力，益顯警策。代表作品為：《說劍堂詩集》、《說劍堂詞集》、《在山泉詩話》、《兩

第二章、中國散文之起源與發展

窗雜錄》等作品。

　　胡禮垣廣東三水人，一八五七年隨父親至香港居住，並接受西式教育。他曾在王韜經辦的香港《循環日報》館工作，後至上海，一八八五年返回香港長居，並到《粵報》等經營報業，並發表作品。

　　香港長期以來被詬病為**「文化沙漠」**，缺乏文化氣息，但以一區域性來看，實有欠公允。香港的文學發展與臺灣非常相似，其蓬勃發展的時期皆在大陸文人南下的參與開始，尤其是一九九七年回歸祖國後，更是蓬勃發展。自五四運動以來，香港作家的創作便帶有批判現實和啟蒙的作用，如：阮朗本名嚴慶澍的《金陵春夢》小說、《宋美齡的大半生》散文集；夏易本名陳絢文《少女的心聲》小說、《港島馳筆》散文集；侶倫本名李林風《窮巷》小說、《無名草》散文集，以及舒巷城本名王深泉《鯉魚門的霧》小說、《燈下拾零》散文集等作品就是如此，具有「偏大眾化」和「偏民間性」的特色，與臺灣、大陸內地文學形成鮮明的對照。究其原因，乃因港英政府並不干涉香港文學的發展，加上當時避難而來的作家，需要靠稿費來生活，自然會以市場導向來寫作，因此造就了香港文學具有民間性和大眾化的特色。臺灣與大陸則不同，在五〇年代政府皆強力干涉並主導文學的發展，那是一個沒有言論自由的年代。

　　香港文學的發展，在二〇年代前的古典文學是非常少數，現代文學亦不多見。誠如學者盧瑋鑾說：「二十年代香港新文學資料十分貧乏，通過目前所見的有限資料，可見本港新文學萌芽期應在二十年代中葉以後……而我能找到最早的新文學

雜誌是一九二八年創刊的，部分報紙上的副刊也開始接納「白話文」，因此就以一九二七年為起點。」[56]

　　三〇年代，是香港新文學的起點，是在地化新文藝運動的開始。愛好新文藝的作家侶倫、謝晨光、張吻冰本名張文炳，以及岑卓雲等，受到民國新文學的薰陶，陸續發表於《大同日報》的副刊。張弓、劉火子、李育中、易椿年等則是《南華日報》副刊的作者。莫冰子主編《墨花》綜合性雜誌，內有新文藝的創作，也有舊式文人寫的小說，充分表現新舊交替期間的現象。至一九二八年，由張稚廬主編的《伴侶》，才算純白話的文藝雜誌。該雜誌內容以創作小說為主，翻譯小說、散文小品為副。主要作者有：侶倫、吻冰、小薇、鳳妮、稚子、奈生，以及孤燕等人。舉辦兩次的徵文比賽，題目為《初吻》、《情書》及小說的格調，後因經濟問題停刊，前後不到一年。該雜誌壽命雖不長，但卻標誌香港新文藝踏上第一步。一九二九年由張吻冰主編的《鐵馬》創刊，內容仍以小說、散文、新詩為主，只可惜只出一期。

　　四〇年代，抗日戰爭爆發於一九三七年，北方大量文人南下香港加入其創作行列，使香港文學得以蓬勃發展。這個時期的本地作家，仍努力延續三〇年代的成果。而南下作家有些路過，以香港為轉赴後方的中途站，如：章乃器、郭沫若等人。有些為逃避戰火，以香港為暫居之所，如：蕭紅、施蟄存、端木蕻良、葉靈鳳等人。有些以香港為主要宣傳基地，辦報或從事出版事業，如：范長江、薩空了、成舍我、金仲華、茅盾，以及戴望舒等人。不管是辦報或出版，均帶給讀者一種全新印

56.見盧瑋鑾：《香港文縱》，香港，華漢文化，1987年，P.9。

第二章、中國散文之起源與發展

象,尤其是文藝副刊,如:茅盾及葉靈鳳先後主編於一九三八年四月創刊的《立報》,戴望舒主編於一九三八年八月創刊的《星島日報》,蕭乾及楊剛先後主編於一九三八年八月創刊的《大公報》,陸浮、夏衍先後主編於一九四一年四月創刊的《華商報》。由作家主編的文藝或綜合雜誌,也紛紛出籠,如:陸丹林主編於一九三八年五月創刊的《大風》,周鯨文主編於一九三八年六月創刊的《時代批評》,金仲華主編於一九三八年八月創刊的《世界知識》,端木蕻良主編於一九四一年六月創刊的《時代文學》,茅盾主編於一九四一年九月創刊的《筆談》,如此陣容可知當時文學發展的盛況。其內容也有以抗日戰爭為題材,也有迎合一般讀者口味的通俗流行小說開始萌芽,如傑克的《癡兒》、《紅巾淚》等,以及望雲本名張文炳的《黑俠》、《粉臉上的黑痣》等作品。

五〇年代,文學發展以大陸文化的影響與回顧大陸家鄉生活為主流。此時期的香港文壇壁壘分明,左派和右派作家因國共兩黨,以及南下移民的問題起爭執,大陸文化影響他們的思維方式和創作風格。初期所發行的文學雜誌很少,當然有些文藝性綜合雜誌與一般綜合雜誌,也具推廣文學創作的功用。當時之文藝性綜合月刊《幸福》,創刊於一九四六年,由沈寂主編,至一九四九年後停刊。一般綜合性雜誌《西點》與《星島周報》,於一九五一年底同時出刊。《西點》是一本以譯文為主的雜誌,先在上海創刊,一九五一年十一月在香港復刊,由劉以鬯擔任主編,以一半的篇幅刊登短篇創作。《星島周報》於一九五一年十一月創刊。也由劉以鬯擔任《星島周報》的執行編輯。一九五二年,徐訏本名徐傳琮獲得新加坡《南洋周報》的支持,回港創辦《幽默》半月刊,並發表《馬來亞的天氣》

小說，卻引起新馬讀者的反感。曹聚仁的《酒店的側面》小說，刊於第五期，他勇於反映現實，透過小說人物的遭遇，真實反映所處的時代背景，相較於徐訏在五十年代初期寫的《彼岸》，更能給讀者精神上的刺激。李輝英本名李連萃於一九五〇年從東北到香港，在葉靈鳳編的《星座》上發表長篇小說《人間》，並著有：《再生集》和《山谷野店》等散文集出版。徐速本名徐斌與傑克是當時最受歡迎的小說家之一。徐速於一九五二年在《自由陣綫》發表的《星星、月亮、太陽》大受讀者歡迎。傑克寫有《紅衣女》、《名女人別傳》、《合歡草》、《鏡中人》、《改造太太》，以及《一曲秋心》等作品，被定位成「港式鴛鴦蝴蝶派」。侶倫之《無盡的愛》也很受歡迎，該篇小說以日佔時期的香港為題材。也有為宣傳政治目標的作品，如趙滋蕃本名趙資藩的《半下流社會》與洛楓本名陳少紅的《人渣》就是典型例子。《半下流社會》係描述香港難民營中低等難民的生活；而《人渣》則是香港富戶區內高等難民的生活。由此形成強烈對比，也間接說明當時香港文化界的一種現象。

六〇年代，是香港文學的生長期，出現以經濟利益為導向的流行文學，此時的「新武俠小說」大行其道，梁羽生、金庸、崑南及劉以鬯是該時期的代表。梁羽生本名陳文統為新武俠小說的開山鼻祖，他的《龍虎鬥京華》於一九五四年一月，連載於《新晚報》，從一九五四年至一九八四年共創作三十五部武俠小說，也著有：《三劍樓隨筆》、《梁羽生散文》等散文集出版，與金庸本名查良鏞、古龍本名熊耀華並稱臺港武俠小說三大家。金庸的作品以小說為主，兼有政論、散文《金庸散文集》等作品，自一九五五年的《書劍恩仇錄》起至一九七二年的《鹿鼎記》正式封筆止，共創十五部長、中、短篇小說，從港澳開

第二章、中國散文之起源與發展

始,延燒到臺灣,其後是大陸,可說金庸熱潮燃燒至整個華語圈,近年來其小說也被翻譯成日文等其他文字,風靡東亞,其影響為三大家之首。金庸的武俠小說繼承中國武俠小說的傳統,同時又進行現代性的轉化,使其成為雅俗共賞的現代通俗文學,從而適應現代大眾的文學興趣。崑南本名岑崑南於1961年出版《地的門》小說,該篇小說一開始便仿照西方現代主義文學的神話結構,來對比書中人物的特質,早年曾在《香港時報》、《淺水灣》、《快報》副刊等撰寫小品文、詩歌、遊記等專欄。劉以鬯本名劉同繹的《酒徒》,於一九六二年在《星島晚報》上連載。該篇小說吸取西方現代主義小說的技巧,對當時香港社會的現象有所批判和反省,並著有:《見蝦集》等散文作品。崑南與劉以鬯這兩部小說的主角都是對商業社會的現實感到不滿,但又遭受這種現實壓抑,表現對香港所流行意識與功利的價值觀表達不滿情緒,並提出批評和指責。

七〇年代,是中國文化和西方文化雙向激盪的時期,也是資本主義向社會主義觀念妥協的時代。社會國際化程度的提高,也使得現代主義小說創作在年輕一代更加蓬勃發展。西西本名張彥的《我城》小說,其人物描繪對大眾社會的態度是較認同,也著有:《花木欄》、《剪貼冊》等十幾部散文集。也斯本名梁秉鈞的《剪紙》,描寫的是女性形象與大眾文化的關係,並引用「粵曲」這種傳統的文化形式,來對照現代女性的困境,也著有:《神話午餐》、《山水人物》等散文集。

八〇年代,西西、鍾曉陽,以及吳煦斌三位女性作家的作品,其視野極廣。西西之《哨鹿》長篇作品,是批判性的歷史小說,描述乾隆年間的文治武功與民生百態。她的短篇小說《像我這樣的一個女子》,亦相當受矚目,該篇小說的背景在香港,

女主人翁的職業頗為奇特，結局採開放式，留給讀者許多想像空間，小說的重點係女主角的內心世界與心理發展，因此作者採用獨白的方式來敘述這個故事。鍾曉陽在十八歲時就完成長篇小說《停車暫借問》，在臺灣與香港都發表出版，使她成為海外華人的知名作家。她的〈二段琴〉小說，在描寫一個拉二胡男子莫非的悲劇故事，收錄在小說合集《流年》中，整篇小說雖對香港環境的著墨不多，但呈現主角的個性發展方面，卻有一流小說家的水準，也著有：《細說》、《走過》，以及《春在綠蕪中》等散文集。吳煦斌本名吳玉英的小說，對大自然、生物，以及環境流露深刻的關愛，營造如夢般境界的大自然，既狂野而美麗，如短篇小說〈獵人〉與〈山〉即是如此，也著有：《看牛集》等散文集。這三位女性作家，處理許多不屬於香港時空的題材，開拓不少小說的新領域，其風格與內容各有千秋。武俠小說也延續六、七十年代繼續發燒，而言情小說則受臺灣瓊瑤等作家的影響，在此時期也逐漸流行，代表者有亦舒本名倪亦舒，她是多產的作家，計《家明與玫瑰》、《香雪海》等小說二百篇以上，也有：《荳芽集》、《自白書》、《永不永不》等近五十部散文集。

九〇年代後迄今，亦如臺灣、大陸一樣是一個多元的時期。各種類型文學與作家數量都有相當的成長，如西西之《飛氈》、也斯之《記憶的城市》、董啟章之《安卓珍尼》、羅貴祥之《慾望肚臍眼》等小說作品；韓麗珠之《回家》、《黑日》、《半蝕》、湯禎兆之《中文系究竟唸些甚麼？》等散文作品。言情小說又增加梁鳳儀與李碧華等具代表性的作家。梁鳳儀在八十年代的中期，便以業餘身份為香港報章撰寫專欄，直至一九八九年起才開始寫言情小說，並創辦「勤+緣」出版社，以商業方式將

第二章、中國散文之起源與發展

自己的作品大規模推廣至大陸、臺灣、加拿大、東南亞等地，產生所謂「梁鳳儀現象」，其作品多以都市商界為背景，演繹職業女性的愛情、婚姻、家庭故事，雖以傳奇為主，但也具一定的現實性，因此被稱為「財經小說」，其小說創作有：《盡在不言中》、《芳草無情》、《風雲變》等近百部作品，並有多部被改編成電影上映，也有：《梁鳳儀妙論人生：男女有別》、《第二春》等二十餘部散文集。而李碧華本名**李白**，較具代表性有《胭脂扣》、《霸王別姬》等小說作品，並改編成電影上映，著有上百部作品，其中之《潑墨》、《泡沫紅茶》、《一夜浮花》等數十部散文集。

與此同時，香港亦如海峽兩岸拜網路的興起，網路文學也發達起來，黃易本名黃祖強，便在網路上發表《大唐雙龍傳》等小說、黃世澤《科技浪潮下的美麗新世界？科技分隔、貧富不均與全球化》等散文集、鄭立《世紀末魔法革命》網路小說與《有沒有XXX的八卦》等隨筆散文、小芳芳本名楊芳《少年的夢》與《勾勾手》等音樂作品，以及葉天晴《御天系列》小說與《雪回憶》等散文集，這些網路作家曾轟動一時。這個時期主要的散文家有：思果、西西、小思、董橋及也斯等人。

思果本名蔡濯堂，著有：《香港之秋》、《林居筆話》等十幾部散文集，其《林居筆話》曾獲臺灣中山文藝散文獎；

西西本名張彥，著有：《花木欄》、《店鋪》等十幾部散文集，其《店鋪》獲香港教育統籌局及考評局列作香港中學會考中國語文科26組範文之一；

小思本名盧瑋鑾，著有：《翠拂行人首～小思集》與《指

空敲石看飛雲～小思散文集》等作品；

　　董橋本名董存爵，著有：《回家的感覺真好》、《保住那一髮青山》等多部散文集；

　　也斯本名梁秉鈞，著有：《神話午餐》與《山水人物》等散文集。

4.澳門散文[57]：

　　澳門位於南海北岸、珠江口西側，北接廣東省珠海市，東面與鄰近的香港相距63公里，其餘兩面與南海鄰接，是粵港澳大灣區的中心城市之一。也是於前二一四年被秦朝納入中國版圖。然其本地的文學發展，在二〇年代前的古典文學是非常少數，現代文學亦不多見。僅世居澳門的鄭觀應《羅浮偫鶴山人詩草》、汪兆鏞《澳門雜詩》等人留下的詩作。澳門的文學發展與臺灣、香港非常相似，其蓬勃發展的時期皆在大陸文人南下的參與開始，尤其是一九九九年回歸祖國後，更是蓬勃發展。

　　從現有史料來看，遠在明清時期，已經有詩人墨客涉足澳門，賦詩紀事明志文稿，時而有之，如：葉權《沙南遺草》之〈夜泊濠鏡澳〉、許孚遠《敬和堂集》之〈請諭處番酋疏〉、喻安性《喻氏疏議詩文稿》之〈澳門立石五禁〉、陳常〈為懇恩禁飭積弊以杜後患以廣皇仁事〉、許弘綱《群玉山房疏草》之〈更置山海將領疏〉、盧躋《長崎先民傳》、張汝霖《漂海錄》、黃高啟《越史要》、姚衡《寒秀草堂筆記》，以及繆艮《塗說》等作品。更有大汕和尚住持普濟禪院，其著作甚豐有：《離六

---

[57] 資料來源，以參考「澳門筆會」居多。

第二章、中國散文之起源與發展

堂集》十二卷、《海外紀事》六卷,以及《濃夢尋歡》等詩作。

三〇年代後,便是澳門文學逐漸繁榮的年代,創作舊體詩詞為主的「雪社」成立於1927年,是澳門文學史上第一個以本地居民為骨幹的文學團體群落,主要成員為:梁彥明(臥雪)、馮秋雪、馮印雪、黃沛功、劉君卉(抱雪)、周宇賢(宇雪),以及趙連城(冰雪)等人,它的成立標誌著澳門本土文學的自覺。先後出版過六期《雪社》詩刊,1934年又出版七人詩詞合集《六出集》。

四〇年代,由於一九三七年抗日戰爭爆發後,北方大量文人南下避難,有少部分作家加入澳門的創作行列,使澳門文學得以進一步的發展。當然,澳門文學的發展受限於土地與人口[58],自不如臺灣、香港來得鼎盛。該時期較為有名的文學刊物,即是廖平子於一九三九年二月創辦《淹留》詩刊,每期發行十五冊,至一九四一年共發行了四十期。該刊數百首詩歌,真實地反映了抗日時期一些重大的歷史事件和人物,真實地記錄了日寇鐵蹄所至,中國百姓流離失所、痛苦呻吟的悲慘處境。

五〇年代,由澳門新民主協會創辦的《新園地》周刊,於一九五〇年三月成立,是一份愛國文學的刊物,早期附屬於大眾報出版。該刊尤為重視文學創作,最高發行量曾達數千份,對培養澳門文壇的後進影響深遠。

六〇年代,由澳門一群志同道合、熱愛文學的青年,於1963年5月創辦《紅豆》刊物,為澳門文學寫下彌足珍貴的篇章。

---

[58] 澳門由澳門半島、氹仔島和路環島所組成,回歸之初土地面積僅有21.45平方公里,人口則僅43萬人左右。

在民風淳樸、資源匱乏的年代,能有這樣熱情,又有豐富創作力和無私奉獻精神的年輕作家,他們把一顆顆小小的文學種子栽種於當年貧瘠的文學土壤裏,實屬難得。該刊先後共出版了十四期,內有小說、詩歌、散文、漫畫、專訪和外國文學作品等介紹,為當時的澳門文學風景增添無限綠意。

至於七、八〇年代,較缺乏明確的作家作品資料,但從1996年澳門基金會所出版的《澳門散文選》,共收入丁璐〈賭局〉、方欣〈現代人的瀟灑〉等57位作者,114篇散文作品可看出端倪。該書收入大部分是九〇年代的作品,只有少部分是七、八〇年代的作品。由此可見,七、八〇年代相對於九〇年代的創作,少得很多。究其原因,與殖民地、主權回歸有關。該文集大多數作品皆在澳門這塊土地上的所見、所聞、所思、所感,具有濃厚的本土風格。

九〇年代後迄今,亦如臺灣、大陸、香港一樣,是一個多元的時期。各種類型文學與作家數量都有相當的成長,香港詩刊《現代詩壇》,由傅天虹創辦於1987年9月,是一份立足於香港,輻射兩岸四地及海外的刊物,也是澳門作家發表作品的重要刊物。從創刊之日起就以溝通兩岸四地,整合海內外漢語新詩作為宗旨,從「民族詩運」的使命承擔,到提出「大中華新詩」的概念。至二〇一二年六月第五十八期,先後已有分布全球各地的一百〇一位詩人、學者,蔚然形成百年新詩史上一道別樣的風景線。

一九八七年「澳門筆會」成立,其宗旨乃為了促進作者聯繫,交流寫作經驗,研究文學問題,輔導青年寫作,積極建立和加強與國際及其他地區文學組織之間的關係。其後於一九八

第二章、中國散文之起源與發展

九年創立《澳門筆匯》,該雜誌是發表澳門文學界新作的園地,以刊登澳門作家、翻譯家的作品為主,亦逐步與各地作家交流,發表他們的作品,以立足澳門,走出澳門。

一九八九年,由高戈等人創辦「澳門五月詩社」,其成員包括活躍於澳門的老中青三代寫現代詩的詩人三十多人,大量出版澳門詩人的詩集《五月詩叢》,至今已超過十冊。該詩社又於一九九〇年十二月創立《澳門現代詩刊》,是澳門第一部連續出版的新詩雜誌,至一九九九年共十五期,其內容不同於寫實派,力追求前衛的色彩。

一九九〇年,「澳門中華詩詞學會」正式成立,從事詩詞創作與詩詞藝術研究的民眾性組織,由在地詩詞愛好者、創作者和研究者自願參加的文化團體。該學會致力於培育澳門詩詞新生力量,發展對外交流,蒐集、整理、編纂、研究、出版前人與今人的詩詞作品。成立以來,已出版會刊《鏡海詩詞》與《澳門現代詩詞選》等。九〇年代,還有程祥徽創辦的《澳門寫作學刊》、寂然等人創辦的《蜉蝣體》雜誌等。

一九九九年,隨著澳門回歸祖國的文學大家庭,澳門文學的發展呈現新的生態,並空前的繁榮。在國家和澳門特區政府設置「澳門文學獎」、「澳門文學節」、成立「澳門基金會」、建立「澳門文學館」等多項文化措施的積極推動下,本土文學社團如雨後春筍般的蓬勃,詩、散文、小說、戲劇、電影、評論等幾乎所有文學門類文學社團均有涉及,傳統詩詞更是普及。新生代作家,如:寂然本名鄒家禮的《夜黑風高》、《島嶼的語言》等小說,《青春殘酷物語》、《閱讀,無以名狀》等散文集;黃文輝《因此》、《我的愛人》、《歷史對話》等詩集,《不要怕,

我抒情罷了》、《偽風月談》等散文集；林玉鳳《詩・想》等詩集、《一個人影，一把聲音》等散文集，以及馮傾城《她的第二次愛情》、《飄逝的永恆》等散文集。他們作品採取多重主題，探索突破傳統，以多元表達的方式來呈現，兼具地域性和開放性的特色。尤其是澳門回歸後，有大量的內地和海外移民定居於澳門，或是出生於澳門的移民後裔作家的成長，逐漸成為澳門文壇的中堅，他們以「澳門人」身份自居的澳門意識和文學自覺，將澳門視為自己的家園，用深情的筆墨書寫這裡的歷史和現實，增強了澳門文學的「本土性」和「草根性」。

至於葡裔主要作家則有：江道蓮（葡語：DeolindadaConceição）發表在《澳門新聞報》的〈現代女性裏〉及〈現代的狂歡節及狂歡節的時光〉短文、《長衫》小說集；飛歷奇（HenriquedeSennaFernandes）的《愛情與小腳趾》、《大辮子的誘惑》、《南灣：澳門故事》等小說集；高美士（LuísGonzagaGomes）有關美國科學家、政治家班傑明・富蘭克林的報導，從此開始了作家生涯，《澳門傳說》是一本講述澳門及其鄰近諸島的神話傳說的小說。該等作品反映族群生活、關心女性，以及對不同族群和文化之間和平共處。

與此同時，澳門的網路文學也興起，尤其是賀綾聲、甘草等人所創辦的網絡《天詩社》，有甚多網路作家在此發表。該詩社以自由地追求詩的夢想為宗旨，於2002年宣佈成立，舉辦網路創作比賽、網聚等活動，藉此加強詩社會員創作交流，雖以發表新詩為主，但同時也設立舊體詩、散文和小說的發表區，容納不同類型的文學創作。主要的網路作家有：牛文賢以科幻題材的《地星危機》、劉豔以現實題材的《生活有晴天》、劉吉剛以仙俠題材的《詭秘之上》、李澤民以軍事歷史題材的《左

第二章、中國散文之起源與發展

舷》、李杰以現實題材的《強國重器》、張思宇以懸疑科幻的《我在規則怪談世界亂殺》、張柱橋以現實題材的《北京保衛戰》、周密密以現實題材的《歸宿》、尚啟元以現實題材的《長安盛宴》、簡潔的長篇小說《數千個像我一樣的女孩》等作品。該等作家皆是粵港澳大灣區[59]杯「網路文學大賽」的獲獎人。這個時期主要的散文家有：李成俊、李鵬翥、湯梅笑、廖子馨、鄧景濱、賀綾聲、陶里、林玉鳳、鄧曉炯、楊穎虹、陸奧雷、水月、莊文永、許均銓，以及何瑪麗等人。

李成俊《海天・歲月・人生》、《待旦集》、《夜未央樓隨筆》等散文集；

李鵬翥《澳門古今》、《濠江文譚》、《磨盤拾翠》等散文集；

湯梅笑《雲和月》、《人生大笑能幾回》、《七星篇》等散文集；

廖子馨《七星篇》、《美麗街》等散文集，是二〇〇二年「澳門文學獎」散文組的冠軍者；

鄧景濱《語林漫筆》、《語壇爭鳴錄》、《杏壇耕播錄》等散文集；

賀綾聲《片段》、《她說・陰天快樂》等散文集；

陶里本名危亦健《靜寂的延續》、《蓮峰擷翠》、《嶺上造船

---

[59] 粵港澳大灣區（Guangdong-Hong Kong-Macao Greater Bay Area），簡稱大灣區，是由圍繞珠江三角洲和伶仃洋組成的城市群，包括：廣東省九個相鄰城市：廣州、深圳兩個一線城市和副省級市與珠海、佛山、東莞、中山、江門、惠州、肇慶七個地級市，以及香港與澳門兩個特別行政區所組成。

筆記》等散文集；

林玉鳳《一個人影，一把聲音》等散文集；

鄧曉炯《有感爾發》、《反斗西遊記》等散文集；

楊穎虹於1990年奪得「澳門青年文學獎」散文組優異獎；

陸奧雷《新世代生活誌：第一個五年》、《摩天輪的幻象生活》等散文集；

水月本名林慧嫻《忘情書》、《揮手之後還會再見嗎》，《如果不能寬恕‧我選擇放下》獲得首屆「淮澳兩地漂母杯」榮譽獎、《我的歡樂天地》獲得第六屆「我心中的澳門：全球華文散文賽」三等獎、《何事長向別時圓》第十屆「澳門文學獎」優秀獎等散文集；

莊文永《漂流者的眼睛》等散文集；

許均銓《玉緣》於1995年獲得浙江省「全國商品基地杯」三等獎、《樹與石》於1996年獲得四川省「中國瀘州老窖杯」三等獎、《驛站的歲月》於2009年獲得第八屆「澳門文學獎」優秀獎等散文集；

何瑪麗本名陳逸梅《鏡海雲鄉》、《情滿人間》、《筆遊濠江》等散文集，曾獲得「社工局徵文比賽」冠軍，2002年獲得「澳門文學獎」散文組亞軍。

參 賞析篇

第一章、先秦時期之散文選
第二章、漢魏六朝時期之散文選
第三章、隋唐時期之散文選
第四章、宋元時期之散文選
第五章、明清時期之散文選
第六章、民國時期之散文選

本單元將散文分成：一、先秦時期；二、漢魏六朝時期；三、隋唐時期；四、宋元時期；五、明清時期，以及六、民國時期等六個階段。在各時期散文中精選多篇佳作，冀望讓讀者的視野更加寬闊。

第一章、先秦時期之散文選

本單元列舉：《左傳・鄭伯克段于鄢》、《戰國策・馮諼客孟嘗君》、屈原〈卜居〉、宋玉〈對楚王問〉，以及李斯〈諫逐客書〉等文章作說明：

1.〈鄭伯克段于鄢〉

內容導讀

本文選自《左傳》[1]。「鄭伯克段于鄢」原來是《春秋》[2]裡的一句話，意思是說鄭莊公在鄢地打敗了共叔段。《左傳》將這一歷史事件的始末作了詳細的記述，後人遂用「鄭伯克段于鄢」作為篇名。本篇記述鄭莊公與弟弟共叔段不合，其母武姜也因為在生鄭莊公時難產，因而偏愛弟弟共叔段，其後武姜與共叔段密謀造反，鄭莊公終在鄢地打敗共叔段，鄭莊公與武姜

---

1. 《左傳》是《春秋左氏傳》的簡稱，也稱《左氏春秋》。主要記載春秋年間魯隱公元年至魯哀公 27 年，歷十二公，共 255 年的歷史。內容以記事為主，記述春秋時代各國的政治、經濟、軍事和文化等各方面的事。對後來的史傳文學和散文的發展，有很大的影響。
2. 《春秋》記載魯隱公元年（前 722 年）到魯哀公十四年（前 481 年）之間的歷史，也是中國現存最早的一部編年體史書。傳統上認為《春秋》是孔子的作品，也有人認為《春秋》是魯國史官的集體創作。

也和好如初。

作者介紹

　　關於《左傳》的作者，主要有三個說法：一、《左傳》傳說是春秋末年魯國史官左丘明所作。二、《左傳》傳說為戰國時人根據各國史料輯錄而成。三、《左傳》傳說為劉歆偽作，其中以第一說最為可信。《左傳》的特色是豐而富，較公羊、穀梁二傳富麗，是春秋三傳中，最富文學蘊味的一傳，其敘事詳明，文字優美，人物的形象刻劃非常生動。

　　左丘明（？～？），相傳為春秋末期魯國的盲人史學家，為《左傳》和《國語》的作者。《左傳》乃為解釋另一歷史著作《春秋》的作品，戰國時期成為儒家經典之一。左丘明的記載最早見於《論語‧公冶長》，與孔子同時代或在其前。此人知識淵博，品德高尚，孔子曰：「巧言、令色、足恭，左丘明恥之，丘亦恥之；匿怨而友其人，左丘明恥之，丘亦恥之。」據《魏書‧地形志》載：「富城有左丘明墓。」富城即今肥城一帶，可見左丘明死後葬於肥城。

課文說明

　　【本文】初，鄭武公娶于申[3]，曰武姜[4]。生莊公及共叔段[5]。莊公寤生[6]，驚姜氏，故名曰寤生，遂惡之。愛共叔段，欲

3.鄭武公：名掘突；武：謚號。申：國名。
4.武姜：武，從夫謚號。姜：母家的姓。
5.共：衛國邑名。共：ㄍㄨㄥ。
6.寤生：腳先出生，頭後出生，是難產的一種。

立之。亟請於武公,公弗許。及莊公即位,為之請制[7]。公曰:「制,巖邑也。虢叔死焉[8],佗邑唯命[9]。」請京[10],使居之,謂之京城大叔。

【翻譯】從前,鄭武公娶了一位申國的女子為妻,她的名字叫做武姜。武姜生了莊公和共叔段。莊公出生的時候腳先於頭出來,這通常具有很大的危險性,是難產常見的分娩方式。武姜受到很大的驚嚇,因此給莊公取名叫寤生,就是難產的意思。從此武姜便很討厭莊公,而偏愛共叔段,想冊立共叔段為太子,屢次向武公請求立共叔段為太子,武公都不肯答應。等到莊公繼位為鄭國國君後,武姜便請求將制這個地方封給共叔段作為共叔段的封地。莊公說:「制地是形勢險要的地方,曾有虢叔死在那裡過。除了制這個地方,其他地方都可以聽你的。」武姜於是改要求封京城這個地方給共叔段,莊公同意了,此後人們便稱共叔段為京城大叔。

【本文】祭仲[11]曰:「都城過百雉[12],國之害也。先王之制,大都不過參國之一[13];中,五之一;小,九之一。今京不度[14],

---

7. 制:今河南榮陽縣,又名虎牢。
8. 虢叔:東虢君,為鄭武公所滅。虢:ㄍㄨㄛˊ。
9. 佗邑:他邑,別的地方。佗:ㄊㄨㄛˊ。唯命:「唯命是聽」之省。
10. 京:鄭邑名,今河南榮陽縣東南。
11. 祭仲:鄭國大夫。祭:ㄓㄞˋ。
12. 雉:量詞,古城長三丈、高一丈為一雉。百雉:古城長度為三百丈。
13. 參國之一:國都的三分之一。
14. 不度:不合法度。

參、賞析篇：第一章、先秦時期之散文選--1.鄭伯克段于鄢

非制[15]也。君將不堪[16]。」公曰：「姜氏欲之，焉辟[17]害。」對曰：「姜氏何厭之有[18]？不如早為之所[19]，無使滋蔓[20]！蔓難圖[21]也。蔓草猶不可除，況君之寵弟乎？」公曰：「多行不義必自斃[22]，子姑待之。」

【翻譯】祭仲說：「封地國都的城牆如果長度超過三百丈，就會給國家帶來禍害。先王制定的制度是，大都邑的城牆不能超過國都的三分之一；中等的都邑，城牆不能超過五分之一；小型的都邑，城牆不能超過九分之一。現在京城的城牆不合先王的法度，之後的情況您將會受不了的。」莊公說：「姜氏要這樣，我又如何避免禍害呢？」祭仲回答說：「姜氏怎麼會有滿足的時候？不如早作打算，不要放縱她滋生事端，不然等到事情不可收拾的時候就麻煩了。蔓延的野草尚且不容易對付，何況是您寵愛的弟弟呢？」莊公說：「作多了不合義理的事情，必然會自取滅亡，你姑且等著看吧！」

【本文】既而[23]大叔命西鄙北鄙貳[24]於己。公子呂[25]曰：「國不堪貳，君將若之何[26]？欲與大叔，臣請事之；若弗與，則請

15.非制：不是先王的制度。
16.不堪：受不了。
17.辟：同避。
18.何厭之有：「有何厭」的倒裝。厭：同「饜」，飽足的意思。
19.為之所：給他安排地方。
20.滋蔓：滋長蔓延。
21.圖：對付。
22.斃：跌倒。
23.既而：不久。
24.鄙：邊邑。貳：屬附於兩國。
25.公子呂：字子封，鄭國大夫。
26.若之何：拿他怎麼辦。若：同「如」。

除之，無生民心[27]。」公曰：「無庸，將自及[28]。」

【翻譯】不久，大叔命令西部和北部的邊境既要聽莊公的命令，又要聽自己的命令。公子呂說：「一個國家不能忍受這種兩邊聽命的情況，您打算要怎麼辦？您如果要把君位讓給大叔，下臣就去事奉他；如果不給他君位，那就請您立刻除掉他，不要使老百姓產生貳心。」莊公說：「不用，他將會自食惡果。」

【本文】大叔又收[29]貳以為己邑，至於廩延[30]。子封曰：「可矣，厚將得眾[31]。」公曰：「不義不暱[32]，厚將崩。」

【翻譯】大叔又收取原來兩屬地作為自己的封邑，並擴大到廩延一地，子封說：「可以動手了！土地擴大就會贏得民心。」莊公說：「沒有正義不能號召群眾，土地擴大反而會崩潰。」

【本文】大叔完聚[33]，繕甲兵[34]，具卒乘[35]，將襲鄭。夫人將啟[36]之。公聞其期，曰：「可矣！」命子封帥[37]車二百乘以伐京。京叛大叔段，段入于鄢[38]，公伐諸鄢。五月辛丑[39]，大叔出

---

27. 無生民心：不要使百姓產生貳心。
28. 庸：同「用」。及：至。
29. 收：取。
30. 廩延：今河南延津縣北。
31. 厚：土地擴大。眾：指老百姓。
32. 暱：親近。暱：ㄋㄧˋ。
33. 完聚：修治城廓，聚集百姓。
34. 繕：修理。甲：盔甲。兵：兵器。
35. 具：準備。卒：步兵。乘：四匹馬拉的戰車。
36. 啟：開城門。
37. 帥：同「率」。
38. 鄢：鄭邑，今河南鄢陵縣西北。
39. 五月辛丑：五月二十三日。

參、賞析篇：第一章、先秦時期之散文選--1.鄭伯克段于鄢

奔共。

【翻譯】大叔修治城廓，聚集百姓，修繕武器裝備，準備步兵戰車，準備偷襲鄭國都城，武姜則要做打開城門的內應。莊公聽到大叔起兵的日期就說：「可以了。」於是命令子封率領二百輛戰車進攻京城。京城的人反對大叔，大叔便逃到鄢地，莊公又趕到鄢地攻打他。五月二十三日，大叔再逃到共地。

【本文】書[40]曰：「鄭伯克段于鄢。」段不弟，故不言弟；如二君，故曰克；稱鄭伯，譏失教[41]也；謂之鄭志[42]，不言出奔，難之也。

【翻譯】《春秋》上面記載這件事說：「鄭伯克段于鄢。」大叔的所作所為不像弟弟，所以不稱「弟」字；兄弟相爭，如同兩國國君交戰，所以用「克」字。《春秋》這樣記載就表示了莊公的本意是殺弟。不說「出奔」則是因為史官難以下筆記載叔段出奔共地這件事。

【本文】遂寘[43]姜氏於城潁[44]，而誓之曰：「不及黃泉[45]，無相見也！」既而悔之。潁考叔[46]為潁谷封人[47]，聞之，有獻於公。公賜之食，食舍[48]肉。公問之，對曰：「小人有母，皆嘗小

---

40. 書：指《春秋》經文記載。
41. 失教：失去管教。
42. 鄭志：指鄭莊公蓄意殺弟的企圖。
43. 寘：同「置」。
44. 城潁：鄭邑，今河南臨潁縣西北。
45. 黃泉：指地下。
46. 潁考叔：鄭大夫。
47. 潁谷：鄭邊邑名。封人：鎮守邊境的地方官。
48. 舍：放在一邊。

人之食矣，未嘗君之羹，請以遺[49]之。」公曰：「爾有母遺，繄[50]我獨無！」穎考叔曰：「敢問何謂[51]也？」公語之故，且告之悔。對曰：「君何患[52]焉。若闕[53]地及泉，隧[54]而相見，其[55]誰曰不然[56]？」公從之。公入而賦：「大隧之中，其樂也融融[57]。」姜出而賦：「大隧之外，其樂也泄泄[58]。」遂為母子如初。

【翻譯】鄭莊公就把姜氏軟禁在城穎這個地方，並且發誓說：「不到黃泉，母子不再相見。」不久，鄭莊公就後悔了。當時穎考叔在穎谷做官，他聽到這件事後，就藉機獻禮物給鄭莊公。莊公請他吃飯，他故意把肉留下來不吃，莊公問他原因，他說：「我有母親，我孝敬她的食物她都已經嘗過了，但卻沒有嘗過君王賞賜的肉，請您允許我帶回去給她吃。」莊公說：「你有母親可以孝敬，唉！我卻沒有。」穎考叔說：「敢問這是什麼意思？」莊公就對他說明其中的原因，並告訴他自己後悔了。穎考叔回答說：「您有什麼好擔心的呢？如果向下挖地挖到可以看見泉水，並且開挖一條隧道在裡面相見，誰又會說這樣子不對呢？」鄭莊公便聽從了穎考叔的建議。莊公進了隧道之後，便賦歌說：「身在大隧道之中，非常的和樂自得啊！」姜氏走出隧道，也賦歌說：「走出大隧道之外，我的心神非常

49.遺：贈送。遺：ㄨㄟˋ。
50.繄：嘆詞。繄：一。
51.何謂：謂何，什麼意思。
52.患：擔心。
53.闕：同「掘」。
54.隧：通過隧道，動詞。
55.其：疑問詞。
56.然：這樣。
57.融融：和樂自得之意。
58.泄泄：舒暢的樣子。

參、賞析篇：第一章、先秦時期之散文選--1.鄭伯克段于鄢

舒暢爽快啊！」於是母子兩人相處便回到當初的情況。

【本文】君子[59]曰：「穎考叔，純孝也，愛其母，施及[60]莊公。詩[61]曰：『孝子不匱，永錫爾類。』其是之謂乎[62]！」

【翻譯】我說：「穎考叔是一位真正的孝子啊！他敬愛自己的母親，也擴大影響到莊公。《詩經》上說：『孝子的孝心沒有窮盡，永遠恩賜同類。』說的大概就是這件事吧！」

課文賞析

透過鄭莊公家庭內部的矛盾，本文記敘了鄭伯克段于鄢的整個過程，並反映了統治階級內部爭權奪利、爾虞我詐的殘酷與真實。

全文敘事線索清晰，大致可分為三個部分：

第一部分交代了人物與矛盾的開端，莊公出生即失去母親的疼寵，出於偏愛，武姜力圖廢長立幼，雖未為武公所接納，卻也埋下日後手足間爭權奪利的種子。莊公縱容弟弟共叔段，待其反叛時方整備出兵討伐，其心可議，史家認為莊公未在共叔段釀成大錯之前，對其曉以大義，靜待弟弟徹底的暴露野心之後，才重兵鎮壓，並未克盡身為兄長的責任，乃為「失教」，兄弟之義蕩然無存。

第二部分敘述莊公因討伐共叔段一事，失歡於母親，並立

59.君子：《左傳》作者的自稱。
60.施及：擴大到。施：一ˋ。
61.詩：指《詩經》。
62.其是之謂乎：「其謂是乎」的倒裝。

下重誓：「不及黃泉，無相見也！」但仍不能捨棄孝悌之名，後納潁考叔之建言，母子於是重得團聚。第三部分則是史家評論，認為潁考叔乃為純孝之人，進而影響莊公使其得以盡孝，假使當時有潁考叔一輩啟發莊公友愛之心，或許莊公便不會身陷「失教」之名了。

春秋之際，周道衰微，或父子相殘，或兄弟相滅，禮教衰敗，從一個家庭的失和引起的矛盾，進而影響政治的爭權奪利的情況，本文對此提出了批判，文章前呼後應，間或穿插議論，脈絡相承。文中僅簡略交代事件前因後果，卻詳寫莊公與祭仲、公子呂之間的對話，莊公的老謀深算與城府深密盡顯，在情節展開的過程中，武姜的偏私與共叔段的有恃無恐，乃至於祭仲、公子呂等人的忠誠幹練，敘述詳略得當，對比鮮明，人物性格得以凸顯。

問題討論

一、根據正文，試分析鄭莊公、共叔段以及武姜三人各自的心理狀態與想法？

二、根據正文，你認為潁考叔是一個什麼樣的人？他在其中扮演什麼樣的角色？不吃肉事件會不會是鄭莊公跟潁考叔合演的一場戲？

三、如果你是鄭莊公，你對弟弟共叔段又抱持著什麼樣的情感？

四、看完正文，你對這一歷史事件有何想法？

2.〈馮諼客孟嘗君〉

內容導讀

　　本文選自《戰國策・齊策四》[1]。內容敘述孟嘗君的門客～馮諼替孟嘗君謀策以鞏固孟嘗君在齊國的地位一事。深謀遠慮的馮諼替孟嘗君經營三窟，不但收買了民心、讓齊王重視孟嘗君，最後更讓齊王把宗廟建於孟嘗君的封地，使孟嘗君握有實權。由本文可看出馮諼的遠見及謀策才能。

作者介紹

　　《戰國策》又稱《國策》、《國事》、《短長》……等，主要記載戰國時代之人物言行，或策略主張等的著名史書。作者不明，只能確定非一時一地一人之作，今傳本為西漢末年劉向所編。《戰國策》描繪人物形象具體生動。清學者陸隴稱《戰國策》：「其文章之奇足以娛人耳目，而其機變之巧足以壞人之心術」。《戰國策》的特色是文章結構完整、人物形象鮮活，語言生動且文章中大量運用比喻、寓言以說理。

課文說明

　　【本文】齊人有馮諼[2]者，貧乏不能自存，使人屬[3]孟嘗君

---

1. 《戰國策》為國別體史書，以記言為主，記事為輔。書中按東周、西周、秦國、齊國、楚國、趙國、魏國、韓國、燕國、宋國、衛國、中山國分國編寫，共 33 卷，約 12 萬字。所記載的歷史，自前 490 年到前 221 年。《戰國策》主要記載戰國時期縱橫家的主張及言行策略。
2. 馮諼：齊國孟嘗君的門客。《史記》作「馮驩」，又作「馮煖」。諼：ㄒㄩㄢ。
3. 屬：介紹。

⁴，願寄食⁵門下。孟嘗君曰：「客何好？」曰：「客無好也。」曰：「客何能？」曰：「客無能也！」孟嘗君笑而受之，曰：「諾。」左右以君賤之也，食⁶以草具⁷。

【翻譯】齊國有一個人叫馮諼，他貧困得養活不了自己。他託人介紹給孟嘗君，希望在他的門下混口飯吃。孟嘗君問：「客人有什麼愛好呢？」回答說：「沒有什麼愛好。」孟嘗君又問：「客人有什麼才能？」回答說：「沒有什麼才能。」孟嘗君笑著答說：「好吧。」孟嘗君左右的人以為孟嘗君輕視馮諼，所以只給馮諼吃粗劣的飯食。

【本文】居有頃，倚柱彈其劍，歌曰：「長鋏⁸歸來乎，食無魚！」左右以告。孟嘗君曰：「食之比門下之客。」居有頃，復彈其鋏，歌曰：「長鋏歸來乎，出無車！」左右皆笑之，以告。孟嘗君曰：「為之駕，比門下之車客。」於是乘其車，揭其劍過⁹其友曰：「孟嘗君客我！」後有頃，復彈其劍鋏，歌曰：「長鋏歸來乎，無以為家¹⁰！」左右皆惡之，以為貪而不知足。孟嘗君問：「馮公有親乎？」對曰：「有老母。」孟嘗君使人給其食用，無使乏，於是馮諼不復歌。

【翻譯】過了不久，馮諼靠著柱子彈著他的劍唱道：「長劍啊，我們回去吧，這裡沒有魚吃！」左右的人將這件事告訴

4.孟嘗君：孟嘗君是封號，他姓田名文。
5.寄食：依靠別人吃飯。
6.食：給……吃。
7.草具：本指裝盛粗劣飲食的食具，此代指粗糙的食物。
8.鋏：劍把。長鋏，這裡代指長劍。
9.揭：高舉。過：拜訪。
10.家：養家。

2. 馮諼客孟嘗君

孟嘗君。孟嘗君說:「按照有魚吃的門客那樣給他魚吃。」過了不久,馮諼又靠著柱子彈著劍唱:「長劍啊,我們回去吧,在這裡出門沒有車啊!」左右的人都笑他,他們又將這件事告訴孟嘗君。孟嘗君說:「按照有車的門客那樣為他準備車吧。」於是馮諼坐著車子,舉著劍去拜訪朋友,並且說:「孟嘗君把我當成客人。」後來又過了一段時間,馮諼又彈著他的劍,唱著:「長劍啊,我們回去吧,在這裡沒有辦法養家。」左右的人都很討厭他,認為他很貪心不知滿足。孟嘗君問:「馮先生有親人嗎?」馮諼回答說:「有一位老母親。」孟嘗君便派人供給馮諼的母親衣食費用,不讓她在衣食日用上有所缺少。從此以後馮諼便不再彈劍唱歌了。

【本文】後,孟嘗君出記[11]問門下諸客:「誰習計會[12],能為文收責[13]於薛[14]者乎?」馮諼署[15]曰:「能。」孟嘗君怪之曰,「此誰也?」左右曰:「乃歌夫長鋏歸來者也。」孟嘗君笑曰:「客果有能也。吾負[16]之,未嘗見也。」請而見之,謝曰:「文倦於是[17],憒[18]於憂,而性懧愚,沈於國家之事,開罪於先生。先生不羞,乃有意欲為收責於薛乎?」馮諼曰:「願之。」

【翻譯】後來,孟嘗君貼出告示,詢問門客:「有誰熟悉

---

11. 記:通告。
12. 計會:算帳、管理財務。
13. 責:同「債」。
14. 薛:今山東藤縣東南,孟嘗君封地。
15. 署:簽名。
16. 負:虧待。
17. 是:政事。
18. 憒:困擾煩亂。

會計理財的工作,能替我到薛地收債?」馮諼在上面簽了名,說:「我能。」孟嘗君看到感到疑惑,就問左右的人:「這是誰?」左右的人說:「就是唱『劍柄啊,我們回去吧』的那個人。」孟嘗君笑著說道:「這位客人果然厲害,我虧待了他,到現在還沒有接見過他呢!」就派人請馮諼前來相見,孟嘗君向他道歉說:「國事令我很疲倦,憂慮令我很煩亂,而我天生儒弱愚笨,整天埋首在國事之中,以致於得罪了先生,而先生卻不介意,還願意替我往薛地收債嗎?」馮諼說:「願意。」

【本文】於是約車治裝,載券契[19]而行。辭曰:「責畢收,以何市而反[20]?」孟嘗君曰:「視吾家所寡有者。」驅[21]而之薛。使吏召諸民當償者,悉來合券。券遍合,起矯命[22],以責賜諸民,因燒其券,民稱萬歲。長驅[23]到齊,晨而求見。孟嘗君怪其疾也,衣冠而見之[24],曰:「責畢收乎?來何疾也?」曰:「收畢矣。」「以何市而反?」馮諼曰:「君云『視吾家所寡有者』,臣竊[25]計,君宮中積珍寶,狗馬實[26]外廄,美人充下陳[27],君家所寡有者,以義耳。竊以為君市義。」孟嘗君曰:「市義奈何?」曰:「今君有區區之薛,不撫愛子其民,因而賈利[28]之。臣竊矯君命,以責賜諸民,因燒其券,民稱萬歲,乃臣所以為君市義

---

19. 券契:指關於債務的券紙契約。
20. 市:買。反:同「返」。
21. 驅:趕著車子。
22. 矯命:假托孟嘗君的命令。
23. 長驅:不在中途逗留,驅車直前。
24. 衣冠而見:穿戴整齊。
25. 竊:自謙之詞,私自。
26. 實:充滿。
27. 下陳:古代貴族堂下放禮品、站婢妾的地方。
28. 賈利:指向百姓放債取利息。

2. 馮諼客孟嘗君

也。」孟嘗君不說，曰：「諾，先生休矣[29]。」

【翻譯】於是馮諼整理好車馬和行裝，就把債券收著準備出發。辭行時馮諼問孟嘗君：「收完債後，買些什麼回來比較好？」孟嘗君說：「看我家還缺什麼。」馮諼趕車到薛地之後，便派官吏召集該還債的百姓來核對債券。核對完畢後，他假藉孟嘗君的命令，把債款賞賜給借債的人，並燒掉了債券。老百姓都高呼萬歲。馮諼趕車回到齊國，清晨一到就求見孟嘗君。孟嘗君對他回來的這麼快感到很奇怪，穿戴好衣帽就接見他，問他：「債收完了？怎麼這麼快回來？」馮諼說：「收完了。」孟嘗君又問他：「那你用債款買了什麼回來？」馮諼說：「你曾經說『看我家裡欠什麼』，我私底下想，你的家裡堆滿了珍寶，馬房裡擠滿了獵狗、駿馬，姬妾美女站滿了堂下，你所欠缺的只有『義』，所以我擅自用債款幫你買了『義』。」孟嘗君說：「買義是怎麼回事？」馮諼說：「現在你只有一塊小小的薛地，可是你並不愛護百姓，反而以他們為謀取利息的對象。所以我假藉你的命令，把債款賞賜給百姓，燒掉了債券，百姓都高呼萬歲，這就是我替你買的義。」孟嘗君聽了之後並不高興，向他說：「好，算了。」

【本文】後期年[30]，齊王謂孟嘗君曰：「寡人[31]不敢以先王[32]之臣為臣！」孟嘗君就國[33]於薛。未至百里。民扶老攜幼，迎君道中。孟嘗君顧謂馮諼：「先生所為文市義者，乃今日見之！」

---

29. 休矣：算了。
30. 期年：過了一年。期：ㄐㄧ。
31. 寡人：君主自謙詞，此指齊湣王。
32. 先王：指齊宣王。
33. 就國：回到自己的封地。

馮諼曰：「狡兔有三窟，僅能免其死耳！今有一窟，未得高枕而臥也。請為君復鑿二窟。」孟嘗君予車五十乘，金五百斤，西遊於梁[34]。謂梁王曰：「齊放其大臣孟嘗君於諸侯，先迎之者，富而兵強。」於是梁王虛上位，以故相為上將軍，遣使者黃金千斤，車百乘，往聘孟嘗君。馮諼先驅，誡孟嘗君曰：「千金重幣[35]也，百乘顯使也，齊其聞之矣！」梁使三反，孟嘗君固辭不往也。

【翻譯】過了一年，齊湣王對孟嘗君說：「我不敢把先王的臣子當作我自己的臣子。」孟嘗君只好回到自己的封地薛邑去。他走到距離薛地還有一百里的時候，薛地的老百姓已經扶老攜幼，在路邊迎接孟嘗君了。孟嘗君回過頭對馮諼說：「先生為我買的義，我今天見到了。」馮諼說：「聰明的兔子擁有三個洞穴，僅僅能夠免於死亡。現在你只有一個窩，還不能高枕無憂，請讓我再去為你挖兩個巢穴。」於是孟嘗君給了他五十輛車子和黃金五百斤，西往梁國。馮諼對梁惠王說：「齊王放逐孟嘗君，哪位諸候可以先迎接到他，哪位諸侯就可以使自己的國家強大。」梁惠王一聽便立刻空出相位，把原來的相國調為上將軍，並派遣使者帶著千斤黃金及百輛馬車去聘請孟嘗君。馮諼趕緊先一步回去，提醒孟嘗君說：「黃金千斤，是非常貴重的聘禮；擁有百輛車子的身價，是很顯貴的使臣。齊國上下的君臣必定會聽到這件事情。」梁國使者來回往返了三次想邀請孟嘗君去梁國做官，孟嘗君都堅決推辭不去。

34.梁：即魏國，魏建都大梁。
35.重幣：貴重的禮物。

2. 馮諼客孟嘗君

【本文】齊王聞之，君臣恐懼。遣太傅齎[36]黃金千斤，文車[37]二駟[38]，服劍[39]一，封書謝孟嘗君曰：「寡人不祥[40]，被[41]於宗廟之祟[42]，沈於諂諛[43]之臣，開罪於君。寡人不足為[44]也，願君顧先王之宗廟，姑返國統[45]萬人乎！」馮諼誡孟嘗君曰：「願請先王之祭器，立宗廟於薛[46]。」廟成，還報孟嘗君曰：「三窟已就，君姑高枕為樂矣。」

【翻譯】齊王聽到這個消息之後，君臣都很慌張害怕，於是便派遣太傅帶著黃金千斤、兩輛豪華的馬車以及一把佩劍，並寫了一封信向孟嘗君道歉：「都是我不好，才會遭受祖宗降下的災禍，及被朝廷阿諛之臣給迷惑，得罪了您。我實在不值得您幫助，只希望您能夠顧念先王的宗廟，暫且回來治理萬民。」馮諼教孟嘗君跟齊王說：「希望能得到先王的祭器，在薛地建立宗廟。」宗廟建成之後，馮諼回去跟孟嘗君說：「現在三個洞都已經挖好了，您暫且可以高枕無憂了。」

【本文】孟嘗君為相數十年，無纖介[47]之禍者，馮諼之計也。

---

36. 齎：帶著。
37. 文車：飾有花紋的車。
38. 駟：四匹馬拉的車。
39. 服劍：齊王自己佩帶的劍。
40. 不祥：不善。
41. 被：遭受。
42. 祟：災禍。
43. 諂諛：阿諛逢迎。
44. 為：輔佐。
45. 統：治理。
46. 立宗廟於薛：在薛建立齊國先王的宗廟。
47. 纖介：細小。

【翻譯】孟嘗君在齊國做了幾十年的相國而沒有一點點災禍，這都是馮諼的計策啊！

課文賞析

本文描繪馮諼因貧乏不能自存而寄食於孟嘗君門下，起初備受輕視，三彈其劍而歌表示感嘆，孟嘗君以禮待之，馮諼知恩報答，為孟嘗君焚券市義，迫齊王復相，建宗廟於薛，使孟嘗君既獲美名又得實益，過程中表現卓越的政治才能，鞏固了孟嘗君的地位，使其得以「為相數十年，而無纖介之禍」。戰國時代各國盛行養士之風，士成為一種特殊的勢力，在當時的政治生活具有重要作用，本文即反映了戰國時代養士以鞏固權位的風氣，同時也肯定了謀臣策士的智慧。

本文以馮諼狀似無賴，而孟嘗君度量宏大開場。馮諼雖「無好」、「無能」，卻能被「笑而受之」，且三彈其劍而歌，向孟嘗君索求更優厚的待遇。此部分交替描寫馮諼的抱怨，左右的鄙視和孟嘗君的以禮相待，凸顯馮諼得寸進尺，甚至近乎厚顏無恥的行為。

然文章在馮諼為孟嘗君經營三窟的敘述過程中，逐步轉變兩人的地位，讓他們高下易位。馮諼首先焚券市義，讓被齊王斥逐，只能無奈返回封地的孟嘗君直至受到人民「迎君道中」，才恍然大悟其深刻用意，進而嘆服，顯示馮諼的遠見與敢作敢為的氣魄。接著諸國的爭相邀約，使得齊王不得不再請孟嘗君回齊國重登宰相之位，並在薛地建立宗廟，讓孟嘗君的地位無比穩固，最後以史贊筆法，述說孟嘗君因馮諼之策而數十年無纖介之禍，得以「高枕為樂」，顯現馮諼比孟嘗君更具備遠見

2. 馮諼客孟嘗君

才識，對馮諼的評價至此推上最高處。

　　本文運用「先抑後揚」的筆法，對比效果奇佳，先敘述馮諼三番彈劍，狀似貪心不足，遭旁人恥笑厭惡，但孟嘗君卻有容人的雅量。依次再敘述馮諼為孟嘗君經營三窟的經過。作者表現馮諼的才能識見並不是一開始就使其鋒芒畢露，而是欲揚先抑，欲露先隱的手法。通篇記事逼真，刻畫細膩生動，從舉止與對話中，人物性格與情感躍然紙上。亦善用比喻，如「狡兔三窟」、「高枕無憂」這兩個常用的成語即源自本文，其影響深遠，可見一斑。

　　全篇情節曲折而波瀾起伏，清朝余誠曾評：「真有武夷九曲，步步引人入勝之致。」

問題討論

一、你認為馮諼在現代社會中最適合擔任什麼工作？

二、你認為齊湣王是個昏庸之君嗎？為什麼？

三、梁惠王是個愛惜人才的國君嗎？為什麼？

3.〈卜居〉

內容導讀

〈卜居〉[1]為《楚辭》[2]篇名。王逸認為〈卜居〉為屈原所作,近世學者多認為非屈原所作,至今尚未有定論。篇中寫屈原被放逐,不知何所從,就前去請太卜鄭詹尹為他釋疑。篇中多用排比、對比、譬喻、反問等修辭法,形象鮮明、氣勢雄壯。

作者介紹

屈原(約前340年~前278年),名平,字原,戰國末楚國丹陽(今湖北秭歸)人,是楚武王熊通之子屈瑕的後代。

屈原早年受楚懷王信任,先後任三閭大夫及左徒,常與懷王商議國事。後由於自身性格與他人的讒言與排擠,屈原逐漸被楚懷王疏遠。流放期間,屈原創作了大量的文學作品,文字華麗,想像奇特。代表作為《離騷》,充滿浪漫的想像力,與《莊子》合稱「莊騷」。其一生忠君愛國,遂被稱為「愛國詩人」。前278年5月5日,秦國攻破楚國郢都,屈原懷大石投汨羅江而死。傳說當地百姓投下粽子餵魚以防止屈原遺體被魚所食,並於江上比賽划龍舟,以嚇阻驅趕魚類,此即每年農曆五月初五端午節的由來。

---

1. 卜居:占卜自己如何處世及何去何從。
2. 《楚辭》:詩歌總集名。西漢劉向輯。收戰國時楚人屈原、宋玉及漢代淮南小山、東方朔、王褒、劉向等人的作品十六篇,其中以屈原的作品為主。這些作品的風格、形式是相近的,並且運用了楚地的文學樣式、方言聲韻和風土物產,具有濃厚的楚地色彩,所以叫《楚辭》。

3. 卜居

課文說明

【本文】屈原既放[3]，三年不得復見。竭知[4]盡忠，而蔽鄣於讒[5]。心煩慮亂，不知所從，乃往見太卜鄭詹尹，曰：「余有所疑，願因先生決[6]之。」詹尹乃端策[7]拂龜[8]，曰：「君將何以教之？」

【翻譯】屈原被放逐後，三年沒有見到楚懷王。屈原一生竭盡自己的才智為國家盡忠，卻受到奸臣的壓制。屈原心煩意亂，不知道應該怎麼辦才好。於是屈原去見太卜鄭詹尹，說：「我有些疑惑不解的事，希望太卜能幫我問卜決斷。」太卜於是擺出占卜吉凶的蓍草和龜甲，並拂去龜甲上的灰塵，說：「您要對我說什麼呢？」

【本文】屈原曰：「吾寧悃悃款款[9]朴以忠乎？將送往勞來[10]斯無窮乎？寧誅鋤草茅以力耕乎？將游大人[11]以成名乎？寧正言不諱以危身乎？將從俗富貴以媮生乎？寧超然高舉以保真[12]乎？將哫訾慄斯[13]，喔咿嚅唲[14]，以事婦人乎[15]？寧廉潔正

---

3. 放：流放。
4. 知：一作「智」。
5. 蔽鄣：遮蔽阻擋。
6. 決：決斷。
7. 策：蓍草。
8. 龜：龜殼。
9. 悃悃款款：忠心耿耿的樣子。
10. 送往勞來：指忙於世俗的應酬，鑽營奔走。
11. 游大人：游走於達官貴人中間。
12. 真：本來面目。
13. 哫訾：善於察顏觀色、奉承阿諛的樣子。慄斯：小心獻媚。訾：ㄗㄨˇ。
14. 喔咿嚅唲：強顏歡笑的樣子。
15. 婦人：楚懷王的寵妃鄭袖。

直以自清乎？將突梯滑稽[16]，如脂如韋，以絜楹乎[17]？寧昂昂[18]若千里之駒乎？將泛泛若水中之鳧[19]，與波上下，偷以全吾軀乎？寧與騏驥亢軛乎[20]？將隨駑馬[21]之跡乎？寧與黃鵠[22]比翼乎？將與雞鶩[23]爭食乎？此孰吉孰凶？何去何從？世溷濁[24]而不清：蟬翼為重，千鈞[25]為輕。黃鐘毀棄，瓦釜雷鳴[26]。讒人高張[27]，賢士無名。吁嗟默默[28]兮，誰知吾之廉貞？」

【翻譯】屈原說：「我要做個忠心耿耿、誠樸忠厚的人呢？還是要做個到處周旋逢迎的媚俗者呢？我應當除掉雜草，努力耕作呢？還是去遊說諸侯、追求功名呢？我要做個直言敢諫，危及性命的人呢？還是隨波逐流、苟且偷生的高官？我要遠離塵世，隱居山林以保全自己純真的本性呢？還是要做個阿諛逢迎、迎合別人的人？我要廉潔正直，清清白白的呢？還是圓滑詭詐，圍著別人轉呢？我要像氣宇軒昂的千里馬，還是要像浮游不定的水中野鴨？我是要和良馬並駕齊驅，還是要跟隨在劣

---

16. 突梯滑稽：圓滑狡詐。
17. 脂：脂膏。韋：熟的皮革。絜：用繩圍繞著圓柱形物體。楹：堂前的圓柱。
18. 昂昂：氣概不凡貌。
19. 泛泛：浮游無定的樣子。鳧：野鴨。
20. 騏驥：兩種良馬的名字。亢：並列，通「伉」。軛：用來駕馬的馬具。亢軛：並駕齊驅。
21. 駑馬：劣馬。
22. 黃鵠：天鵝。
23. 鶩：鴨子。
24. 溷濁：渾濁。溷：ㄏㄨㄣˋ。
25. 鈞：古代三十斤為一鈞。
26. 黃鐘：樂器，比喻有才能的人。瓦釜：陶土燒製的鍋，比喻無才德的人。
27. 高張：竊佔高位。
28. 默默：無言的樣子。

3. 卜居

馬的足跡後面得過且過呢？我要和天鵝比翼高飛呢？還是與地上的雞鴨一起在地上互相爭食？所有的這些，哪個吉利？哪個凶險？我應該遵從什麼？又應該拋棄什麼？世事混濁不清，顛倒是非真理，把千鈞之重看得很輕，卻把薄薄的蟬翼看得很重。平庸無才德的人居於顯赫的高位，有才能的人卻棄而不用，就好像把黃銅做的編鐘毀棄不用，卻把土燒的瓦鍋打得像雷鳴一樣。小人氣燄囂張，君子默無聲息。唉！還能說什麼呢？我沉默不語，又有誰能知道我的廉潔和忠貞！」

【本文】詹尹乃釋策而謝曰：「夫尺有所短，寸有所長；物有所不足，智有所不明；數[29]有所不逮[30]，神[31]有所不通[32]。用君之心，行君之意。龜策誠不能知此事。」

【翻譯】太卜詹尹放下蓍草，表示抱歉的說：「尺有顯得短的時候，寸有顯得長的時候，任何事物都會有欠缺。智慧也會有不明白的地方，占卜也會有不能預料的時候。即便是神明也會有看不清、失算的時候。您只要按照自己的心意去做，我占卜的龜策實在是不知道這種事。」

課文賞析

本文反映了楚國群小阿諛奉迎的醜態，以及正直之士廉潔的品德。全篇的重點，就是屈原所卜的一大段，從「吾寧悃悃款款」到「誰知吾之廉貞」所列舉正反相對的一系列排比句，

---

29. 數：這裡指占卜。
30. 逮：達到。
31. 神：神靈。
32. 通：了解。

且連續設問句，形成極大之氣勢。在層出不窮、褒貶分明的問題中，充分顯現出屈原的憤世嫉俗和耿介挺然，其遭遇奸佞迫害而被放逐在外，「信而見疑，忠而被謗」，對於當世黑白渾沌、是非顛倒，鬱塞滿腔的愁怨與憤懣只能通過卜問抒發。本文所欲展示的並非是屈原對人生道路、處世哲學上的真正疑惑，其情感豐沛，品格高潔，分辨是非善惡極為嚴明，對於個人的進退出處怎麼會不知所從呢？故在一連串的問題中所顯現的，是屈原在世道溷濁中，堅持真理，不輕易委屈求全，志士風骨之卓卓錚錚，「用君之心，行君之意」雖出自詹尹之口，卻是屈原的自明心跡。

以主客問答，大量運用排比、對比、譬喻、反問等修辭，文采斐然，氣勢萬千。全篇參差錯落，用韻自由，其格式為後世辭賦作家所仿效沿用，開闢了一條新路徑，在賦體發展上有重要意義。

問題討論

一、正文中運用譬喻法的文句有哪些？並試分析喻體[33]、喻依[34]各為何者。

二、試分析屈原的憂慮及處境。

三、如果你是屈原，聽了太卜的話之後，你會怎麼做？

33.所謂「喻體」，係指所要說明的事物主體。
34.所謂「喻依」，係指用來比方說明此一主體的另一事物。

4.〈對楚王問〉

內容導讀

　　本文一開頭即連問兩個問題，為下文的辯駁作了伏筆。文中寫楚襄王並非直截了當地責難宋玉，而是藉他人之口、拐彎抹角地提出疑問。楚王的責問固然巧妙，宋玉的回答更是新奇。宋玉以謙恭的態度、溫和的口氣先承認楚王的懷疑確有其事，再讓自己有機會把要說的話說出來，以巧妙的比喻及反問回答楚王的問題。全文以問句開頭，又以問句結尾，首尾相映。

作者介紹

　　宋玉（前298年～前222年），戰國後期楚國辭賦作家。關於宋玉的生平，據《史記‧屈原賈生列傳》[1]記載：「屈原既死之後，楚有宋玉、唐勒、景差之徒者，皆好辭而以賦見稱。然皆祖屈原之從容辭令，終莫敢直諫。」記述極為簡略，眾說紛紜終難分曉，只知曾為楚頃襄王小臣。大體上說，宋玉當生於屈原後，與唐勒、景差同時。他出身寒微，仕途上並不得志。

課文說明

　　【本文】楚襄王[2]問於宋玉曰：「先生其有遺行[3]與？何士

---

1. 《史記》：是我國第一部紀傳體通史，上起黃帝，下迄漢武帝太初年間，共一百三十篇，五十二萬多字。其中本紀十二篇，記述帝王的言行和事蹟；表十篇，譜列各時期的重大事件；書八篇，記載經濟、政治和文化制度；世家三十篇，記載各諸侯國的興衰；列傳七十篇，記載歷史人物。
2. 楚襄王：楚懷王之子，即楚頃襄王，名衡。
3. 遺行：可遺棄的行為。

民眾庶不譽⁴之甚也？」

宋玉對曰：「唯⁵，然，有之。願大王寬其罪，使得畢其辭。客有歌於郢⁶中者。其始曰『下里巴人』⁷，國中屬而和⁸者數千人。其為『陽阿薤露』⁹，國中屬而和者數百人。其為『陽春白雪』¹⁰，國中屬而和者不過數十人。引商刻羽¹¹，雜以流徵¹²，國中屬而和者不過數人而已。是其曲彌高，其和彌寡。

【翻譯】楚襄王問宋玉說：「先生您有不好的行為吧？為什麼許多讀書人，和一般民眾都不稱揚你呢？」

宋玉回答說：「嗯，是，有這種情形。希望大王您能寬恕我的過錯，讓我把話說完。」「有一個在都城唱歌的外地人，他一開始唱〈下里巴人〉這首歌的時候，城裡能跟著他一起唱和的有幾千個人；當他唱〈陽阿薤露〉的時候，城裡能跟他唱和的也還有幾百人；後來當他唱〈陽春白雪〉的時候，城裡能跟他唱和的只剩下幾十個人了。當他一會兒唱商聲，一會兒唱羽聲，又夾雜流動的徵聲時，城裡能跟他唱和的就只剩下幾個人了。這是因為他唱的曲調越高雅，能夠跟著應和的人就越

4.庶：眾。譽：稱讚。
5.唯：恭謹應答之辭。
6.郢：楚國都城，在今湖北江陵東北。
7.下里巴人：楚國通俗的民間歌曲名。
8.屬：接續。和：應和。
9.陽阿薤露：楚國比較高雅的歌曲名。阿：ㄜ。薤：ㄒㄧㄝˋ。
10.陽春白雪：楚國很高雅的歌曲名。
11.引商刻羽：古代以宮、商、角、徵、羽為五音。商音輕勁，羽聲低平。刻：削、減。
12.流徵：流動的徵音，聲音抑揚連續。徵：ㄓˇ。

4. 對楚王問

少。」

【本文】故鳥有鳳而魚有鯤[13]。鳳凰上擊九千里，絕[14]雲霓、負[15]蒼天，翱翔乎杳冥[16]之上。夫蕃籬[17]之鷃[18]，豈能與之料[19]天地之高哉？鯤魚朝發崑崙之墟[20]，暴[21]鬐[22]於碣石[23]，暮宿於孟諸[24]。夫尺澤之鯢[25]，豈能與之量[26]江海之大哉？故非獨鳥有鳳而魚有鯤也，士亦有之。夫聖人瑰意琦行，超[27]然獨處。夫世俗之民，又安知臣之所為哉？」

【翻譯】所以，鳥類當中有鳳凰，而魚類之中有鯤魚。鳳凰向上拍擊翅膀飛到九千里之高，超越了雲霧，背負著青天，牠的腳攪亂浮雲，在遙遠幽深的天空裡自由飛翔；那種生活在籬笆間的鷃鳥怎麼能夠跟鳳凰一起估量天地的高低呢！鯤魚早上從崑崙山出發，在海邊的碣石曬脊背，晚上則在孟諸大澤過夜；居住在尺一般大小的水池裡的小魚，怎麼能夠跟大鯤魚一起估量江海的大小深廣呢？因此，不只是鳥類當中有鳳凰而

---

13. 鯤：古代傳說中的大魚。
14. 絕：超越。
15. 負：背著。
16. 杳冥：指極高極遠看不清楚之地。杳：高遠。冥：幽深。
17. 蕃籬：籬笆。
18. 鷃：小鳥。
19. 料：計數。
20. 崑崙：崑崙山。墟：山基。
21. 暴：通「曝」。
22. 鬐：魚的脊背，通「鰭」。
23. 碣石：海邊的山名。
24. 孟諸：大澤名。
25. 鯢：小魚。
26. 量：計量。
27. 超：高深。

魚類之中有鯤魚,士人之中也有傑出的人才。聖人有宏大的志向和美好的操行,超出常人而獨自存在。一般世俗民眾又怎麼能夠了解我的所作所為呢?」

課文賞析

本文為楚王與宋玉之間的對問,流露了宋玉不被理解的痛苦和憤慨,反映了他在仕途上不得志的怨憤。

全文可分兩段,楚王問,宋玉答,引譬設喻,比正面實說更有效果。開頭虛設了楚王之問:「先生其有遺行與?」宋玉以退為進,坦承確有其事,引出下文迂迴婉轉的自我辯駁,避免了一場爭鋒相對,且形成懸疑,使讀者急於得知下文,「願大王寬其罪,使得畢其辭」兩句承接上文,「寬其罪」承應「有遺行」,「畢其辭」則言辭委婉,為下文辯解緩和氣氛,充分展現其大度從容。

宋玉為了辯駁楚王的詰責,首先指出曲高和寡,接著通過鳳與鷃、鯤與鯢的鮮明對比,說明鳥中有鳳凰,魚中有鯤魚,而「燕雀安知鴻鵠之志」,世俗之人自然無法理解聖人的心志,從而表現自己的超凡脫俗,藉由楚王此番責問,引出曲高和寡,聖賢寂寞之情。通篇一氣呵成,意象憑空而來,全不從正面辯解,運用虛筆,煞有介事,極狀鳳凰與鯤魚,對於鷃、鯢則輕筆帶過,通過詳略不同的描寫,對照的手法,有力的凸顯,造成強烈鮮明的印象,無須直白的辯解,其理自曉,其意自明。

文中瑰奇的誇飾鋪陳以及嫻熟的排偶運用,使得文勢跌宕起伏,委婉舒暢,設喻說理深入淺出,凸出表現了詩人非凡的

4. 對楚王問

氣魄與奇特的想像力，流露出自命不凡，孤芳自賞之情，反映其仕途上的失意潦倒。全文以問句開篇，又以問句結尾，委婉含蓄，文辭華美，首尾相映成趣。

問題討論

一、請說明「曲高和寡」這一個成語的由來。

二、比較通俗的歌曲就不好嗎？請說明你的看法。

三、你想學《陽春白雪》、《陽阿薤露》或《下里巴人》？為什麼？

5.〈諫逐客書〉

內容導讀

　　秦始皇十年（前237年）韓國藉秦國大事修建的機會派出著名的水利專家遊說秦王修築一條大型的灌溉渠道，企圖藉此消耗秦國的人力和物力，緩和對韓國的威脅。事情洩漏後，秦國的貴族、大臣便拿這件事大做文章，紛紛上奏勸秦王驅逐所有的客卿，李斯當時也在被逐之列，因此寫下了這篇著名的〈諫逐客書〉。本文按照時間先後，由遠及近舉出四位秦國國君任用客卿的例子，援引史實證明逐客之非，說明客卿有功於秦國。後段又設巧喻，指出逐客不但不利於秦國的統一大業且對秦國有很大的危險性。行文多用排比，論證有據。

作者介紹

　　李斯（約前280年～前208年），楚國上蔡人（今河南省上蔡縣西南方）。秦朝著名的政治家、文學家和書法家。李斯和韓非[1]曾師從荀子[2]學習帝王之術。秦始皇併吞六國統一天下後，李斯位居丞相。

　　李斯主張以小篆[3]為標準書體，對漢字的規範起了很大的作用。相傳為李斯書寫的刻石有《泰山封山刻石》、《琅琊刻石》、

---

1. 韓非：又稱韓非子(約前 280 年～前 233 年)，戰國晚期韓國人，著名法學家，他和李斯都是荀子的弟子。
2. 荀子：荀子（前 313 年～前 238 年）名況。趙國人，是戰國時著名的思想家，儒家代表人物之一，提倡性惡論。
3. 小篆：小篆是秦始皇統一中國後，在秦國原來的大篆籀文的基礎上進行簡化，取消其他六國的異體字，創製的文字。一直流行到西漢末年才逐漸被隸書所取代。

5. 諫逐客書

《嶧山刻石》、《會稽刻石》等。

課文說明

【本文】臣聞吏議逐客[4]，竊以為過[5]矣！昔穆公[6]求士，西取由余於戎[7]，東得百里奚[8]於宛，迎蹇叔[9]於宋，求丕豹、公孫支[10]於晉。此五子者，不產於秦，而穆公用之，並國二十，遂霸西戎。孝公用商鞅[11]之法，移風易俗，民以殷盛，國以富強，百姓樂用[12]，諸侯親服，獲楚、魏之師，舉[13]地千里，至今治彊。惠王用張儀[14]之計，拔三川[15]之地，西并巴、蜀[16]，北收上郡，南取漢中[17]，包九夷[18]，制鄢、郢[19]，東據成皋[20]之險，割膏腴之壤，遂散六國[21]之從，使之西面事秦，功施[22]到今。昭王

---

4. 吏：指秦的宗室大臣。客：客卿。
5. 過：錯。
6. 穆公：即秦穆公，名任好，春秋五霸之一。
7. 由余：晉國人。戎：春秋時期中國對西部少數民族的統稱。
8. 百里奚：虞國的大夫。
9. 蹇叔：百里奚的朋友。
10. 丕豹：晉大夫丕鄭的兒子。公孫支：又名子桑。
11. 商鞅：魏人，姓公孫，名鞅，又稱衛鞅。
12. 樂用：肯為國出力。
13. 舉：攻取、佔領。
14. 惠王：秦孝公的兒子，又稱惠文王。張儀：魏國人，為秦定連橫之計。
15. 三川：約今河南洛陽一帶。此地有黃河、洛水、伊水三條河，故稱。
16. 巴、蜀：原為兩國名，在今四川。
17. 上郡：在今陝西榆林一帶。漢中：今陝西漢中地區。
18. 九夷：指當時楚國境內的許多少數民族。
19. 鄢：楚地名，今湖北宜城縣。郢：楚國的都城，今湖北江陵縣。
20. 成皋：古代的軍事要地，今河南蓉陽縣虎牢關。
21. 六國：指韓、魏、趙、齊、燕、楚聯合抗秦的政策。
22. 施：延續。施：一、。

得范雎，廢穰侯，逐華陽[23]，強公室，杜私門[24]，蠶食諸侯，使秦成帝業。此四君者，皆以客之功。由此觀之，客何負於秦哉！向使四君卻客而不內[25]，疏士而不用，是使國無富利之實，而秦無彊大之名也。

【翻譯】臣聽說官吏們建議驅逐客卿，臣私下以為這是錯誤的啊！從前秦穆公訪求賢士，從西戎那兒得到由余，從東方的宛求那裡贖回了百里奚，從宋國迎來蹇叔，在晉國延攬丕豹、公孫支。這五個人，不生在秦國，而秦穆公任用他們，終於兼併了二十多個小國，稱霸西戎。秦孝公採用商鞅的新法，改變秦國的風俗習慣，百姓因而富足，國家因此興盛富強，百姓都樂於為國家效力，諸侯國都紛紛來親近歸服，先後戰勝了楚魏的軍隊，佔領了千里的土地，直到現在都還是安定強大的國家。秦惠王採用了張儀的計策，攻取了三川的土地，西面併吞巴、蜀，北面收取了上郡，南面得到漢中，兼併眾多蠻族，控制鄢、郢，東面佔據成皋險要的地區，割取了肥沃的土地，因此離散了六國合縱的聯盟，迫使他們往西侍奉秦國，這功績一直延續到現在。秦昭王得到范雎，廢掉穰侯，驅逐了華陽君，強大了王室的權力，杜絕貴族的勢力，逐步併吞各諸侯國，使秦國成就了帝業。這四位君主都因為任用客卿而有顯著的功績，由此看來，客卿有什麼地方辜負秦國的呢？假如當初這四位君主拒絕客卿而不接納，疏遠賢士而不重用的話，這就不會使秦國有如此富足的情況，而秦國也不會擁有強大的威名了。

23. 穰侯：即魏冉，秦昭王的舅父。華陽：即華陽君，名羋戎。
24. 強：加強。杜：限制。
25. 向使：假使。內：同「納」。

5. 諫逐客書

【本文】今陛下致昆山[26]之玉,有隨、和之寶[27],垂明月之珠,服太阿[28]之劍,乘纖離[29]之馬,建翠鳳之旗[30],樹靈鼉[31]之鼓:此數寶者,秦不生一焉,而陛下說[32]之,何也?必秦國之所生而然後可,則是夜光之璧,不飾朝廷;犀、象之器[33],不為玩好;鄭、衛之女[34],不充後宮;而駿良駃騠[35]不實外廄;江南金錫不為用,西蜀丹青[36]不為采。所以飾後宮、充下陳[37]、娛心意、說耳目者,必出於秦然後可,則是宛珠[38]之簪、傅璣之珥[39]、阿縞[40]之衣、錦繡之飾,不進於前;而隨俗雅化,佳冶[41]窈窕,趙女不立於側也。夫擊甕叩缶,彈箏搏髀[42]而歌呼嗚嗚快耳目者,真秦之聲也。鄭、衛、桑間[43],韶、虞、武、象[44]者,異國之樂也。今棄擊甕叩缶而就鄭、衛,退彈箏而取韶虞,若

---

26. 崑山:今新疆和闐縣,以產美玉著稱。
27. 隨、和之寶:指隨侯之珠與和氏之璧,皆古代著名的珍寶。
28. 太阿:寶劍名。阿:ㄜ。
29. 纖離:駿馬名。
30. 翠鳳之旗:用翠綠的羽毛做裝飾的旗幟。
31. 靈鼉:似鱷魚的爬行動物,皮可製鼓。鼉:ㄊㄨㄛˊ。
32. 說:同「悅」。
33. 犀象之器:用犀牛象牙製作的器具。
34. 鄭、衛之女:當時人麼認為鄭、衛之地多美女。
35. 駃騠:良馬名。
36. 丹青:丹砂靛青之類,繪畫的原料。
37. 下陳:臺階下面姬妾歌舞的地方。
38. 宛珠:宛地產的珠。
39. 傅:同「附」,附著。璣:不圓的珠。珥:耳環。
40. 阿縞:齊國東阿,今山東東阿。阿:ㄜ。縞:白色的絹。
41. 佳冶:美好,豔麗。
42. 髀:大腿。髀:ㄅㄧˋ。
43. 桑間:衛國地名。當時桑間的地方音樂很有名,後來用作當地民間音樂的代稱。
44. 韶虞:相傳是舜時的樂曲。武象:周樂。

是者何也?快意當前,適觀而已矣。今取人則不然,不問可否,不論曲直,非秦者去,為客者逐。然則是所重者,在乎色、樂、珠、玉;而所輕者,在乎人民也。此非所以跨[45]海內、制諸侯之術也。

【翻譯】現在陛下您得到崑崙山的寶玉,擁有隋侯珠和和氏璧,懸掛明月珠,佩帶太阿劍,騎乘纖離馬,豎著翠鳳旗,設置著靈鼉鼓。這些寶物沒有一件產在秦國,可是陛下您卻喜歡它們,為什麼呢?一定要秦國出產的東西才可以用的話,那麼這些夜間發光的璧玉就不會裝飾在朝廷上;犀牛角、象牙做的器具,就不會成為您賞玩的寶物;鄭、衛這些外國美女就不會充滿您的後宮;駃騠這些外地良馬就不會養在您的馬廄;江南的金錫不該使用,西蜀的丹青也不該拿來彩繪。所有這些用來裝飾後宮、充滿下堂、娛樂心意、取悅耳目的,如果一定要秦國出產的才可以用,那麼這些鑲著宛珠的髮簪、綴著珠子的耳環、東阿白絹裁成的衣服、織錦刺繡的飾物,就不會進獻到陛下您的眼前,而那些高雅大方、容貌嬌艷、體態美好的趙國女子,就不會侍立在您的身邊了。敲甕擊罐,彈箏拍腿,嗚嗚地唱著歌來愉悅耳朵的,才是秦國真正的音樂啊!鄭國、衛國、《桑間》的新調,《韶虞》、《武象》這些都是別國的音樂啊!現在不聽敲甕擊罐而改聽鄭國、衛國的歌謠,不聽彈箏而聽《韶虞》,這樣做原因何在呢?這是因為圖當前的愉快,看得舒適罷了!現在用人卻不是如此,不問適用與否,不論是非,只要不是秦國人就趕走,凡是客卿就統統驅逐。這麼說來,陛下所看重的是美色、音樂、珍珠、寶玉,而所看輕的竟是人民了。

45.跨:凌駕。

5. 諫逐客書

這不是用來統一天下、制服諸侯的方法啊！

【本文】臣聞地廣者粟多，國大者人眾，兵彊則士勇。是以太山不讓[46]土壤，故能成其大；河海不擇[47]細流，故能就其深；王者不卻眾庶，故能明其德。是以地無四方，民無異國，四時充美，鬼神降福，此五帝三王[48]之所以無敵也。今乃棄黔首[49]以資敵國，卻賓客以業[50]諸侯，使天下之士，退而不敢向西，裹足不入秦，此所謂藉寇兵而齎[51]盜糧者也。

【翻譯】臣聽說土地廣大的話、粟米自然充足；國土廣大的話、人口自然眾多；武器精良的話，士兵自然就勇敢。泰山不捨棄任何土壤，所以才能成就它的高大；河海不挑揀任何細流，所以才能夠成就它的深廣；君王不拒絕任何百姓，所以才能夠顯揚出他的恩德。因此，地不分東西南北，百姓不分本國、外國，四季都充實美好，鬼神也會來降福，這就是五帝、三王之所以能天下無敵的原因。現在陛下卻要拋棄人民而去幫助敵國，驅逐客卿而去成就別國諸侯的功業，使天下的賢士退縮而不敢往西方，裹足不前而不進來秦國，這正是所謂的「借兵器給敵寇、送糧食給盜賊」啊！

【本文】夫物不產於秦，可寶者多；士不產於秦，而願忠者眾。今逐客以資敵國，損民以益仇，內自虛而外樹怨於諸侯

---

46. 讓：拒絕。
47. 擇：排除。
48. 五帝：指黃帝、顓頊、帝嚳、唐堯、虞舜。三王：指夏禹、商湯、周文王。
49. 黔首：指百姓。黔，黑色。
50. 業：促成其事之意，動詞。
51. 齎：贈送。齎：ㄐㄧ。

[52]，求國無危，不可得也。

【翻譯】東西不是秦國出產而可寶貴的却有很多；賢士不出生在秦國而願意為秦國效忠的也很多。現在秦國卻驅逐客卿去幫助敵國，傷害百姓而增加敵人的力量，對內虛耗自己的國力，對外又與諸侯國結怨，想要國家沒有危險，這是不可能的事情。

課文賞析

〈諫逐客書〉是李斯上給秦王的奏章，起頭精譬，開門見山地提出秦王逐客為過的論點：「臣聞吏議逐客，竊以為過矣！」直截了當，對秦王有如當頭棒喝，寥寥數字即囊括全文中心。且下令逐客原為秦王發布，李斯偏說是「吏議逐客」，巧為秦王納諫改過先鋪設了臺階，亦免自己陷身於逆批龍鱗的險境。

接著則列舉穆公、孝公、惠王、昭王四位君王任用客卿所收到的成效，並由正反面論證，暗示逐客之非。再抓住秦王愛好的聲色珍寶皆不產於秦，反覆推論，歸結到重物輕人，「此非所以跨海內、制諸侯之術也」，點中秦王稱霸之雄心，進一步說明「逐客」是錯誤的決定。再從一般顯而易見的常理來論證，「地廣者粟多」等連結到泰山、河海，轉至「棄黔首以資敵國」，歸結至「今逐客以資敵國」，「逐客之弊」與「納客之利」遂利害立現。

52.外樹怨於諸侯：把客居的人都趕回各自的國家，這些人會怨恨秦國，極力輔佐諸侯攻秦。

5. 諫逐客書

　　秦王逐客之舉，本因「鄭國事件」而生，但本文卻不就事論事，反從秦國「跨海內，制諸侯」的戰略高度，深刻地分析了「逐客」的錯誤和危害。引用充足的歷史事實，由正面立論，又設妙喻，指出「逐客」的危害，提出廣納賢才方能成就帝業的道理。全文善用對比，從昔今、物人、賢愚、敵我反覆論證，並多用排比，說服力十足，使得秦王收回逐客之令。

問題討論

一、秦王到最後為什麼收回驅逐客卿的命令？試說明之。

二、你認為李斯的分析有無道理？除了李斯的意見，你還有要補充的嗎？試說明之。

三、為什麼秦國的貴族大臣要群起上諫秦王驅逐客卿？試分析這些貴族大臣的心理。

第二章、漢魏六朝時期之散文選

本單元列舉：賈誼〈過秦論〉、鄒陽〈獄中上梁王書〉、陶弘景〈答謝中書書〉，以及庾信〈哀江南賦序〉等文章作說明：

6.〈過秦論〉

內容導讀

《過秦論》分上、中、下三篇，它們雖各自獨立成篇，但中心主旨有相通之處，本文為上篇。本文首先回顧秦代興亡的過程，啟發讀者的思考，最後歸結出秦朝覆滅的原因在於「仁義不施，而攻守之勢異也」。文章脈絡分明且處處暗藏伏筆，論點首尾呼應，為論說文中的佳作。

作者簡介

賈誼（前200年～前168年），世稱賈太傅、賈長沙，洛陽人，西漢初期的文學家。他年少時即以詩文為世人所知。賈誼一開始為文帝所重用，之後被貶官，改任梁懷王[1]太傅。後來梁懷王不慎墜馬而死，賈誼責怪自己沒有盡到太傅的責任、辜負了文帝的託付，遂憂傷而死。賈誼的文章大都說理透闢，詞句鏗鏘有力。

1.梁懷王：漢文帝之子。

第二章、漢魏六朝時期之散文選--6. 過秦論

課文說明

【本文】秦孝公據殽肴函之固[2]，擁雍州[3]之地，君臣固守，以窺周室[4]；有席卷天下，包舉宇內[5]，囊括四海[6]之意，併吞八荒[7]之心。當是時也，商君[8]佐之，內立法度，務[9]耕織，修守戰之備，外連衡而鬥[10]諸侯。於是秦人拱手而取西河[11]之外。

【翻譯】秦孝公憑藉殽山及函谷關的險固地勢，擁有雍州之地，君臣牢固守衛著雍州之地，以便等待時機奪取周朝政權。他們有席卷天下、兼併各國、統一天下及併吞八方的雄心。在這個時候，商鞅輔助秦孝公，對內建立律法制度，致力發展農耕及紡織業，整修攻擊和防守的武器，對外運用連衡的策略，使其他各諸侯國互相爭鬥。於是秦國很輕易就取得了西河之外的大片土地。

【本文】孝公既沒[12]，惠王、武王、昭王，蒙故業[13]，因[14]

---

2. 秦孝公：秦孝公名渠梁。殽：同「崤」，崤山。殽：ㄒㄧㄠˊ。函：函谷關。
3. 雍州：我國古代的九州之一。
4. 窺：暗中察看、算計。周室：指周王朝。
5. 包舉：像用布那樣把全部的東西都包進去。宇內：指天下。
6. 囊括：像用口袋把全部的東西都裝進去一樣。四海：指天下。因古代認為中國四面環海，所以稱中國為海內，外國為海外。
7. 八荒：四方和四隅，指八方之地。
8. 商君：商鞅。
9. 務：努力。連衡：即連橫。以張儀為首的一派，主張六國聯合以事秦，即連衡；以蘇秦為首的一派則主張六國聯合以抗秦，叫合縱。
10. 鬥諸侯：使諸侯相鬥。
11. 拱手：形容輕而易舉。西河：當時為魏地，即今陝西大荔縣一帶。因在黃河以西故得名。
12. 沒：通「歿」，死亡。
13. 惠文王：即秦惠文王，孝公之子。武王：秦武王，惠文王之子。昭王：秦昭襄王，武王之弟。
14. 蒙：繼承。

遺策，南取[15]漢中，西舉巴蜀[16]，東割膏腴之地[17]，收要害之郡。諸侯恐懼，會盟而謀而弱[18]秦，不愛珍器重寶肥饒之地，以致[19]天下之士，合從締交[20]，相與為一。當此之時，齊有孟嘗，趙有平原，楚有春申，魏有信陵[21]；此四君者，皆明智而忠信，寬厚而愛人，尊賢重士，約從離衡[22]，兼韓、魏、燕、趙、齊、楚、宋、衛、中山[23]之眾。於是六國之士，有甯越、徐尚、蘇秦、杜赫之屬[24]為之謀，齊明、周最、陳軫、邵滑、樓緩、翟景、蘇厲、樂毅之徒通其意，吳起、孫臏、帶佗、兒良、王廖、田忌、廉頗、趙奢之朋制其兵[25]。嘗以什倍之地，百萬之師，仰關而攻秦。秦人開關而延敵，九國之師，遁逃而不敢進。秦無亡矢遺鏃[26]之費，而天下諸侯已困[27]矣。於是從散約敗，爭割

---

15. 因：沿襲。
16. 舉：攻取。巴蜀：今四川一帶的地方。
17. 割：割取。膏腴之地：肥沃之地。
18. 弱：削弱。
19. 致：招致。
20. 合從締交：運用合縱的策略締結盟約。合從：同「合縱」。從：ㄗㄨㄥˋ。
21. 孟嘗：即孟嘗君田文。平原：平原君趙勝。春申：春申君黃歇。信陵：信陵君魏無忌。此四人合稱戰國四公子，各養食客千人。
22. 約從離衡：結約合縱以破秦國的連衡之策。離：破壞。
23. 兼：聚合。宋、衛、中山：皆戰國時期的小國家。
24. 甯越：趙國人。徐尚：宋國人。蘇秦：縱橫家。
25. 齊明：東周臣。周最：東周成君之子。最：同「聚」。最：ㄐㄩˋ。邵滑：楚國人。滑：ㄍㄨˇ。樓緩：魏文侯的弟弟。翟景：魏人。翟：ㄓㄞˊ。蘇厲：蘇秦的弟弟。樂毅：魏國人。吳起：魏國人。孫臏：齊國大將。帶佗：楚國將領。兒良、王廖：皆當時知名豪士。兒：ㄋㄧˊ。田忌：齊國大將。廉頗、趙奢：皆趙國大將。制其兵：替六國訓練軍隊。
26. 關：此指函谷關。九國：即韓、魏、燕、楚、齊、趙、宋、衛、中山九國。此指秦惠文王二十年山東諸國攻秦的事件。
27. 亡、遺：此指損失之意。鏃：箭頭。

第二章、漢魏六朝時期之散文選--6.過秦論

地而賂秦。秦有餘力而制[28]其弊,追亡逐北[29],伏屍百萬,流血漂櫓[30];因利乘便[31],宰割天下,分裂河山,強國請服,弱國入朝。施[32]及孝文王、莊襄王,享國之日淺,國家無事。

【翻譯】秦孝公死後,惠文王、武王、昭襄王繼承先人的基業,繼續推行孝公遺留下來的策略,向南奪取了漢中,向西攻下了巴蜀,向東割取了很肥沃的土地,向北攻取了地勢險要的州郡。於是各國諸侯都開始害怕,他們開會互相締結盟約,計畫削弱秦國。他們不惜用珍奇的器具、財寶及肥沃的土地來招覽天下的賢才,並且締結盟約,相互結為一體。此時,齊國有孟嘗君,趙國有平原君,楚國有春申君,魏國有信陵君,這四人都很聰明,正直有誠信,為人寬厚又愛百姓,並且能尊賢重才。他們約定用合縱策略來抗秦,以破壞秦國的連衡之計,並聚集了韓、魏、燕、趙、宋、衛、中山眾國的人力。因此六國的賢才之中,有寧越、徐尚、蘇秦、杜赫這類人來替他們謀策,有齊明、周最、陳軫、召滑、樓緩、翟景、蘇厲、樂毅這類人替他們往來溝通,有吳起、孫臏、帶佗、兒良、王廖、田忌、廉頗、趙奢這些人來統率他們的軍隊。他們曾以十倍於秦的土地及百萬大軍進攻函谷關打秦國。秦國開關迎敵時,九國軍隊卻逃跑而不敢前進。秦國沒有損失一支箭或一個箭頭,而各國的諸侯已經困苦不堪了。於是合縱的國家拆散,盟約也隨之瓦解,各國爭相割讓自己的土地來賄賂秦國。秦國有餘力利

---

28. 制:利用。
29. 北:指戰敗。
30. 漂:浮起。櫓:大盾牌。
31. 因利乘便:憑藉便利的形勢,抓住時機。
32. 施:延。孝文王:昭襄王之子。莊襄王:孝文王之子。享國:指在位時間。

用各國的弱點來制服他們，追殺敗逃的軍隊，軍士死屍百萬，血流成河，且流出來的血多到可以浮起很大的盾牌。秦國於是趁著這個有利的形勢宰割天下，分裂六國的土地。因此強國就請求降服於秦國，弱國便入秦國稱臣。延續到孝文王與莊襄王的時候，他們在位的時間很短，國家沒有發生什麼大事。

【本文】及至始皇，奮六世之餘烈[33]，振長策而御[34]宇內，吞二周[35]而亡諸侯，履至尊而制六合[36]，執捶拊以鞭笞[37]天下，威振四海，南取百越之地以為桂林、象郡[38]；百越之君，俛首繫頸[39]，委命[40]下吏；乃使蒙恬北築長城而守藩籬[41]，卻匈奴[42]七百餘里；胡人[43]不敢南下而牧馬，士亦不敢貫弓[44]而報怨。於是廢先王之道，燔[45]百家之言，以愚黔首[46]，墮[47]名城，殺豪俊，收天下之兵，聚之咸陽，銷鋒鏑，鑄以為金人[48]十二，以弱天下之民。然後踐華為城[49]，因河為池[50]，據億丈之城，臨不測之

---

33. 始皇：即秦始皇，名政。奮：發揚。
34. 御：統治。
35. 吞：吞併。
36. 履：登上。六合：此指天下。上、下、東、南、西、北稱為六合。
37. 捶拊：木杖一類的刑具。鞭笞：此指鞭打。笞：彳。
38. 百越：又稱「百粵」，古時對住在南方各少數民族的總稱。象郡：秦朝設置的郡，今廣西崇安。
39. 俛：同「俯」。
40. 委：交給。
41. 蒙恬：秦國的大將。籬：籬笆，在此引申為邊境。
42. 卻：擊退。
43. 胡人：此指匈奴人。
44. 士：指六國遺民。貫：通「彎」。
45. 燔：焚燒。燔：ㄈㄢˊ。
46. 愚：使……愚昧無知。黔首：百姓。
47. 墮：通「隳」，毀壞。墮：ㄏㄨㄟ。
48. 銷：熔化。鏑：同「鏑」，箭鏃。鏑：ㄉㄧˊ。金人：銅人。
49. 踐：沿著。華：華山。
50. 因：憑藉。池：護城河。

第二章、漢魏六朝時期之散文選--6.過秦論

谿[51]以為固。良將勁弩，守要害之處，信臣[52]精卒，陳利兵而誰何[53]。天下已定，始皇之心，自以為關中[54]之固，金城[55]千里，子孫帝王萬世之業也。

【翻譯】到了秦始皇的時候，他發揚了秦國六代君王的功業，揮動長鞭控制天下，不但吞併了東周西周，滅了各國，且登上至尊的帝位，統治了天下。他用嚴酷的刑罰來鎮壓人民，聲威震動各地。他向南攻佔了百越的土地，設立了桂林郡和象郡。百越的君主低頭頸上繫著繩子，把性命交給秦的下級官吏。於是始皇派蒙恬在北方修築長城並固守邊疆，將匈奴擊退七百餘里，讓匈奴人不敢南下牧馬，六國士兵不敢張弓報仇。於是秦始皇廢除了先王的法制，燒毀諸子百家之書，以使百姓變得愚昧無知。他毀壞了名城，殺死英雄豪傑，收繳了全天下的兵器，集中到咸陽銷熔，鑄成了十二個銅人，用來削弱百姓的力量。然後以華山為牆，以黃河為護城河，上據億丈高的城牆，下臨不可測的護城河，用此來作堅固的屏障。他派傑出的將領用強勁的弩弓守在險要的地方，讓可靠的臣子及精銳的士兵拿著銳利的武器盤問往來的行人。天下已經平定了，秦始皇的心裡以為關中的地勢非常險固，像千里銅牆鐵壁一樣，已經完成子孫萬年稱帝的不朽功業了。

【本文】始皇既沒，餘威震於殊俗[56]。然而陳涉，甕牖繩

---

51. 谿：同「溪」。
52. 信臣：忠誠的臣子。
53. 何：通「呵」。誰何：呵問、盤查行人。
54. 關中：今陝西西安市一帶的地方。因其地位在函谷關、大散關、武關、蕭關之中，故名關中。
55. 金城：比喻城郭很堅固。
56. 殊俗：此指不同風俗的偏遠地方。

樞[57]之子，氓隸[58]之人，而遷徙之徒[59]也。才能不及中人[60]，非有仲尼、墨翟之賢，陶朱、猗頓[61]之富也。躡足行伍[62]之間，俛仰阡陌[63]之中，率罷散[64]之卒，將數百之眾，轉而攻秦。斬木為兵，揭竿為旗[65]。天下雲會響應，贏糧而景從[66]，山東豪俊遂併起而亡秦族[67]矣。

【翻譯】秦始皇死了以後，他留下的威勢仍然震懾著邊遠的地區。然而陳涉這個出身貧苦的子弟，一個種田且被征調去戍守邊地的農民，論才能根本比不上普通人，不僅沒有孔子、墨子的智慧，也沒有陶朱、猗頓的財富。他處在戍邊的行伍之中，奮起於田野之間，卻帶領幾百個疲憊的士兵轉頭來攻打秦國。他們砍斷樹木當作兵器，高舉竹竿作旗幟，天下的百姓全像雲朵一樣匯集起來，應聲而起，種田的百姓也背著糧食像影子般的跟隨著他。於是各地的英雄豪傑就一起把秦國消滅了。

【本文】且夫[68]天下非小弱也，雍州之地，殽函之固自若

---

57. 陳涉：名勝，起義抗秦的領袖。甕牖繩樞：形容極其窮困。甕牖：ㄨㄥˇ ㄧㄡˇ。
58. 氓：農民。氓：ㄇㄥˊ。
59. 遷徙：遷移，此指陳勝被征戍守漁陽一事。
60. 中人：平常人。
61. 陶朱：即范蠡。他辭官後至陶地經商致富，號陶朱公。猗頓：春秋時魯國人，以經商致富。猗：ㄧˇ。
62. 躡足：奔走。行伍：軍隊。
63. 俛仰：進退。阡陌：田間小路，此指農村。
64. 罷散：疲乏散亂。罷：同「疲」。
65. 揭：高舉。
66. 贏：擔負。景：同「影」。
67. 山東：指崤函以東的地區。秦族：秦朝。
68. 且夫：語助詞。

第二章、漢魏六朝時期之散文選--6.過秦論

也；陳涉之位，非尊於齊、楚、燕、趙、韓、魏、宋、衛、中山之君也；鉏耰棘矜[69]，非銛於鉤戟長鎩[70]也；適戍[71]之眾，非儔[72]於九國之師也；深謀遠慮，行軍用兵之道，非及鄉時[73]之士也。然而成敗異變，功業相反也。試使山東之國，與陳涉度長絜大[74]，比權量力，則不可同年而語矣。然秦以區區[75]之地，致萬乘之權[76]，招八州而朝同列[77]，百有餘年矣。然後以六合為家，殽函為宮。一夫作難而七廟墮[78]，身死人手[79]，為天下笑者，何也？仁義不施，而攻守之勢異也[80]。

【翻譯】再說秦國的力量並不弱，雍州的地勢及殽山、函谷關的險固依然還是跟以前一樣。陳涉的地位遠不如齊、楚、燕、趙、韓、魏、宋、衛、中山各國的國君尊貴；他們的鋤頭木棍也比不上秦兵的鉤戟和長矛那樣鋒利；被徵調去戍守邊疆的那些人更比不上九國軍隊的強大力量；他們的深謀遠慮及作戰用兵的方式也比不上以前的謀士和將領。然而成功和失敗卻

---

69. 鉏：同「鋤」。鉏：ㄔㄨˊ。耰：古代的農具，形狀像榔頭。耰：ㄧㄡ。棘矜：棘木做成的杖。
70. 銛：ㄒㄧㄢ，鋒利的意思。鉤戟：彎曲之戟。鉤：同「鈎」。戟：一種兵器。長鎩：長矛。鎩：ㄕㄚ。
71. 適：同「謫」。適：ㄓㄜˊ。
72. 儔：等量。
73. 鄉時：從前。
74. 度：測量。絜：比較。度：ㄉㄨㄛˋ。絜：ㄒㄧㄝˊ。
75. 區區：微小貌。
76. 萬乘之權：帝王之權。依據周朝制度，天子擁有萬乘兵車，故稱。
77. 招：ㄑㄧㄠˊ，攻取之意。八州：此指八州的百姓。古時把全國分為九州，因秦擁雍州，所以用八州稱其他諸侯的土地。朝：使……來朝拜。同列：此指同列之諸侯。
78. 七廟：古代帝王的祖廟奉祀著七代祖先。
79. 身死人手：指秦二世被趙高所殺，秦王子嬰被項羽所殺。
80. 攻守之勢：指進攻和防守的形勢。

產生異常的變化,成就的功業完全相反。假使把各國與陳涉比較一下長短大小及權勢力量,根本完全不能相提並論。當初秦國憑藉著一小塊地盤而取得帝王的權力,使其他同等地位的各諸侯國來向秦始皇朝拜,已經一百多年了。之後秦國便把天下併為一家,將殽山、函谷關變為他的宮殿。沒想到只是普通人的陳涉一起來發難,秦王朝很快就滅亡了,王子也死於敵人之手,被天下人所恥笑。這是什麼原因呢?這是因為不施行仁義,而且攻打和防守的形勢發生了根本上的變化啊!

課文賞析

本文以秦的覆亡為論,總結其滅亡是由於「仁義不施」,即便山河險固與兵將強勇仍不足恃,從而冀望執政者能以此為殷鑑,施行仁政。

全文可分為三個部分。第一個部分敘述了秦之興,先寫秦孝公發憤圖強,起用商鞅,奠定了國家富強的基礎,再寫秦惠文王、武王、昭襄王等承繼前人,逐步發展,國力益強,此時九國之師欲聯合抗秦,此處極狀其人才、物資、軍力之充沛,卻「從散約解,割地賂秦」,只能從抵抗轉為妥協。最後敘述秦始皇滅諸侯,一統天下,兵強將勇,山河形勢險固,自以為成就了萬世的基業。極寫秦國之強盛崛起,鋪張渲染,逐步推進,「及至始皇」,秦的聲威達到了頂峰。

第二部分敘述秦之亡。「始皇既沒,餘威震於殊俗」,而陳涉不過是「甕牖繩樞之子,甿隸之人,而遷徙之徒也。才能不及中人。」可是當他起義發難,「天下雲會響應,贏糧而景從」,秦之富強迅速為卑微的陳涉所瓦解,羅列事實,道理不言自明。

第二章、漢魏六朝時期之散文選--6.過秦論

　　第三部分提出無論地位、兵力、人才，陳涉都不能與九國之師相比，然九國為強秦所滅，強秦卻為陳涉所亡，固然是「攻守之勢異」，主要是秦不施仁義，故易於滅亡，點明「仁義」才是施政之道。一連串對比自問自答，寫得波瀾起伏，步步緊逼，文末方論明題旨，大有畫龍點睛之妙。

　　本文主在論說秦亡主因在「仁義不施，而攻守之勢異也」，敘事卻多於說理，前後對照，善用鋪陳誇張，排比疊句，使文章氣勢磅礡，姿態橫生，首創「史論」之體裁，對漢以後的散文創作產生重要影響。

　　吳楚材批評說：「過秦論者，秦之過也。秦過旨是『仁義不施』一句便斷蓋，從前竟不說出，層層敲擊，筆筆放鬆，正筆筆鞭緊，波瀾層折，姿態橫生，使讀者有一唱三歎之致。」

　　余自明批評說：「其文平鋪直敘中自具縱橫馳驟，向背往來。『且夫』以上是敘事，『且夫』以下是議論，其實敘事內原帶議論，議論內亦兼有敘事，變化錯綜，不可端倪。」

問題討論

一、為什麼秦朝這麼快就滅亡了？試分析原因。

二、你覺得作者分析得有道理嗎？為什麼？

三、六國為什麼會被秦國一一解決？試分析六國滅亡的原因。

7.〈獄中上梁王書〉

內容導讀

　　本篇為鄒陽遭羊勝等人誣陷，以致下獄之後所作。文章內容大量徵引史實，論證有力，氣勢盛大且情辭懇切，鄒陽在信中勸梁孝王不要聽信讒言，須多方探查且具備明辨是非的能力，忠信之士才能為梁孝王所用。梁孝王讀完此信之後立即將鄒陽釋放，並待之為上客。

作者簡介

　　鄒陽（？～約前120年），漢初齊人。鄒陽初與枚乘等人為吳王劉濞門客，後見吳王有反意，因作〈上吳王書〉以勸之，然吳王不聽，鄒陽於是改投在梁孝王劉武的門下。後因遭羊勝等人誣陷，被捉拿下獄，鄒陽便在獄中作〈獄中上梁王書〉。鄒陽文章現存兩篇，即〈上吳王書〉與〈獄中上梁王書〉。

課文說明

　　【本文】鄒陽[1]從梁孝王[2]游。陽為人有智略，慷慨不苟合，介於羊勝、公孫詭[3]之閒。勝等疾陽，惡之孝王。孝王怒，下陽吏[4]，將殺之。陽迺從獄中上書，曰：臣聞：忠無不報，信不見

---

1. 衛先生：秦國人。長平：即今山西省高平縣西北。長平之事：秦昭襄王四十七年，秦將白起在長平大破趙軍。
2. 衛先生：秦國人。長平：即今山西省高平縣西北。長平之事：秦昭襄王四十七年，秦將白起在長平大破趙軍。
3. 衛先生：秦國人。長平：即今山西省高平縣西北。長平之事：秦昭襄王四十七年，秦將白起在長平大破趙軍。
4. 衛先生：秦國人。長平：即今山西省高平縣西北。長平之事：秦昭襄

7. 獄中上梁王書

疑，臣常以為然，徒虛語耳。昔荊軻慕燕丹[5]之義，白虹貫日[6]，太子畏之。衛先生為秦畫長平[7]之事，太白食昴[8]，昭王疑之。夫精變天地，而信不諭[9]兩主，豈不哀哉！今臣盡忠竭誠，畢議願知[10]，左右不明，卒從吏訊[11]，為世所疑，是使荊軻、衛先生復起，而燕、秦不寤也。願大王孰察之！

【翻譯】鄒陽侍奉梁孝王。鄒陽為人聰明而有謀略，正直熱情而不苟且迎合流俗，他和羊勝、公孫詭同為梁孝王的門客，羊勝等人嫉恨他，在孝王面前說他的壞話，孝王發怒，把他交給了獄吏，打算殺掉他。鄒陽於是就在獄中上書梁孝王，說：臣聽說：「忠誠之人沒有不得到報答的，誠信之人不會被人懷疑。」過去臣常常認為這句話是對的，現在看來，這只是一句空話罷了。從前荊軻敬慕燕太子丹的義氣，因此答應替他行刺秦王，他的忠心使天上的白色長虹穿過的太陽，太子丹還害怕荊軻不刺秦王。衛先生替秦國謀劃長平之戰，他的忠心使天上的太白星遮住昴宿，秦昭王卻還懷疑他。他們的忠誠感動天地，竟然還得不到兩位君主的信任，難道不悲哀嗎？現在臣竭盡忠誠，說盡臣的看法，希望大王您能了解，可是大王卻不明真相，還是聽信獄吏的審訊之詞，使臣受到天下人的懷疑。如此一來，

　　王四十七年，秦將白起在長平大破趙軍。
5. 荊軻：戰國衛人。燕丹：燕太子丹，曾入秦為人質。
6. 白虹貫日：白色的長虹穿日而過，喻天象異常。
7. 衛先生：秦國人。長平：即今山西省高平縣西北。長平之事：秦昭襄王四十七年，秦將白起在長平大破趙軍。
8. 太白：金星。昴：星宿名。食：遮蔽。
9. 諭：使了解。
10. 畢議願知：將計議說盡，希望大王能知道。
11. 卒：終於。從：聽從。訊：審訊。

即使是荊軻、衛先生再世，燕太子和秦王也還是不會覺悟。希望大王您仔細詳察此事。

【本文】昔玉人[12]獻寶，楚王誅之[13]；李斯竭忠，胡亥[14]極刑。是以箕子陽狂[15]，接輿[16]避世，恐遭此患也。願大王察玉人、李斯之意，而後[17]楚王、胡亥之聽。毋使臣為箕子、接輿所笑。臣聞比干[18]剖心，子胥鴟夷[19]，臣始不信，乃今知之。願大王孰察，少加憐焉。

【翻譯】從前卞和獻寶玉給楚王，反被楚王砍斷他的腳；李斯竭盡忠誠，竟遭胡亥處以極刑。因此箕子假裝發瘋，接輿隱居避世，就是怕遭到這種禍害。希望大王明察卞和與李斯的誠意，不要像楚王和胡亥那樣偏信讒言，不要使臣被箕子、接輿所嘲笑。臣聽說比干因上諫紂王而被挖心，伍子胥勸吳王而被裝進皮袋丟入江中。臣當初還不相信，現在才知道這是真的。希望大王詳察臣的冤屈，稍微憐憫臣吧！

【本文】語曰：「白頭如新，傾蓋[20]如故。」何則？知與不知也。故樊於期[21]逃秦之燕，藉荊軻首以奉丹事；王奢去齊之

---

12. 玉人：指楚人卞和。
13. 誅之：即「刑之」。
14. 胡亥：秦二世的名字。
15. 箕子：殷紂王的叔父，紂王淫亂，箕子為了自保於是裝瘋。陽：同「佯」。
16. 接輿：春秋時楚國的隱士。
17. 後：動詞，「把……放在後面」之意。
18. 比干：殷紂王的叔父，官少師(丞相)，因強諫紂王而被剖心。
19. 子胥：即伍子胥，春秋時吳國的大臣。鴟夷：皮制的袋子。伍子胥因諫夫差伐齊，被夫差所殺，夫差還將他的屍體用鴟夷裝著投入江中。
20. 蓋：車蓋。傾蓋：停車交談。
21. 樊於期：秦國將領，後因罪逃到燕國，荊軻刺秦王前，希望得樊於期

7. 獄中上梁王書

魏[22]，臨城自剄以卻齊而存魏。夫王奢、樊於期非新於齊、秦而故於燕、魏也，所以去二國死[23]兩君[24]者，行合於志，慕義無窮也。是以蘇秦[25]不信於天下，為燕尾生[26]；白圭[27]戰亡六城，為魏取中山。何則？誠有以相知也。蘇秦相燕，人惡之燕王，燕王按劍而怒，食以駃騠[28]；白圭顯於中山，人惡之於魏文侯，文侯投[29]以夜光之璧。何則？兩主二臣，剖心析肝相信，豈移於浮辭哉！故女無美惡，入宮見妒；士無賢不肖，入朝見嫉。昔司馬喜臏腳[30]於宋，卒相中山；范雎拉脅折齒[31]於魏，卒為應侯。此二人者，皆信必然之畫[32]，捐[33]朋黨之私，挾孤獨之交[34]，故不能自免於嫉妒之人也。是以申徒狄[35]蹈雍之河，徐衍[36]負石入海。不容於世，義不苟取[37]比周於朝以移主上之心。故百

的頭見秦王，樊於是自殺。於：ㄨ。
22. 王奢：齊國臣子，因罪逃到魏國。齊伐魏時因不願成魏國的累贅而自殺。
23. 去：離開。之：往。二國：秦、齊兩國。死：效命。
24. 兩君：燕太子丹和魏君兩人。
25. 蘇秦：戰國時著名的縱橫家。
26. 尾生：據傳尾生與一女子相約橋下，女子還沒到時，河水暴漲，尾生於是抱柱而死。
27. 白圭：戰國時期中山國的將領，戰敗後逃到魏國，幫助魏國滅中山國。
28. 食：給人吃。駃騠：良馬名。駃騠：ㄐㄩㄝˊ ㄊㄧˊ。
29. 投：贈。夜光之璧：一種寶玉做的璧。
30. 司馬喜：宋國人。臏腳：被割去膝蓋骨。
31. 范雎：魏國人，被讒遭毒打，打到肋骨斷掉、牙齒脫落。雎：ㄐㄩ。拉：拉斷。脅：肋骨。
32. 畫：計畫。
33. 捐：拋棄。
34. 挾：持。孤獨之交：指交友很少。
35. 申徒狄：商朝末年人，因諫君不被聽信自投雍水而死。
36. 徐衍：周朝末年的人，因不滿亂世於是負石沉海而死。
37. 苟取：拿不該拿的東西。比周：結黨。

里奚[38]乞食於道路，繆公委之以政；寧戚飯[39]牛車下，桓公任之以國。此二人者，豈素宦於朝，借譽於左右[40]，然後二主用之哉？感於心，合於行，堅如膠漆，昆弟不能離，豈惑於眾口哉！

【翻譯】俗語說：「有的人雖然相識很久，直到頭髮白了都還是和新交一樣；有的人在路上偶遇交談，就像多年的舊交一樣。」這是為什麼呢？這就是相知和不相知的區別，所以樊於期從秦國逃到了燕國，把自己的頭借給荊軻，以便去執行燕太子丹交付的任務；王奢逃離齊國來到魏國，為退齊兵保存魏國，不惜在魏國城牆上自殺。王奢、樊於期和齊、秦兩國不是新交，和燕、魏兩國也非舊交，他們離開齊、秦兩國而為燕、魏兩國君效死是因為燕太子丹和魏君的行為符合他們兩人的志向，他們仰慕道義的緣故啊！因此蘇秦不被六國國君信任，但燕國卻把他當尾生一般的信任；白圭在做中山國將領時因戰敗丟失六城，逃到魏國卻替魏國取得中山國，這是什麼原因呢？這是因為他們真正互相信任、相知的緣故啊！蘇秦在當燕國宰相時，有人在燕王面前說他的讒言，燕王按劍怒目而視，反而把他的好馬駃騠殺了請蘇秦吃；白圭因攻取中山國而得到顯貴的地位，有人跟魏文侯說他的壞話，魏文侯反而把夜光璧賜給白圭。這是什麼緣故？這是因為兩君兩臣之間肝膽相照、相互信任的緣故，怎麼會被區區的流言蜚語所動搖呢？所以一個女人無論美醜，進了宮中就會受到別人的妒忌；一個士人無論賢或不賢，一入朝廷就會被妒嫉。從前的司馬喜在宋國受到

---

38. 百里奚：春秋時虞國人。虞亡時逃到楚，被秦穆公用五張羊皮贖回秦國，幫助穆公成其霸業。
39. 寧戚：春秋時衛國人。飯：這裏作動詞用。
40. 借譽於左右：借助國君左右的人幫自己說好話。

7. 獄中上梁王書

臏刑，後來做了中山國的宰相；范雎在魏國被打斷肋骨及牙齒，卻被秦國封為應侯。這兩個人都相信自己的計畫一定會成功，拋棄結黨營私的私心，只結交幾個知心好友，因此不免遭到別人的嫉妒。因為這樣，申徒狄只好抱甕跳入江中，徐衍背着石頭跳進海裏，他們雖不為當世所容，卻仍堅守正義，不肯在朝中結黨營私，以動搖君王的心意。百里奚曾在路上乞食，秦穆公卻能把朝政委託給他；寧戚曾經在車下餵牛，齊桓公卻任用他為重臣，這兩個人難道表面上在朝廷做官，私底下卻靠著國君身邊的人替他說好話，然後才取得國君的重用嗎？這是因為他們與君王之間心意、行為相合，君臣關係堅固得如同膠漆一樣，像兄弟一樣不能離間，豈會被眾人的壞話所迷惑呢？

【本文】故偏聽生姦，獨任成亂。昔魯聽季孫[41]之說逐孔子，宋任子冉之計囚墨翟。夫以孔、墨之辯，不能自免於讒諛，而二國以危。何則？眾口鑠[42]金，積毀銷[43]骨也。秦用戎人由余[44]而霸中國，齊用越人子臧[45]而彊威、宣。此二國豈係於俗，牽於世，繫奇偏之辭[46]哉？公聽並觀[47]，垂明當世。故意合則胡越[48]為兄弟，由余、子臧是矣；不合則骨肉為讎敵，朱、象、管、蔡[49]是矣。今人主誠能用齊、秦之明，後宋、魯之聽，則五伯

---

41. 季孫：魯國的大夫。
42. 鑠：熔化。
43. 銷：熔化。
44. 由余：春秋時晉國人，被秦穆公招攬，助穆公成其霸業。
45. 子臧：春秋時越國人，被齊國重用。
46. 奇偏之辭：一面之辭。
47. 公聽並觀：公正地聽眾人的意見，全面而客觀的看待事情。
48. 胡：指北方的民族。越：指南方的民族。昆弟：兄弟。
49. 朱：丹朱，堯的兒子；象：舜的弟弟。管：管叔；蔡：蔡叔。二人都是周武王之弟。

不足侔⁵⁰，而三王易為也。

【翻譯】所以聽信一面之詞就會發生邪惡的事，只信任一個人就會發生禍亂。從前魯國君王因為聽信季孫的話驅逐了孔子，宋國國君聽信子冉的計策囚禁了墨翟。憑孔子和墨翟的辯才還不能避免別人的誣陷，兩國也因此遭到了危害。這是為什麼呢？這是因為眾人的毀謗可以熔化金石，過多的詆毀可以熔化骨骼啊！秦國重用西戎人由余而稱霸中國，齊國重用越人子臧，使威、宣兩王在位時國勢強盛，這兩個國君難道會被世俗之見、片面之詞所束縛嗎？他們公正地聽取眾人的意見，全面觀察並分析事物的來龍去脈，於是他們成為明察的君主典範。因此如果意見相合，即使是吳、越兩國也可以成為兄弟，由余、子臧兩人就是這樣；如果意見不合，即使是骨肉至親也會變成敵人，丹朱、象、管叔、蔡叔四人就是這樣。如果君主真正能夠做到齊、秦兩國君的明察，不像宋、魯兩國的國君那樣偏信讒言，如此一來，五霸的成就也不足以與之相比，就是像三王一樣的功業也很容易做到。

【本文】是以聖王覺寤，捐子之⁵¹之心，而不說田常⁵²之賢，封比干之後，修孕婦之墓⁵³，故功業覆⁵⁴於天下。何則？欲善亡厭也。夫晉文親其讎，彊伯諸侯；齊桓用其仇⁵⁵，而一匡

---

50. 侔：相等。
51. 捐：棄。子之：戰國時燕王噲的丞相，因騙燕王讓位，使燕國大亂。
52. 田常：春秋時齊簡公的丞相，後弒簡公。封比干：武王伐紂後，封賞比干之子。
53. 修孕婦之墓：紂王曾剖開孕婦之腹只為了看胎兒，周武王滅紂後為孕婦修墓。
54. 覆：覆蓋。
55. 仇：指寺人披（寺人即宦官）。

7. 獄中上梁王書

[56]天下。何則？慈仁殷勤，誠加於心，不可以虛辭借[57]也。

【翻譯】因此聖明的君主覺悟了，就會拋棄子之的心術，也不會喜歡田常那種臣子，而是會給比干的後代封爵，修繕被紂王剖腹的孕婦之墓，所以功業會覆蓋天下。這是為什麼呢？因為求善的心是不會窮盡的呀。晉文公不計寺人披的斷袖之仇，反而親近他，終成為諸侯中的一方之霸；齊桓公重用他的仇人管仲，因此匡正天下。這是什麼原因呢？這就是他們仁慈且具有懇切真誠的心，不是憑空話在辦事。

【本文】至夫秦用商鞅之法，東弱韓、魏，立彊天下，卒車裂[58]之。越用大夫種[59]之謀，禽勁吳[60]而霸中國，遂誅其身。是以孫叔敖三去相而不悔[61]，於陵子仲辭三公為人灌園[62]。今人主誠能去驕傲之心，懷可報之意，披心腹，見情素[63]，墮肝膽[64]，施德厚，終與之窮達[65]，無愛[66]於士，則桀[67]之犬可使吠堯，跖[68]之客可使刺由[69]，何況因萬乘之權，假[70]聖王之資乎！

---

56. 匡：正。
57. 借：給予。
58. 車裂：酷刑，用牛或馬來分裂人體。
59. 種：文種，春秋時越國大夫，後被讒賜死。
60. 禽：同「擒」。勁吳：強大的吳國。
61. 孫叔敖：楚國令尹，曾三次被免職。悔：恨。
62. 於陵：今山東省長山縣南。於：ㄨ。子仲：又名陳仲子，他曾因楚王請他當宰相而帶妻子逃走，寧為人灌園。三公：秦漢時丞相、太尉、御史大夫為三公。此指丞相。
63. 情素：情志、真情。
64. 墮肝膽：披肝瀝膽。墮：ㄏㄨㄟ。
65. 窮達：逆境與順境。
66. 愛：吝惜。
67. 桀：夏朝的暴君。
68. 跖：柳下跖，相傳為古時候的大盜。跖：ㄓˊ。
69. 由：許由，堯時高士，堯要把君位禪讓給他，他逃至箕山下農耕而食，堯又請他做九州長官，他到潁水邊洗耳，表示名祿之言污了他耳朵。
70. 假：憑藉。

然則荊軻湛⁷¹七族，要離⁷²燔⁷³妻子，豈足為大王道哉！

【翻譯】至於秦國，因採用商鞅的方法，往東削弱韓、魏兩國的勢力，很快就成為天下強國，後來商鞅卻受車裂極刑；而越國採用大夫文種的計謀，攻破強大的吳國，稱霸中原，但文種後來卻被迫自殺。因此孫叔敖三次免去相位並不懊悔，於陵子仲辭去位居三公的官位替人家灌園。如今的君主如果真能去除自己的驕傲之心，懷着有功必報的原則，對臣子推心置腹、坦誠以對，且厚施恩德，始終與士人同甘共苦，對他們毫不吝惜，如此一來，即使是夏桀的狗也可以對堯狂吠，跖的門客也可以行刺許由。更何況是憑着國君的權勢、借助聖王的恩澤？如此一來，荊軻為刺秦而被滅七族及要離為殺慶忌而甘願燒死妻子這種事，哪裡還需要跟國君您說呢？

【本文】臣聞明月之珠，夜光之璧，以闇投人⁷⁴於道，眾莫不按劍相眄⁷⁵者。何則？無因而至前也。蟠木根柢⁷⁶，輪囷離奇⁷⁷，而為萬乘器⁷⁸者，以左右先為之容⁷⁹也。故無因而至前，

---

71. 湛：同「沉」，沉沒。這裏指消滅。七族：七類親族。荊軻刺秦王沒有成功，被誅七族。
72. 要離：春秋時吳國人。為了替闔閭刺殺吳王僚的兒子慶忌，於是要離讓闔閭砍掉他的右手、燒死他的妻子，要離假裝逃離吳國後接近慶忌。
73. 燔：燒。
74. 投人：投向人。
75. 眄：顧盼。眄：ㄇㄧㄢˇ。
76. 蟠木：屈曲的樹木。根柢：樹根。
77. 輪囷離奇：盤曲的樣子。囷：ㄐㄩㄣ。
78. 萬乘器：天子的珍器。
79. 容：雕飾加工。

7. 獄中上梁王書

雖出隋侯之珠[80]，夜光之璧，祗[81]足怨結而不見德；有人先游，則枯木朽株，樹功而不忘。今夫天下布衣窮居之士，身在貧羸，雖蒙堯、舜之術，挾伊、管[82]之辯，懷龍逢[83]、比干之意，而素無根柢之容，雖竭精神，欲開忠於當世之君，則人主必襲按劍相眄之跡矣。是使布衣之士不得為枯木朽株之資也。

【翻譯】臣聽說如果在黑暗的夜裏向路人投擲明月珠與夜光璧，沒有人不握劍怒目注視的。為什麼？這是由於它們無故落到人的面前。屈曲的樹根盤繞彎曲卻成為國君的貴重器物，因為國君的左右近侍已經事先替它雕飾過了。因此即使是隋珠和璧這樣的寶物無故落到面前，也只能跟人結怨，而不能得到感激；如果有人事先替它宣揚，那即使是枯樹朽枝都能建立功勳，永遠不會被人遺忘。現在天下的布衣窮士身處在貧困飢餓之中，即使他們身懷堯舜的治國之策、具有伊尹與管仲的才能，心中懷抱着龍逢跟比干的忠心，但沒人替他們事先雕飾，即使他們費盡心力想得到君王的任用，人主也必定會按劍怒目而視的。這樣，這些士人甚至起不到枯木朽枝的作用。

【本文】是以聖王制世御俗[84]，獨化於陶鈞[85]之上，而不牽乎卑辭之語，不奪乎眾多之口。故秦皇帝任中庶子蒙嘉[86]之

---

80. 隨侯之珠：寶珠。相傳春秋時隨侯救蛇得珠。
81. 祗：只。
82. 伊、管：伊尹和管仲，兩人均為賢臣。
83. 龍逢：關龍逢，夏朝賢臣，因強諫夏桀被殺。
84. 制世御俗：治理國家。
85. 陶鈞：製陶時用的圓輪。
86. 中庶子：官名，太子的屬官，職位如侍中。

言，以信荊軻，而匕首竊發；周文王獵涇渭[87]，載呂尚[88]歸，以王天下。秦信左右而亡[89]，周用烏集[90]而王。何則？以其能越攣拘[91]之語，馳域外之議，獨觀乎昭曠之道也。今人主沈諂諛之辭，牽帷墻[92]之制，使不羈之士與牛驥同皁[93]，此鮑焦[94]所以憤於世，而不留富貴之樂也。

【翻譯】所以，英明的君主治理天下應該像陶工轉動陶輪那樣，獨自掌握，而不被愚昧之言所牽制，也不為眾人的謠言所動搖。秦始皇聽信中庶子蒙嘉的話而信任荊軻，結果圖窮匕現，周文王在涇、渭水邊狩獵，把呂尚接回去重用，因此統治天下。秦王信任身邊的人而亡國，周文王任用偶然相識的人，卻成就王業。為什麼呢？這是因為周文王沒有成見，他不被世俗的議論所牽制，而獨自看到了光明寬廣的道路！然而現在君主沉湎在阿諛奉承的諂媚當中，受到寵臣的控制，使得那些有才賢士不被信任，這就是隱士鮑焦憤世的原因。

【本文】臣聞盛飾入朝者，不以私汙義。砥厲名號[95]者，不以利傷行。故里名勝母，曾子不入；邑號朝歌[96]，墨子回車。

---

87. 蒙嘉：秦王寵臣。
88. 涇渭：涇水與渭水，在今陝西省。呂尚：即姜子牙，因祖先封於呂，故稱呂尚。
89. 左右：指蒙嘉。
90. 烏集：指偶然遇合的人，指呂尚。
91. 攣拘：固執而有偏見。
92. 帷墻：指寵臣。
93. 皁：飼牲口的食槽。
94. 鮑焦：隱士，傳說因不滿當時政治，抱木而死。
95. 砥厲名號：鍛鍊操行且愛惜名聲。
96. 朝歌：殷朝都邑。

7. 獄中上梁王書

今欲使天下恢廓之士[97]籠於威重之權，脅於位勢之貴，回面[98]汙行，以事諂諛之人，而求親近於左右，則士有伏死堀[99]穴巖藪[100]之中耳，安有盡忠信而趨闕下者哉？

【翻譯】臣聽說在朝嚴肅處事的人不會因為私情而汙辱道義；修養德性、愛惜名聲的人不會因私利而損害操行。所以遇到有一個叫「勝母」的里巷，孝順的曾子就不肯進去；有名稱「朝歌」的都邑，主張非樂的墨子掉車就走。現在假如使天下高尚之士被威重的權力所籠絡、被高貴的勢力所威迫，被迫改變自己的品行來侍奉那些奉承阿諛的小人，以求得親近君主的左右，如此一來，士人只能隱居在巖洞草澤之中直至老死了，哪裏還會有竭盡忠信、貢獻智謀的有才之士會到朝廷來呢？

課文賞析

本文是鄒陽在獄中上呈給梁孝王為自己申辯的一篇奏文，指出君臣之間應該忠誠以待，君主不可妄信小人讒言。

可分為七大段：

首段以「臣聞：忠無不報，信不見疑，臣常以為然，徒虛語耳」開宗明義，提出忠信問題，感嘆荊軻和衛先生忠心而遭到猜忌，和自己處境相同，一句「豈不哀哉」提醒梁王，不要做出後悔莫及的決定。

---

97. 恢廓之士：指抱負遠大之人。
98. 回面：轉變面容。
99. 堀：同「窟」。
100. 藪：長了很多草的湖澤。

第二段引用大量典故，強調君臣之間要以誠相待，才不會輕易被讒言離間。

第三段言「白頭如新，傾蓋如故」，指出君臣之間互信的關鍵在於相知與否，而非交往時間的長短，強調君王須以互信相知為用人標準，而非以親近與否。君王若能不信小人讒言，「公聽並觀，垂明當世」，成就必定超越五霸，即便要達到三王的地步，也不是件難事。

第四段強調君王要去掉驕傲之心，對臣子絕對的信任，否則忠臣義士將遠離朝廷，反之則可使其為君殺身成仁，即如「荊軻湛七族，要離燔妻子」之事。

第五段強調君王要能發掘並提拔布衣之士，否則就算有堯舜的術，伊管的辯，龍逢比干的忠誠，也得不到君王的賞識，連做「枯木朽珠」的資格都沒有。

第六段則說明君王不應當沉溺於小人阿諛之辭，須力排眾議，「獨化於陶鈞之上，而不牽乎卑亂之語，不奪乎眾人之口」，提拔有德之士，疏遠無德之人。

第七段，表明像自己這樣的有德之人，絕對不向奸臣妥協，以「故里名勝母，曾子不入；邑號朝歌，墨子回車。」來強調自己的立場，末句「士有伏死堀穴巖藪之中耳，安有盡忠信而趨闕下者哉！」大膽潑辣，大有置生死於度外之慨，告訴君王只用功名利祿來籠絡與脅迫是沒用的，一定要能禮賢下士，這樣忠臣義士才會盡忠報國。

本文列舉史實，引證極多，作者藉古喻今，善用許多比喻

7. 獄中上梁王書

為自己辯護,揭示了人主沉讒諛則危,任忠信則興,文章句式整齊,多用對偶,富於文采。身陷囹圄之人為求得君王寬大處理,往往多有乞憐之意,然鄒陽這篇上書反而理直氣壯,痛快淋漓地陳述了自己對君臣之間應以誠相待,彼此相知的見解。《史記》太史公曰:「鄒陽雖不遜,然其比物連類,有足悲者,亦可謂抗直不撓矣!」吳楚材批評說:「此書詞多偶儷,意多重複。蓋情至窘迫,嗚咽涕淚,故反覆引喻,不能自已耳。」

問題討論

一、「信任」是什麼?你可以舉例說明嗎?

二、被誤會的感覺很不好,你能說出為什麼嗎?

三、據上文,是什麼原因打動梁王,使鄒陽被放出監獄並被待為上客呢?

8.〈答謝中書書〉

內容導讀

　　本文選自《陶隱居集》卷下。〈答謝中書書〉是一封寫給友人謝中書的書信，以短短六十八字，描繪了江南山川景色的秀麗。透過視野高低、遠近的變化，並結合視覺與聽覺、動態與靜態的摹寫，體現了作者熱愛自然的摯情。文辭清麗，以景寓情，為六朝山水小品文名作。

作者介紹

　　陶弘景（456年～536年），字通明，自號華陽隱居。浙江丹陽人，南朝梁文學家。為人圓通謙謹，性好著述，尚奇異，《梁書》稱其：「尤明陰陽五行，風角星算，山川地理，方圖產物，醫術本草。」後移居積金東澗，專習辟穀導引之法，著有《陶隱居集》、《本草經集注》、《周氏冥通記》等書。

課文說明

　　【本文】山川之美，古來共談。高峰入雲，清流見底。兩岸石壁，五色交暉。青林翠竹，四時俱備。曉霧將歇，猿鳥亂鳴。夕日欲頹，沈鱗[1]競躍。實是欲界[2]之仙都，自康樂[3]以來，未復有能與其奇者。

　　【翻譯】這裡山水景色的優美，自古以來就是人們共同稱

---

1. 沈鱗：水中悠游的魚兒。
2. 欲界：佛家語，在此指無法擺脫俗務的人間。
3. 康樂：魏晉著名詩人謝靈運，襲封為「康樂公」。

8. 答謝中書書

讚的。巍峨的山峰高聳入雲，碧綠的溪流清澈見底。兩岸的石壁，在陽光照射下色彩交相輝映。青林綠竹，一年四季都可看見。晨霧將散的時候，猿猴鳥兒高聲齊鳴。夕陽將要下山的時候，水中游魚爭相跳躍。這裡就是人間仙境啊！自從詩人謝靈運以來，再也沒有人能欣賞這樣奇麗的景色。

課文賞析

漢魏六朝因政局混亂多變，所以文人多將個人情志寄託於山水之間，從自然中尋求精神上的解脫，故擅長以篇幅短小、語言簡練的小品文描寫景物，進而抒情、議論，明代張溥談到了這種情況：「魏晉以來，置君如弈，志士高尚，流涕無從；不得不託志仙靈，遺世獨妙。」[4]

謝中書即謝徵（500年～536年），字元度，陳郡陽夏人。好學，善屬文，中大通四年，累遷中書郎、鴻臚卿、舍人，事蹟見《梁書·文學傳》。這篇陶弘景與好友謝元度往返交心的書信，全文僅有六十八字，文章開門見山指出「山川之美，古來共談」，江南山水之勝，歷來即為人所共知，「美」字即為全文之重心。接著透過作者視野的交替轉換，抬頭仰視山峰高聳入雲，低頭則俯視溪流清澈見底，環顧兩岸，石壁在陽光照射下色彩交相輝映。高山白雲流水，融鑄成趣。而青蔥的林木，翠綠的竹叢四季長存，使得自然景象更加絢麗動人。最後敘寫晨昏變化，旭日將升，早晨雲霧將散之際，猿猴啼叫眾鳥爭鳴。夕陽西沉，山色蒼茫之間，潛游水底的魚兒紛紛躍出水面，這

4.欲界：佛家語，在此指無法擺脫俗務的人間。

山川之美就以動態作結，可見作者之別具生意。

　　二至五句連續以十個四字駢句連綴，選取最具代表性的景物，層層勾勒出山川形象，為「美」字做了最精當的詮釋。面對如此人間勝景，文末借景寄情，感慨自著名詩人謝靈運之後，就無人能用心欣賞這山川景物之佳妙，收束全文，平淡中而蘊意無窮，無怪乎此文與吳均〈與宋元思書〉，同被譽為六朝小品文之雙璧！

問題討論

一、〈答謝中書書〉最末一句「自康樂以來，未復有能與其奇者。」有什麼言外之意？

二、六朝山水小品往往於描寫景物中抒發情感，請以你個人旅遊經驗略述之。

三、請試述魏晉時期，為何「置君如弈，志士高尚，流涕無從；不得不托志仙靈，遺世獨妙」？

9.〈哀江南賦序〉

內容導讀

　　「哀江南」三個字出自《楚辭·招魂》：「魂兮歸來哀江南」。是作者藉由本文表達對故國和百姓遭受劫亂的哀傷，其氣魄尤為動人。內容並敘其家世，感情深摯。本文即〈哀江南賦〉的序文，內容大概敘述了全賦的主題，並有暗喻時世及表達自己的苦衷之意，全篇多用典故。

作者介紹

　　庾信（513年～581年）字子山，南陽新野（今河南）人。因受封「開府儀同三司」，人又稱「庾開府」，乃庾肩吾[1]之子，是南北朝文學的集大成者。庾信曾出使東魏，「文章辭令，盛為鄴下所稱」。他的駢文、駢賦，可與鮑照[2]並稱，兩人代表了南北朝駢文、駢賦的最高成就。庾信的辭賦和徐陵[3]一起被稱為「徐庾體」。有《庾子山集》傳世。由於從南方寓居北方，不得回歸，文風哀戚，也兼具北方雄渾豪邁之氣。

課文說明

　　【本文】粵以戊辰之年，建亥之月[4]，大盜移國[5]，金陵瓦

---

1. 庾肩吾（公元487年～551年），字子慎，一字慎之，南陽新野（今屬河南）人。南朝梁文學家、書法理論家。庾肩吾亦工書法，自號玄靜先生。著有《書品》，其作品多散佚。
2. 鮑照（公元414年～466年），字明遠，人稱鮑參軍，東海（今江蘇漣水縣北）人，是中國南北朝詩人。
3. 徐陵（公元507年－583年），字孝穆。祖籍東海郯（今山東郯城）。以詩文聞名。
4. 粵：發語詞。以：同「在」。戊辰之年：梁武帝（蕭衍）太清二年。建亥之月：指夏曆十月。
5. 大盜：這裏指侯景。侯景先為北魏將領，後降梁朝，封河南王。太清二年背叛梁朝，十月兵逼建康（今南京），圍臺城（當時梁的宮城）。梁武帝餓死臺城。後為梁將陳霸先、王僧辯擊敗，為部將所殺。移國：篡國。

解。余乃竄身荒谷[6]，公私塗炭[7]。華陽奔命，有去無歸[8]。中興道銷，窮於甲戌[9]。三日哭於都亭[10]，三年囚於別館[11]。天道[12]周星，物極不反[13]。傅燮[14]之但悲身世，無處求生；袁安[15]之每念王室，自然流涕。昔桓君山之志事，杜元凱[16]之平生，並有著書，咸能自序。潘岳之文彩，始述家風[17]；陸機之詞賦，先陳世德[18]。信年始二毛[19]，即逢喪亂，藐是流離，至於暮齒[20]。

---

6. 竄：逃亡。荒谷：此代指楚地江陵。竄身荒谷：指庾信逃奔江陵一事。
7. 公私：公室和私門、朝廷和百官。塗炭：作動詞用，即陷於泥塗和炭火之中，比喻處境危險困苦。
8. 華陽：地名，指江陵。奔命：奔走應命，指奉命出使。有去無歸：建康陷落後，梁元帝蕭繹命庾信出使西魏。十月時，西魏攻陷江陵，蕭繹被殺，庾信從此之後被留在北方，終不得歸。
9. 中興：指梁元帝平定侯景之亂。道銷：國運銷亡。甲戌：即梁元帝承聖三年（公元554年），此年西魏攻陷江陵，元帝被殺。
10. 都亭：都城外的骨亭。此句是借喻自己對梁亡的哀痛。
11. 三年：泛指多年。館：使者所居之客館。
12. 天道：天理。周星：歲星（木星）約十二年繞天運行一周，故稱「周星」。在此「周星」二字含有周而復始之意。
13. 物極不反：「物極必反」之反語。指梁朝自江陵一敗之後，未能復興。
14. 傅燮：字南容，東漢靈州(今寧夏寧武縣)人。《後漢書·傅燮傳》載傅燮因不容於朝廷，於是出為漢陽太守。時當王國、韓遂圍攻漢陽，城中兵少糧盡，他的兒子傅幹勸他棄郡歸鄉，他不答應，就慨然嘆曰：「世亂不能養浩然之志，食祿又欲避其難乎？吾行何之，必死於此。」終於臨陣戰死。
15. 袁安：字邵公，東漢汝陽（今河南商水縣）人。《後漢書·袁安傳》記載袁安在和帝幼弱、外戚竇憲兄弟專權之時，無力扶助王室，但每次提及，總「噫嗚流涕」。
16. 桓君山：名譚，字君山，東漢的經學家兼哲學家。志事：抱負。杜元凱：名預，是西晉的儒將，著有《春秋左氏經傳集解》。
17. 潘岳：字安仁，西晉詩人，作有《家風詩》。家風：家族的傳統風尚。
18. 陸機：字士衡，西晉著名詩人。祖、父均為東吳名將，著有二賦述其祖先的功德。
19. 二毛：頭髮雜有黑白二色。年始二毛：人到中年。《庾子山集序》載，在己亥（北周大象元年）那年，庾信「春秋六十有七」，則侯景之亂時，他正當三十六歲。
20. 藐是：可憐狼狽。流離：轉徙顛沛。暮齒：即晚年。

9. 哀江南賦序

　　《燕歌》遠別，悲不自勝[21]；楚老相逢，泣將何及[22]。畏南山之雨，忽踐秦庭[23]；讓東海之濱，遂餐周粟[24]。下亭[25]漂泊，高橋[26]羈旅。楚歌非取樂之方，魯酒無忘憂之用[27]。追為此賦，聊以記言，不無危苦[28]之詞，惟以悲哀為主。

　　【翻譯】梁朝太清二年十月，大盜篡國，金陵淪陷。我於是逃入荒谷。當其時公家和百姓均受其害，好像陷入泥途炭火一樣。想不到後來我奉命由江陵出使西魏卻有去無回。梁朝的中興竟消亡於承聖三年。我的遭遇和心情就好像在都城亭內痛哭三日的羅憲，又好像被軟禁在別館多年的叔孫婼。按照天理來說，歲星繞天一周，事情當能好轉，然而梁朝的滅亡卻未能復興。傅燮臨危時只悲歎自己的身世，無處求生；袁安每每念及王室的處境，總是落淚。以前桓君山的志事和杜元凱的生平

---

21. 燕歌：指〈燕歌行〉之類抒寫離別之情的歌曲。自勝：自我克制。
22. 楚老：此指西漢末年楚人龔勝，他以名節著稱，王莽欲召他為官，他恥以身事二姓，終絕食而死。庾信也是南楚的人，他因才名而被西魏所留，卻未能像龔勝那樣為名節而死，因此感到有愧於故人。
23. 南山之雨：《列女傳・賢明傳》記載南山有玄豹，為了保護毛皮，當霧雨天氣便不出來覓食。踐秦庭：指申包胥乞秦救楚的事。這二句是說，本來欲遠離災禍自藏，但由於國事的危急，自己又不得不匆匆出使西魏。
24. 讓東海之濱：指田和篡齊之事。齊康公十九年，田和遷康公於海濱，後自立為王。這裏借田和之事暗指宇文覺篡西魏而建立北周的事。遂餐周粟：指自己在北周做官。《史記・伯夷列傳》記載周武王滅殷，伯夷、叔齊認為不義，於是不食周粟，隱於首陽山，採薇而食。這裏的意思是，自己在北周篡魏後，失節而食了「周粟」。
25. 下亭：地名。後漢時，南陽孔嵩被征召，路宿下亭而馬被盜走。
26. 高橋：在今蘇州閶門內。後漢時皋伯通住在橋邊，梁鴻曾在他家做過長工。
27. 楚歌：楚聲。據《史記・留侯世家》記載，劉邦想要立戚夫人之子趙王如意為太子，但因張良用計而事不成，戚夫人涕泣，劉邦對她說：「為我楚舞，吾為若（你）楚歌。」戚夫人聽到楚歌而悲抑。魯酒：魯地所產的酒。這二句的意思是，楚歌只會引起家國之思，魯酒更無忘憂之用。
28. 危苦：悲苦憂懼。

意趣都有著作流傳到現在。潘岳的文彩書寫家風而陸機的辭賦而敘述祖先的世德。我頭髮斑白的時候，剛好遭遇到國家動亂，我流亡遠方異域一直到現在已經晚年了還不能回去。我想起《燕歌》所描述遠別的情景，心裡悲痛難忍；我不能像龔勝一樣死於名節，哭有什麼用呢？我原本想像南山玄豹畏雨那樣藏匿自己遠離災害，卻突然被任命出使西魏，如同申包胥到秦國。我又想像伯夷、叔齊那樣逃到遙遠的海濱躲避做官，結果卻不得不失節吃了周粟。我就好像孔嵩路宿下亭般的漂泊、梁鴻寄寓高橋一樣的孤獨。美好的楚歌不是取樂的良方，清薄的魯酒也沒有忘憂的作用。我只能追憶往事並作成此賦，聊以記述我的肺腑之言。其中不乏有關自身的悲苦憂懼之事，但仍然以悲哀國家為主。

【本文】日暮途遠，人間何世！將軍一去，大樹飄零[29]；壯士[30]不還，寒風蕭瑟。荊璧睨柱，受連城而見[31]欺；載書橫階，捧珠盤而不定。鍾儀君子，入就南冠之囚[32]；季孫行人[33]，

---

29. 將軍：指馮異。馮異助劉秀打天下，每當諸將並坐論功時，馮異常獨屏樹下，軍中稱為「大樹將軍」。在此以馮異自喻，以大樹喻梁，意思是自己去國以後，梁不久也就滅亡了。將軍一去：指他出使西魏的事。大樹飄零：指國事不可收拾。
30. 壯士：指荊軻。在此借荊軻入秦比喻自己出使西魏，一去不歸。
31. 荊璧：指楚的和氏璧。睨：斜視。見：被。荊璧睨柱兩句指藺相如完璧歸趙的事。
32. 載書：盟書。橫階：登階。珠盤：用珠玉作裝飾的盤子。《史記·平原君列傳》載：「平原君與楚合縱，從日出至日中，楚日不決。毛遂按劍歷階而上，責楚王，楚王乃從。」於是毛遂捧銅盤跪進楚王，楚王乃歃血，定下合縱之約。鍾儀：春秋時楚人。據載，鍾儀被鄭人俘獲，鄭人將他獻給晉國。鍾儀被囚時仍戴著楚國的帽子；晉侯叫他彈琴的時候，他彈的也是楚國的音樂。范文子稱讚他「楚囚，君子也。」作者以鍾儀自喻，說明自己被留西魏卻始終不忘自己的國家。鍾儀君子：倒裝，即君子鍾儀。入就：被扣。
33. 季孫：春秋時魯大夫季孫意如。據載，季孫意如隨魯昭公參加平丘的盟會，因邾人、莒人告發魯國侵伐他們，晉人便不許魯昭公參與盟會並拘留了季孫意如。後來晉國準備放季孫意如回國，他以自己無禮被執之由，要晉人按禮把他送回。晉人威脅他，如果他不願意回去就要把他留在西河了。這裏用季孫的事比喻自己被留在西魏。行人：使者。

9. 哀江南賦序

留守西河之館。申包胥之頓地[34]，碎之以首；蔡威公之淚盡，加[35]之以血。釣臺移柳，非玉關[36]之可望；華亭鶴唳，豈河橋之可聞！

【翻譯】我年紀已經大了而回家的路還這麼的遙遠，這是什麼世道啊！就像馮異一樣啊，我去國之後，梁朝不久就滅亡了；也像荊軻不能回頭一樣啊，只餘蕭瑟的寒風。楚的和氏璧。荊璧睨柱兩句指藺相如完璧歸趙的事。我懷著像藺相如一樣持著和氏璧睨柱的志向，卻不料被不守信義的人所欺騙；我又想像毛遂橫在石階上逼迫楚王簽合縱約一樣，但卻未能定盟而還。我只能像鍾儀那樣，做一個戴著南冠的楚囚，不忘自己的國家；像季孫一樣，被留在西河的別館。悲痛慘烈之情不下於申包胥求秦出兵時叩頭叩到破掉；也不下於蔡威公亡國時的哭到眼淚流盡，繼之流血。那故國釣臺的柳樹，不是困居長安的人可以望見的；那華亭的鶴唳，我難道還能再一次聽到嗎？

【本文】孫策以天下為三分，眾才一旅[37]；項籍用江東之子弟，人唯八千；遂乃分裂山河，宰割天下。豈有百萬義師，一朝捲甲[38]；芟夷[39]斬伐，如草木焉！江淮無涯岸之阻，亭壁無

---

34. 頓地：叩頭至地。碎之以首：即「以首碎之」。這裡仍用申包胥赴秦求兵救楚之事。
35. 蔡威公：據《史記》載，蔡威公見國之將亡，閉門而泣，三日三夜，泣盡而繼之以血。在此借蔡威公之事比喻自己對梁亡的悲痛。加：繼。
36. 釣臺：地名，在今武漢。移柳：即柁柳，又名柁楊，是楊樹的一種。玉關，即今甘肅省敦煌縣西北。庾信長期羈留在長安，此以玉門關借指長安。
37. 孫策：字伯符。即後來平定江東之人。旅：古時以五百人為一旅。三分：指魏、蜀、吳三分天下。
38. 卷甲：此指卷甲潰逃。卷：同「捲」。據載：侯景作亂時，百萬梁朝軍隊紛紛敗逃或投降。
39. 芟夷：割草、削除，比喻斬殺人民。侯景作亂時曾大肆殘殺無辜。芟：ㄕㄢ。

藩籬[40]之固。頭會箕斂者，合縱締交[41]；鋤耰棘矜者，因利乘便[42]。將非江表王氣，終於三百年[43]乎？是知併吞六合，不免軹道之災[44]；混一車書，無救平陽之禍[45]。嗚呼！山岳崩頹，既履[46]危亡之運；春秋迭代，必有去故[47]之悲。天意人事，可以淒愴[48]傷心者矣。況復舟楫路窮，星漢非乘槎[49]可上；風飆[50]道阻，蓬萊無可到之期。窮者欲達[51]其言，勞者[52]須歌其事。陸士衡[53]聞而撫掌，是所甘心；張平子見而陋之，固其宜[54]矣！

---

40. 江淮：長江和淮河。亭：監視敵情的崗亭。藩籬：用竹木編製之屏障。
41. 頭會箕斂：以人頭計算納賦，用畚箕收取。此「頭會箕斂者」指哪些乘勢聚斂民財的下層官吏。合縱締交：此指互相聯絡來反抗朝廷。會：ㄎㄨㄞˋ。
42. 耰：農具，頭如木錐形。耰：ㄧㄡ。棘：同「戟」。矜：矛柄。鋤耰棘矜者，指拿著低劣武器的人。因利乘便：意思是乘時勢之便。
43. 將非：莫非。江表：江南，此指金陵。王氣：天子的氣運。三百年：自孫權建都建業以來，金陵作為帝王都城約三百年。
44. 六合：指天地四方。併吞六合：指秦吞併天下。軹道：亭名。軹道之災：指秦王子嬰在軹道旁降迎劉邦之事。軹：ㄓˇ。
45. 混一：統一。混一車書：此指西晉統一中國。平陽之禍：指晉懷、愍二帝被害於平陽之事。
46. 山岳崩頹：喻國家的覆亡。履：經歷遭遇。
47. 春秋迭代：比喻朝代的更替。
48. 天意：意思是覆亡出於天意。人事：指人的作為。淒愴：悲傷。
49. 楫：船槳。星漢：天河。槎：木筏。槎：ㄔㄚˊ。相傳張騫出使西域，尋找河源時，騫乘槎而行，見到了織女和牛郎。這二句話是用相反的意思表示自己要想回到故國已是不可能的事了。楫：ㄐㄧˊ。
50. 飆：暴風。蓬萊：傳說中的仙山。
51. 窮者：時運不濟或處境困窮的人。達：通「顯」。
52. 勞者：從事勞役之人。
53. 陸士衡：陸機。撫掌：拍手大笑。據說陸機初到洛陽時打算作一篇〈三都賦〉，聽說左思正在作這篇賦，便撫掌大笑，等到左思寫完以後，他見了非常佩服，自己就不寫了。
54. 張平子：張衡。《藝文類聚》記載班固作〈兩都賦〉，張衡覺得他作的不好，便另外作〈二京賦〉。其：語助詞。

9. 哀江南賦序

【翻譯】孫策在天下三分之時，軍隊才不過五百人；項藉率領江東子弟起義的時候，部下只有八千人。但最終能把秦的天下給分裂。哪裡有自稱義師的百萬軍隊，竟然一下子就捲甲潰敗了，讓作亂者任意戮殺，殺人如割草一般？長江和淮河失去了水岸的阻擋，軍營壁壘缺少了堅固的屏障，讓那些作亂者得以暗中勾結那些乘勢聚斂民財的下層官吏，和拿著低劣武器的人得到乘虛而入的機會。豈不是江南一帶三百年的帝王氣運，要中止在這了嗎！由此可知秦國併吞天下到最後也免不了秦王子嬰在軹道旁降迎劉邦的事情，西晉雖然統一中國，最後也免不了晉懷帝和晉湣帝被害於平陽的禍事。天啊！我已經遭遇國家的覆亡之事，朝代的更替也令我有去國懷鄉的悲傷。國家的覆亡出於天意和人的作為，真令人悽愴傷心啊！何況舟船無路可走，銀河又不是乘著船筏可以到達的啊；我要回去的道路既阻且險，海中的蓬萊仙山也沒有到達的希望。時運不濟、處境困窮的人想要表達自己的肺腑之言，從事勞役之人也要歌詠自己的故事。我寫這篇賦，陸機看了恐怕會拍掌而笑，我甘心接受，張衡看了會輕視，這也是理所當然的。

課文賞析

〈哀江南賦〉是庾信的代表作，以其一生遭遇為線索，深刻批判了梁朝的腐朽無能，戰亂頻仍造成一片生靈塗炭，並凝煉而深沉的傾訴了故國之思與身世之慨。

本序文是以駢體寫成的長篇敘事辭賦，概述了全賦的主題。首先簡單的交代了侯景之亂和江陵失陷，並多用典故，道盡羈留西魏，旋仕北周的痛楚以及忠於故國的初衷，將國亡而

不能救的遺恨，思鄉而不能歸的沉痛，寫得悲慨萬分、痛心疾首，神情宛然可見。最後由個人的遭遇聯想到梁朝的覆滅，感嘆梁朝的腐敗而亡和人民的慘遭殺戮，對天道提出了傷心的詰問，表達了己身悲苦欲絕的衷情。

全篇感情深摯動人，博觀約取，熔鑄史料，如同己出。

問題討論

一、你有長時間離鄉背景的經驗嗎？請略述之。

二、根據本文，請說明作者流露出怎樣的情感？

三、本文中使用哪些敘事及寫作技巧？

第三章、隋唐時期之散文選

　　本單元列舉：李白〈春夜宴桃李園序〉與柳宗元〈至小丘西小石潭記〉等文章做說明：

10.〈春夜宴桃李園序〉

內容導讀

　　本文出自《李太白全集》，又名〈夜宴從弟[1]桃李園序〉或〈春夜讌諸從弟桃李園序〉等。「序」是古代的文體之一。本文為李白與諸從弟聚會賦詩時所作的序文，約作於開元二十一年。內容記述李白和他的眾兄弟聚在春夜的桃花園中，飲酒賦詩的情景，抒發了作者熱愛大自然及生活的逸興。全文只有一百餘字，以駢偶句式為主，但內容緊扣題目且筆觸自然流暢，風格清新灑脫。

作者簡介

　　李白（701年～762年），字太白，號青蓮居士。唐朝詩人，有「詩仙」、「詩俠」之稱。祖籍隴西成紀（今甘肅秦安東）。關於李白的出生地有許多種說法，一般認為是在西域的碎葉（Suyab，今吉爾吉斯托克馬克附近）。李白五歲時，他的父親李客將全家遷到蜀郡綿州昌隆縣（今四川江油市）青蓮鄉。青年時期李白即開始在中國各地遊歷。李白的作品浪漫奔放、意境奇異；詩句如行雲流水般，宛若天成。有《李太白全集》傳世。

1.從弟：即堂弟，但唐代風氣喜聯宗，凡同姓即結為兄弟叔姪等，因此從弟未必真有血緣關係。

課文說明

【本文】夫天地者,萬物之逆旅[2]也;光陰者,百代之過客也。而浮生若夢[3],為歡幾何?古人秉燭夜游[4],良有以也[5]。況陽春召我以煙景[6],大塊假我以文章[7]。會桃李之芳園,序天倫之樂事。群季[8]俊秀,皆為惠連[9]。吾人詠歌,獨慚康樂[10]。幽賞未已,高談轉清。開瓊筵[11]以坐花[12],飛羽觴而醉月[13]。不有佳作,何伸雅懷?如詩不成,罰依金谷酒數[14]。

【翻譯】天地好像萬物的旅館,光陰如同百代的過客。而短促虛浮的人生就像是做夢一般,真正歡樂的日子能有多少呢?古人拿著蠟燭在夜裡遊玩,確實是很有道理的啊!何況溫暖的春天用煙霧般迷濛美好的景色召喚我們,大自然將錦繡般美麗的風光提供給我們。我們在桃李爭妍的花園裡聚會,父子兄弟一起歡樂、飲酒,享受著樂趣。諸位族弟都有謝惠運般傑出的才華,而我作的詩卻自慚不如謝康樂。悠閒地賞玩景色還尚未停止,大家的高談闊論已轉入了清雅。大家一同坐在花叢

2.逆旅:旅店。
3.浮生:人生如浮雲般不定。
4.秉:拿著。
5.良:確實。
6.陽春:溫暖的春天。煙景:煙氣朦朧的景色。
7.大塊:指天地。文章:錦繡交織。
8.群季:諸弟。
9.惠連:劉宋時謝靈運的族弟謝惠連十歲能作詩文。當時的人把他和謝靈運並稱為「大小謝」。
10.康樂:謝靈運的爵位襲「康樂公」,世稱「謝康樂」。
11.瓊筵:豪華漂亮的筵宴。
12.坐花:指在花叢中開宴。
13.羽觴:有耳的爵杯,古代的酒器。醉月:醉於月光之下。
14.罰依金谷酒數:晉代石崇常在金谷園家中飲宴,座上賦詩,賦詩不成者罰酒三杯。

間，擺設著華美的筵席，不停地傳著杯子，一起醉臥在月色下。此情此景若無好詩，哪裡能表達自己高雅的情懷呢？假若有人作詩不成，就依據金谷園的前例罰酒三杯。

課文賞析

　　本篇記述李白與眾多堂弟相聚在桃李園中，欣賞美景，飲酒賦詩、暢談人生快意的情景。

　　文章開頭，既非描繪春景，亦非書寫宴樂，而是飛來一筆：「夫天地者，萬物之逆旅；光陰者，百代之過客。」以「浮生若夢，為歡幾何」引出夜宴光景，其中的「歡」字更為全文建立了歡欣明朗的格調，曠達自適的胸懷。「況陽春召我以煙景，大塊假我以文章」更為千古佳句，以下寫景如畫，充滿春天盎然的生機，欣然歡快，字字句句帶出一幅幅美不勝收的好風景，是一篇傳誦千古的名作。

　　本文為抒情小品，主要抒發人生當及時行樂，熱愛大自然，熱愛生活的豪情逸興，以駢偶句式為主，緊扣題目，鏗鏘動聽，文辭華美，層次井然，全文雖僅百餘字，卻是「無句不美、無語不麗」。

問題討論

一、請仿照上文做出一篇簡短又令你印象深刻的記敘文。

二、「夫天地者，萬物之逆旅。光陰者，百代之過客。」你認同這句話嗎？為什麼？

三、看完本文，你有什麼感想？

11.〈至小丘西小石潭記〉

內容導讀

　　本篇作於元和四年（809年），又名〈小石潭記〉，乃《永州八記》[1]之一。本篇文體為山水遊記。文章描繪了自然山水之美，兼以抒發作者寂寥淒涼之情。唐順宗永貞元年（805年），柳宗元因王叔文事件[2]，被貶為永州司馬。本文即是柳完元被貶永州時的作品。文章描寫小石潭景色及其周圍冷寂幽深的氣氛，從中顯示出作者在貶居生活中寂寥淒清的心情，為一篇情景交融的佳作。

作者介紹

　　柳宗元（773年～819年），字子厚，唐朝河東郡（今山西省永濟市）人。柳宗元是唐代著名的文學家及思想家，也是唐宋古文八大家[3]之一。因是河東人，世稱「柳河東」，又因曾任柳州刺史，故又稱「柳柳州」。柳宗元於柳州刺史任內政績卓著，深獲百姓信賴與愛戴。柳宗元與韓愈同為唐代古文運動[4]的領導人，兩人並稱「韓柳」。作品多樣，有山水遊記、寓言、

---

1. 永州八記：依序為〈始得西山宴遊記〉、〈鈷鉧潭記〉、〈鈷鉧潭西小丘記〉、〈至小丘西小石潭記〉、〈袁家渴記〉、〈石渠記〉、〈石澗記〉、〈小石城山記〉共八篇。
2. 貞元二十一年，唐德宗崩，皇太子李誦即位，改元永貞。順宗即位後，重用王伾、王叔文等人。王叔文等掌管朝政，並推行革新，採取了一系列的改革措施，史稱「永貞革新」。之後順宗被逼退位，憲宗即位後王叔文被賜死。永貞革新失敗後，柳宗元被貶為邵州刺史，不久又被貶永州司馬。元和十年正月，柳宗元接到詔書，要他立刻回京。回京之後不久，柳宗元又被改貶到柳州。
3. 唐宋八大家：指唐宋兩代八個散文大家。即韓愈、柳宗元、歐陽修、蘇洵、蘇東坡、蘇轍、王安石、曾鞏八人。
4. 古文運動：是改革文學體裁的運動，主要目的在於改變當時使用駢文寫作的風氣。因駢文過度要求排偶用典及其他格律，缺乏實用價值，因此唐初陳子昂開始提倡古文運動，後有韓愈及柳宗元加以提倡。

11. 至小丘西小石潭記

短篇傳記、議論文、山水詩等，以山水遊記、寓言及山水詩最為出色，與王維、孟浩然、韋應物為唐代山水詩四大家。著有《柳河東集》。

課文說明

【本文】從小丘西行百二十步，隔篁竹[5]，聞水聲，如鳴佩環[6]，心樂之。伐竹取道，下見小潭，水尤清洌[7]。全石以為底[8]，近岸，卷石底以出[9]，為坻，為嶼，為嵁，為岩。青樹翠蔓[10]，蒙絡搖綴，參差披拂[11]。

從小丘向西走一百二十步，隔著竹林就能聽到水聲，好像掛在身上的玉珮互相撞擊的聲音，心情很高興。於是我砍了竹子開出一條小路，往下走便可以看到一個小潭，潭水特別的清澈。整個潭底是一塊大石頭，靠近岸邊，有部分石頭底部翻卷出水面，形成坻、嶼、嵁、岩等各種形狀。青蔥的樹木及翠綠的藤蔓互相遮蓋纏繞，樹枝低垂參差的隨風搖動。

【本文】潭中魚可百許頭[12]，皆若空游無所依[13]。日光下澈，影布石上，怡然[14]不動；俶爾[15]遠逝，往來翕忽[16]，似與遊

---

5. 篁：叢生的竹子。
6. 珮：同「佩」。珮環：佩玉，古人繫在腰帶上的玉製品。
7. 洌：澄清。洌：ㄌㄧㄝˋ。
8. 全：整塊。
9. 卷：翻卷起來。以：而。
10. 為：成為。坻：水中的高地。坻：ㄔˊ。嶼：小島。嵁：不平的岩石。
    蔓：藤蔓。
11. 蒙絡搖綴：莖枝交結，搖動下垂。披拂：飄動。
12. 可：大概。
13. 空游：在空中遊動。
14. 澈：澄清。布：散布。怡然：呆呆的樣子。怡：ㄧˊ。
15. 俶爾：忽然。俶：ㄔㄨˋ。
16. 翕忽：迅速。翕：ㄒㄧˋ。

者相樂。

【翻譯】潭中的魚約有一百條,都好像在空中遊動一樣,沒什麼依靠。陽光直射潭底,將魚的影子映在水底的石面上,全部的魚都呆呆地不動;突然間,魚兒向遠處遊去了。魚兒的動作非常的輕快敏捷,好像跟我們旅遊的人玩耍。

【本文】潭西南而望[17],斗折蛇行[18],明滅可見[19]。其岸勢犬牙差互[20],不可知其源。

【翻譯】順著水潭向西南方看去,溪流像北斗七星那樣的曲折,又像蛇在游動那樣的彎曲,或隱或現也還看得清楚。溪岸像犬牙一樣交錯參差,沒有辦法看到水的源頭。

【本文】坐潭上,四面竹樹環合,寂寥無人,淒神寒骨,悄愴幽邃[21]。以其境過清[22],不可久居,乃記之而去。

【翻譯】我坐在潭邊,四周有竹子和樹林圍繞著我,靜悄悄的都沒有人,一時間感到有些淒清,寒氣徹骨,四周太過於寂靜我因此感到憂傷。由於這地方實在太過於淒清了,我們不能長時間留在那裡,因此我就把當時的情景寫下來便離開了。

【本文】同游者:吳武陵[23],龔古,余弟宗玄。隸而從者[24],崔氏二小生:曰恕己,曰奉壹。

---

17. 西南而望:向西南方望去。
18. 斗折:像北斗星一樣的曲折。蛇行:像蛇在遊動。
19. 明滅:或隱或現、忽明忽滅。
20. 差互:交錯。犬牙差互:形容溪岸像犬的牙齒互相交錯。差:ㄎ。
21. 悄愴:過於靜悄使人感到憂傷。愴:ㄔㄨㄤˋ。邃:深。邃:ㄙㄨㄟˋ。
22. 過清:過於淒清。
23. 吳武淩:信州人,唐元和初年中的進士,後被貶永州。
24. 隸:附屬。從:隨從。

11. 至小丘西小石潭記

【翻譯】當天和我一起旅遊的人有吳武陵、龔古,和我的弟弟宗玄。跟著我們來的隨從有兩個姓崔的年輕人,一個叫恕己,一個叫奉壹。

課文賞析

這篇文章是柳宗元〈永州八記〉中的第四篇遊記,著力摹寫小石潭及其周圍的篁竹、潭水、泉石、樹蔓、游魚、潭岸等幽清冷寂的情態,透露出作者貶居生活中的孤獨與悲涼,情景交融,宛如一首清新的小詩。

尤其寫潭中游魚的形神姿態,雖只寥寥數句,卻是文章最為精彩的部分,通過魚兒的動靜,虛實相間,繪聲繪影地表現出了潭水之空明澄澈,靜中有動,動中有靜,活靈活現,令人嘆為觀止。

作者在描寫景物時,並不僅僅停留於一點,而是引導讀者循序漸進,首先是小丘,再是竹林、水潭、小魚,最後是小溪及其周圍,對小石潭的景物作了深刻描寫,凸出小石潭環境清幽的自然之美,通過如此幽寒淒清的情景,透露了作者當時遭貶謫永州後的悲涼淒苦的心境。

問題討論

一、你有無意間發現一個很棒的地方的經驗嗎?請略述之。

二、文中有哪些句子使用了白描修辭法?

三、你喜歡旅遊嗎?為什麼?

第四章、宋元時期之散文選

　　本單元列舉：歐陽修〈祭石曼卿文〉、蘇東坡〈超然臺記〉、王若虛〈焚驢志〉、元好問〈送秦中諸人引〉、鄧牧〈越人遇狗〉，以及鍾嗣成〈錄鬼簿序〉等文章做說明：

12.〈祭石曼卿文〉

內容導讀

　　本文作於治平四年（1067）七月間，是作者悼念好友石曼卿[1]的文章，其時石曼卿已經故去二十六年。當時正值神宗即位，作者由尚書左丞被貶為亳[2]州知州，因此勾起他感念往昔之情，接連寫下好幾篇懷念故友的祭文。全篇感情真摯濃烈，讀罷令人淒惋不已。全文大都用韻，具有音律美。

作者介紹

　　歐陽修（1007～1072）字永叔，吉州吉水（今江西）人。號醉翁，晚年隱居穎州，自號六一居士。是北宋文學家兼史學家。宋慶歷年間任諫官時因支持范仲淹[3]改革的主張，被貶滁州。謚號文忠。歐陽修主張為文要能「明道」、「致用」，是北宋古文運動的領袖。歐陽修的散文說理暢達，為「唐宋八大家」之一。他喜歡收集金石文字，編有《集古錄》，對現代的金石

---

1. 石曼卿（公元 991～1041），本名石延年。平生以氣節自豪；為文勁健，尤工詩。著有《石曼卿詩集》。
2. 亳：ㄅㄛˊ。
3. 范仲淹（公元 989 年～1052 年），字希文，謚文正。北宋文學家。

第四章、宋元時期之散文選--12.祭石曼卿文

學4頗有影響。

課文說明

【本文】維治平四年七月日5，具官歐陽修6，謹遣尚書都省令史李敭，至於太清7，以清酌庶羞之奠8，致祭于亡友曼卿之墓下，而弔之以文。曰：

【翻譯】治平四年七月的某一天，具官歐陽修，謹派遣尚書都省令史李敭前往太清，用清酒和幾樣佳餚做為祭品，設祭於亡友曼卿的墓前，我並寫了一篇祭文來弔祭曼卿：

【本文】嗚呼曼卿！生而為英9，死而為靈10！其同乎萬物生死，而復歸於無物者，暫聚之形11；不與萬物共盡，而卓然其不朽者，後世之名。此自古聖賢，莫不皆然；而著在簡冊者12，昭如日星。

【翻譯】曼卿啊！你生前是一個英才，死後必定化為神靈。你和萬物一樣有生也有死，而現在回歸到大自然，生前不

4.金石學指中國古代研究銅器和碑石等古文物的學問，主要研究銅器和碑石上的文字銘刻及龜甲拓片；其他還包括竹簡、甲骨、玉器、磚瓦、封泥、兵符、明器等文物。
5.維：發語詞。治平：宋英宗年號。治平四年：公元1067年。
6.具官：唐宋以來，稱具備官爵履歷者為具官。
7.尚書都省：即尚書省。令史：尚書郎的屬官，主文書。太清：今河南商丘市東南方。
8.清酌：清酒。庶羞：幾樣佳餚。
9.英：英傑。
10.靈：神靈。
11.形：身體。
12.簡冊：史書。

過是暫時存在肉體之內；但你不會跟萬物一起消失，在你身後流傳的，是你卓立不朽的英名。古來聖賢沒有一個不是如此，那些被記錄在史籍上的人，如同太陽和星星一樣的閃閃發亮啊。

【本文】嗚呼曼卿！吾不見子久矣，猶能彷彿子之平生[13]。其軒昂磊落[14]，突兀崢嶸，而埋藏於地下者，意其不化為朽壤，而為金玉之精[15]；不然，生長松之千尺，產靈芝而九莖[16]。奈何荒烟野蔓，荊棘縱橫，風淒露下，走磷飛螢[17]；但見牧童樵叟，歌吟而上下；與夫驚禽駭獸，悲鳴躑躅而咿嚶[18]。今固如此，更千秋而萬歲兮，安知其不穴藏狐貉與鼯鼪[19]？此自古聖賢，亦皆然兮，獨不見夫纍纍乎曠野與荒城！

【翻譯】曼卿啊！我好久沒有看到你了，但還依稀記得你平日的樣子。您的儀態俊偉不凡，和凡人特別的不一樣。你被埋葬在地下，我想一定不會化成土壤，而是化為金玉的精華。不然，也會生長出千尺高的松樹或長出九根莖的靈芝。可是無奈滿目只見到荒煙野草，荊棘錯綜叢生，淒涼的風露，飛動的螢火蟲和野火；只見牧童和樵夫在那裡走動吟歌，和受驚嚇的飛禽走獸在那裡悲傷地徘徊和鳴叫。現在固然如此，千萬年後，

---

13. 彷彿：依稀。
14. 軒昂：儀態俊逸。磊落：心地光明。
15. 金玉之精：金玉之中最好的。
16. 靈芝：靈芝草，古人認為靈芝草乃仙草，九莖靈芝更被認為祥端。
17. 磷：磷火。
18. 咿嚶：鳥鳴聲。
19. 貉：野獸名。貉：ㄏㄜˊ。鼯：像松鼠的動物。鼯：ㄨˊ。鼪：黃鼠狼。鼪：ㄕㄥ。

第四章、宋元時期之散文選--12.祭石曼卿文

怎麼知道它不會變成狐貉和鼯鼪躲藏的洞穴呢?古來的聖賢也是如此的遭遇啊,你難道沒有看見那連綿不絕的曠野和荒城!

【本文】嗚呼曼卿!盛衰之理[20],吾固知其如此,而感念疇昔[21],悲涼悽愴,不覺臨風而隕涕者[22],有愧乎太上之忘情[23]。尚饗[24]!

【翻譯】曼卿啊!我固然知道盛衰的道理,然而我感念往日,心裡總是悲涼悽愴,不知不覺臨風而掉下淚來,實在慚愧自己無法達到聖人不動情的境界。來享用吧!

課文賞析

本文是歐陽修為悼念亡友石延年而作,理實兼具,文情並茂。

石延年,字曼卿,生於991年,卒於1041年。平生以氣節自豪,為人放曠不拘,一肚子不合時宜,才華橫溢,卻在正值壯年的四十八歲因鬱鬱不得志而終。

文章主體以三呼「嗚呼曼卿」自然形成三個段落,委婉中見沉痛深切,是一大特色。首段從「形」(肉體)與「名」(聲譽)兩面評述其生死之價值,歌頌其嘉名,雖已身故,然名垂

---

20. 盛衰:指生和死。
21. 疇昔:過去。
22. 隕:落、掉。
23. 太上:最高的意思,也指聖人。忘情:超脫人世之情。這裡是說自己不能像聖人那樣忘情。
24. 尚:語助詞。饗:享用。尚饗:祭文的用語。

簡冊，表達無限崇敬之意。次段抒寫憶念亡友往日音容，繼以繁筆悲其墳墓荒涼，更顯哀傷痛悼之情。末段感悼往事，臨風下淚，哀己不能忘情，藉由悼念亡友述懷，抒發對人生悽愴悲涼的感慨。

本文通篇押韻，以四言句式為主，靈活伸縮，駢散交錯，音節跌宕，字裏行間，情深語痛，不可遏抑，讀來蕩氣迴腸，令人擊節嘆賞。

歐陽修是北宋文壇領袖人物，主張文以明道，文以致用，倡平易自然之文，反對浮豔華靡，蘇洵〈上歐陽內翰書〉評其文：「紆餘委備，往復百折，而條達疏暢，無所間斷。」本文即為其語言風格的一個典型例證。

問題討論

一、你是否和作者一樣有個相隔兩地、永遠沒有辦法見面的朋友？你都用什麼方式懷念她／他？

二、死生禍福沒有一定的準則，對此你有什麼體認？

三、試分析作者在本文中流露出的情感。

13.〈超然臺記〉

內容導讀

　　本文出自《東坡全集》，為雜記類古文。宋神宗熙寧八年，蘇東坡時任密州知州，他修復一座舊樓臺，取名為「超然」[1]。當其時，東坡因反對王安石新法而連年外任，仕途之路不甚得意。本文敘築臺命名之事由，以闡明超然物外之義。全文無論是寫景狀物或說理敘事皆透露出作者灑脫淡遠的情態，行文奇譎飄忽。

作者介紹

　　蘇東坡（1037年～1101年），字子瞻，一字和仲，號東坡居士，眉州眉山人。謚「文忠」。蘇東坡為嘉祐二年進士，曾累官至禮部尚書。蘇東坡為北宋文學家，散文與歐陽修並稱歐蘇；詩與黃庭堅並稱蘇黃；詞與辛棄疾並稱蘇辛，且書法及繪畫皆有所成，是北宋著名的全才文人。蘇東坡為唐宋古文八大家之一，他生性豁達，黃庭堅稱其：「真神仙中人」。其文汪洋恣肆，平易暢達，文理自然，姿態橫生。

課文說明

　　【本文】凡物皆有可觀。苟有可觀，皆有可樂，非必怪奇瑋麗者也。餔[2]糟啜醨[3]皆可以醉；果蔬草木，皆可以飽。推此

---

1. 超然臺：樓臺名。在今山東諸城縣。
2. 餔：吃、啜、喝。餔：ㄅㄨ。
3. 醨：薄酒。醨：ㄌㄧˊ。

類也,吾安往而不樂?

【翻譯】世上所有事物都有值得觀賞的地方,只要有值得賞觀的地方就有足以使人感到歡樂的地方,不一定非要珍奇美麗的東西不可。吃酒糟、喝薄酒也可以使人酣醉;瓜果蔬菜甚至花草樹木也都可以讓人吃飽。以此類推,我到哪裡會感到不快樂呢?

【本文】夫所為求福而辭禍者,以福可喜而禍可悲也。人之所欲無窮,而物之可以足吾欲者有盡;美惡之辨[4]戰乎中,而去取之擇交[5]乎前,則可樂者常少,而可悲者常多。是謂求禍而辭福。夫求禍而辭福,豈人之情也哉?物有以蓋[6]之矣。彼游[7]於物之內,而不遊於物之外。物非有大小也,自其內而觀之,未有不高且大者也。彼挾其高大以臨我,則我常眩亂[8]反覆,如隙[9]中之觀鬥,又烏知勝負之所在?是以美惡橫生,而憂樂出焉,可不大哀乎!

【翻譯】一般人都想要求取福氣而躲避禍端,那是因為幸福使人感到喜悅,而災禍使人覺得悲哀的緣故。人的慾望無窮,可是世上能夠用來滿足我們慾望的東西卻很有限,於是好壞的分辨在心中交戰,而取捨的抉擇也因此紛亂錯雜於眼前。如此一來,便常常覺得讓人感到歡樂的事很少,而令人感到悲哀的

---

4. 辨:區別。
5. 擇:挑選。交:交錯。
6. 蓋:遮蓋、蒙蔽。
7. 游:超脫。
8. 眩亂:昏亂。
9. 隙:裂縫、小孔。

13. 超然臺記

事卻很多，這就是所謂的求取災禍而避開幸福啊！求取禍害而避開幸福難道是人之常情嗎？這只不過是受到物慾的蒙蔽罷了。被蒙蔽的人往往陷在物慾之中，而不能超脫優遊於物慾之外。其實外物並沒有貴賤大小的分別，但人一旦陷溺在物慾中，那麼外物在他看來就沒有一件事是不重要的。當物慾逼近我們時，我們往往會迷惑，顛倒反覆而不能認清事理，就像從小小的縫隙裡看別人打鬥一樣，又怎麼能知道誰勝誰負呢？因此，自然就產生美醜好壞的差別，而憂傷和喜樂的情感也因而湧現，這怎能不令人感到悲哀？

【本文】余自錢塘移守膠西[10]，釋[11]舟楫之安，而服[12]車馬之勞；去雕牆之美，而蔽采椽[13]之居；背湖山之觀，而適桑麻之野[14]。始至之日，歲比[15]不登，盜賊滿野，獄訟充斥；而齋廚[16]索然，日食杞菊[17]。人固疑余之不樂也。處之期年[18]，而貌加豐，髮之白者，日以反[19]黑。余既樂其風俗之淳，而其吏民亦安余之拙[20]也，於是治其園囿[21]，潔其庭宇，伐安丘、高密[22]之

10.「予自錢塘移守膠西」句：蘇東坡因新舊黨爭而於熙寧四年請求外調任杭州通判，七年調任密州。錢塘：今浙江杭州境內。膠西：指密州，漢代時密州為膠西郡，在今山東諸城，位於山東半島東南部。
11. 釋：原意為解除，此指離去。
12. 服：適應。
13. 采椽：簡陋的房屋。采：一作「採」，即柞木。椽，在樑上支架屋面及瓦片的木條。椽：ㄔㄨㄢˊ。雕牆：用彩畫裝飾牆壁。
14. 觀：景色。行桑麻之野：密州古代屬魯國，而魯國以桑麻出名。
15. 比：屢屢，連續。
16. 齋廚：官署的廚房。
17. 杞菊：枸杞和菊花，這裏泛指野菜。
18. 期年：一年。
19. 反：同「返」。
20. 拙：笨拙。此為作者自謙之詞，指處理政事。
21. 園囿：畜養禽獸、種植果樹的園子。
22. 安丘、高密：二縣名，當時兩地皆屬密州。安丘在今山東濰縣東西；高密在今山東膠縣西北。

木以修補破敗,為苟完[23]之計。而園之北,因城以為臺者,舊矣,稍葺[24]而新之。時相與登覽,放意肆[25]志焉。南望馬耳、常山[26],出沒隱見[27],若近若遠,庶幾[28]有隱君子乎!而其東則盧山[29],秦人盧敖之所從遁也。西望穆陵[30],隱然[31]如城郭,師尚父、齊威公[32]之遺烈,猶有存者。北俯濰水[33],慨然太息[34],思淮陰之功,而弔其不終[35]。

【翻譯】我從杭州通判調任密州太守,從此捨去安適的舟船而乘坐勞頓的車馬;離開了華美的住宅而棲身在簡陋的房子;背離湖光山色的美景而來到了桑麻遍野的地方。剛來的時候,正逢作物連年歉收,盜賊遍野且訴訟案件繁多;我的廚房裡又沒有可以吃的東西,只能天天吃枸杞和菊花充飢,別人一定以為我不會快樂。但在這裡住了一年之後,我的面頰卻比以

---

23. 完:保存自己,使自己保持完美。指當時作者不想捲入新舊黨之間的鬥爭請求外調之事。
24. 葺:ㄑㄧˋ,修補之意。
25. 肆:放任。
26. 馬耳、常山:馬耳山在山東諸城縣附近,因形如馬耳故稱馬耳山。常山在諸城縣南約二十里處,傳說在秦漢時有很多清高的人在此處隱居。
27. 見:通「現」。
28. 庶己:也許、可能。
29. 盧山:在諸城縣南,本名故山,因盧敖而得名。盧敖:燕國人,秦始皇召盧敖為博士,他逃亡隱居在盧山求仙。
30. 穆陵:關名,舊址在山東。
31. 隱然:隱隱約約的樣子。
32. 師尚父:即呂尚,名望,一說子牙。西周初年為「師」,也稱師尚父。齊威公:即齊桓公,乃春秋五霸之首。
33. 濰水:即濰河。
34. 太息:長嘆的樣子。
35. 思淮陰之功,而弔其不終:淮陰指韓信。韓信為漢高祖建國並立下了很多功勞,但最後卻被呂后等以謀反之罪所殺。

13. 超然臺記

前更為豐滿，白頭髮也一天天黑了起來；我已愛上這裡純樸的民風，這裡的官民也習慣了我樸拙的作為。於是我開始整理這裡的園圃，打掃這裡的庭院，砍伐安邱和高密的樹木，用來修補殘破損毀的地方，作了勉強完好的打算。園圃的北邊，依傍著城牆所築的一座樓臺也已經很舊了，我於是稍微加以修補。我和朋友就時常登臺遊覽，放開胸懷盡情的享受。從這裡向南眺望可以看到馬耳和常山，它時隱時現，好像很近又好像很遠，大概有隱居的高人住在那裡吧？樓臺的東面是廬山，是秦人盧敖遁隱的地方。向西望是穆陵關，隱隱約約好像城郭，想來當年師尚父和齊桓公的遺跡還留存那裡吧！向北望去可以看到濰水，不由得使人感慨長嘆，既對韓信的戰功心生欽慕，也為他的不得善終惋惜不已。

【本文】臺高而安，深而明，夏涼而冬溫。雨雪之朝，風月之夕，余未嘗不在，客未嘗不從。擷[36]園蔬，取池魚，釀秫[37]酒，瀹[38]脫粟而食之，曰：「樂哉遊乎！」方是時，余弟子由[39]適在濟南，聞而賦之[40]，且名其臺曰「超然」，以見余之無所往而不樂者，蓋遊於物[41]之外也。

【翻譯】這座臺高而穩固，深廣而明亮，冬暖而夏涼。每逢下雨或降雪的早晨或清風明月的晚上，我都會在臺上，客人也都一同到此歡聚。大家採摘園中的蔬菜，捕取池裡的魚蝦，

---

36. 擷：採摘。疏：通「蔬」，蔬菜。
37. 秫酒：高梁酒。秫：ㄕㄨˊ。
38. 瀹：煮。脫粟：糙米。
39. 子由：即蘇轍，蘇東坡之弟。子由當時為齊州李師中掌書記。濟南：即濟南府，在山東。
40. 賦之：為它作賦。蘇轍作了《超然賦》，賦的序言說：「《老子》曰：『雖有榮觀，燕處超然。』嘗試以『超然』命之可乎？因為之賦以告。」
41. 物：指世俗之事。

釀造高粱米酒，煮糙米飯一起分享，使我不禁要說：「這樣在一起歡聚是多麼快樂呀！」這時我的弟弟子由剛好在濟南，聽到這件事便作了一篇賦，並把這座樓臺取名為「超然」，藉以說明我無論到哪裡都沒有不快樂，這是因為能遨遊於物外的緣故。

課文賞析

本文蘇東坡借臺抒寫心志，配以臺上所見四方景色，點出自己能享受怡然物外之遊的樂趣，始終圍繞「超然」發揮超然物外，隨遇而安的思想，這種曠達的人生思想固然有些低沉，卻幫助蘇東坡在逆境中仍保持對生活的信念和樂觀態度。

鎔鑄議論、記敘、寫景、抒情於一爐，全文可分四段。

首段從正面說明「凡物皆有可觀。苟有可觀，皆有可樂」，理應無往而不樂，因而反問「吾安往而不樂？」

第二段則從反面申論，對比論述人們常常沉溺於物內，自陷於欲望無法滿足的可悲之中，所以應該快樂而不快樂，「心為物役」才是令人感到悲哀的所在啊！首二段說理，先推論「安往而不樂」的道理，並論述美惡、憂樂、禍福的內心交戰，大都出於「不遊於物之外」，隱然指出超然物外的樂趣。此二段雖為虛寫，然則暗指自我。

第三段才落實到自我境遇，記敘初來乍到時的惡劣景況，以「於是」相承，轉出治園修臺，具體地描述登臺遠眺之景，憑弔盧敖、姜太公、齊桓公、淮陰侯等人，或成或敗，或仕或隱，蓋皆逝於時空變化中，徒留遺跡，隱然襯托作者不陷於功名得失，雖謫居困頓，仍能優游自得，超然物外，呼應首段「吾

13. 超然臺記

安往而不樂」。文中敘述登臺眺望，享四季風月的肆意之情一段，從南、東、西、北逐次推寫，長短句兼用，行雲流水，一氣貫注。

第四段藉其弟蘇轍的賦詩，命名該臺為超然臺，歸結於「以見余之無所往而不樂者，蓋遊於物之外也」點收。

本文以議論開端，然後進入敘事寫景，「樂」字為全篇文眼，自文首至文末，先議論後記敘，無不是緊扣主題，此「樂」正來自於超脫物外的心境，反映蘇東坡隨遇而安的圓融心境與態度，文末點超然之題而扣「樂」字，再度呼應前文，在結構安排上頗具匠心。

全文說理敘事，寫景狀物，烘托出灑脫的心理情趣，寓意人生的悲樂，關鍵在「心」，而不在「物」，凡事只要超然知足，不為外物所役使，自能泰然地面對種種困境。文章說理透徹，讀來清新自然，脈絡清晰，架構縝密，前後互相呼應，含有濃厚的老、莊思想，金聖歎《天下才子必讀書》認為：「手法超妙，全從莊子達生、至樂等篇取氣來。」林西仲《古文析義》云：「臺名超然，作文不得不說入理路，凡小品文字，說到理路，最難透脫。此握定『無往不樂』一語，歸根於遊物之外，得南華逍遙大旨，便覺翛然自遠。」

問題討論

一、讀完本文你有什麼感想？

二、根據本文，什麼是「超然於物外」？

三、你曾經有超然於物外的經驗嗎？

14.〈焚驢志〉

內容導讀

本文選自《滹南遺老集·卷四十三》。〈焚驢志〉[1]一文記敘當時河朔大旱,世人欲焚驢求雨的事。本文是一篇寓言體散文,文章內容假借白驢托夢,指責人們對人事疏失所造成的天災不但不知自省還要諉過給無辜的禽獸,藉此批判統治者常將治國不善的過失歸咎於人民。行文簡潔明快、描寫白驢形象生動。

作者介紹

王若虛(1174年～1243年),字從之,號慵夫,又號滹南遺老,金朝河北藁[2]城人。曾奉命出使西夏,及參與修編《宣宗實錄》。金亡後不仕,自稱滹南遺老。王若虛非常推崇杜甫、白居易、蘇東坡等人的文章,反對作文一味追求古意,認為「文章求真是而已,須存古意何為哉!」因此反對以黃庭堅[3]為主的江西派詩人。有《慵夫集》、《滹南遺老集》傳世。

---

1. 本文反映了當時人們對於天災發生的看法,認為災難的發生只要是人禍一定是老天的懲罰。今天大家知道,災害的發生除了人為因素之外,還有自然不可解的現象。
2. 藁:搞的俗字。
3. 黃庭堅(公元1045年～1105年),字魯直,號山谷道人,晚號涪翁,洪州分寧(今江西九江修水縣)人。中國北宋的詩人及書法家。他與張耒、晁補之、秦觀並稱蘇門四學士,與蘇東坡並稱「蘇黃」。黃庭堅非常孝順,不但每天早晚按時到母親房中向母親請安,還親自為母親洗滌便器。在詩歌上,主張借襲古人章句以創新意義,其手法多側重在「點鐵成金」與「奪胎換骨」等形式,為江西詩派之祖,對後世影響深遠。有《豫章黃先生文集》、《山谷琴趣外篇》。黃庭堅擅長行書與草書,與米芾、蘇東坡、蔡襄並稱「宋四家」。

14. 焚驢志

課文說明

【本文】 歲己未[4]，河朔大旱，遠邇焦然無主賴[5]。鎮陽帥自言憂農，督下祈雨甚急。厭禳小數[6]，靡不為之，竟無驗。既久，怪誣之說興[7]。適民家有產白驢者，或指曰：「此旱之由也。雲方興，驢輒仰號之，雲輒散不留。是物不死，旱胡得止？」一人臆倡[8]，眾萬以附。帥聞，以為然，命亟取，將焚之。

【翻譯】 金章宗承安四年，河朔發生旱災，無論遠近各地的禾苗都枯焦了，人民不知道要如何是好。鎮陽帥自己說他很擔心農夫的處境，便急著命令屬下找人來祈雨，用小法術祈禱解除災難，試了好多次竟然都沒有應驗。過了一段時間，詭怪沒有根據的說法就開始謠傳起來了。當時正好有一個人家裡的驢子生了一頭小白驢，有人就指著牠說：「這就是旱災的原因，雲密集時，驢子就會抬起頭來號叫出聲，雲就飄散而去不留下來。這個東西不死，旱災哪裡會停止下來？」這只是一個人的臆測之詞，其他眾人卻附和這個說法。鎮陽帥聽到了，就覺得事情一定是這樣的，便命令屬下立即把白驢抓回來，將要燒死牠。

【本文】 驢見夢於府之屬某曰[9]：「冤哉焚也！天禍流行，民自罹之，吾何預焉[10]？吾生不幸為異類[11]，又不幸墮於畜獸。

---

4. 歲己未：金章宗承安七年（公元 1199 年）。
5. 邇：近。焦然：禾苗枯焦的樣子。無主賴：沒有依靠。
6. 厭禳：祈禱解除災難。小數：小法術。
7. 怪：怪異。誣：沒有根據。
8. 臆倡：亂提倡。
9. 見夢：託夢。府之屬：帥府之中的僚屬。
10. 預：相干。
11. 異類：不是人類。

乘負駕馭，惟人所命；驅叱鞭箠，亦惟所加。勞辱以終，吾分然也[12]。若乃水旱之事，豈其所知，而欲寘斯酷歟[13]？孰誣我者，而帥從之！禍有存乎天，有因乎人。人者可以自求，而天者可以委之也[14]。殷之旱也，有桑林之禱[15]，言出而雨；衛之旱也，為伐邢之役[16]，師興而雨；漢旱，卜式請烹弘羊[17]；唐旱，李中敏乞斬鄭注[18]。救旱之術多矣，盍亦求諸是類乎？求之不得，無所歸咎，則存乎天也，委焉耳已。不求諸人，不委諸天，以無稽之言，而謂吾之愆[19]。嘻，其不然！暴巫投魃，既已迂矣，今茲無乃復甚？殺我而有利於人，吾何愛一死？如其未也，焉用為是以益惡[20]？濫殺不仁，輕信不智，不仁不智，帥胡取焉？吾子，其屬也，敢私以訴[21]」。

【翻譯】 晚上白驢便託夢給鎮陽帥的僚屬某人，說：「不要燒我啊！我是冤枉的！天災的流行，百姓自己遇到，和我有什麼關係呢？我不幸生為異類，又不幸墮於牲畜，載運貨物、被人駕駛都要聽人的命令；動不動就驅使我做事和怒罵我，並用皮鞭捶打我。勞累見辱到死是我的本分。但如果是旱災這種事，我哪會知道？而你們卻要用火燒這種酷刑折磨我致死，是誰誣賴我，而鎮陽帥卻不辨是非的信從！災禍有的和上天有

---

12. 分：本分。
13. 寘：置。酷：酷刑。
14. 委：聽任。
15. 桑林：桑山之林，地名。
16. 邢：古國名，在今天的河北邢臺市西南方。
17. 卜式：漢代河南人。弘羊：桑弘羊，漢代洛陽人。
18. 李中敏：唐時隴西人，曾任監察御史。
19. 愆：過失。愆：ㄑㄧㄢ。
20. 暴：同「曝」。投：驅趕。魃：旱神。魃：ㄅㄚˊ。益：增、添。
21. 私訴：私自申訴。

14. 焚驢志

關，有的和人類有關，人為的災禍可以由人自己招來，而上天的災禍只能聽其自然。殷商時，有一次大旱五年，湯親自在桑林之中祈禱，上天於是降下雨來。衛國有一次發生旱災，那是因為衛人想要攻伐邢國。寧莊子向天控訴是邢國沒有道理，天才降雨。漢武帝時有一次發生旱災，卜式認為是桑弘羊施行獻量授官，罪人出糧可贖罪，破壞官場體制的結果，才會有乾旱，於是請求武帝把弘羊煮了。唐文宗時有一次發生大旱，當時是因為鄭注專權，誣陷宋申錫等人，李中敏於是上書跟皇帝說：「現在能下雨的方法，只有把鄭注殺了才能洗雪宋申錫的清白。」解決旱災的方法這麼多，為什麼不照著這些方法呢？求不到雨又沒有什麼可以歸咎的事的話，那問題就出在上天。你們今天不看看是不是有人禍，也不去拜託上天，只用這種沒有根據的話來指責是我的過錯。其實不是這樣的啊！現在你們已經叫巫師曝曬於太陽底下來驅趕旱神，這種方法已經試過了，為什麼還要燒我？這是沒有用的事啊，如果殺我而有利於人類，我為什麼不為求雨而死？如果殺了我求雨的事還沒辦法解決，這就表示殺我只是增加罪惡罷了，濫殺無辜沒有仁義，輕信謠言沒有智慧；沒有仁義和智慧是鎮陽帥想要的嗎？我想你是他的部屬，所以私下向你傾訴。」

【本文】某謝而覺[22]，請諸帥而釋之。人情初不懌也[23]。未幾而雨，則彌月不解[24]，潦溢傷禾[25]，歲卒以空[26]。人無復議

---

22. 謝：道歉。覺：醒來。
23. 懌：高興。
24. 彌：滿。解：停止。
25. 潦：澇災。潦：ㄌㄠˋ。
26. 空：指沒有收成。

驢。

【翻譯】作夢的屬下向白驢謝罪之後就清醒了，他請求鎮陽帥將白驢釋放。起初人們非常不能諒解，也非常不高興把白驢釋放。過了不久，天上就下起雨來了，而且連下一個月不停，水災使農夫的農作物損傷，結果這一年最後都沒有收穫。之後人們就不再討論白驢的事了。

課文賞析

本文記敘當時河朔大旱世人欲焚驢求雨的事，為一篇寓言體散文，假借白驢托夢，指責人們對人事疏失所造成的天災不但不知自省，還要諉過給無辜的禽獸，藉此批判統治者常將治國不善的過失歸咎於人民。

首先交代了故事背景，因「河朔大旱，遠邇焦然無主賴」，然「厭禳小數，靡不為之，竟無驗。既久，怪誣之說興」，於是決定燒死白驢。接著敘述白驢夢中託詞，大喊其冤，「冤哉焚也！天禍流行，民自罹之，吾何預焉！」之後說明天禍難防，與其無干，加以訴苦：「乘負駕馭，惟人所命；驅馳鞭箠，亦惟所加」，如此盡忠職守，卻落得將遭處酷刑之下場，為此提出了強烈的抗議，此處是全文最為精彩之處，也是全文重點所在。白驢詳細的分析禍因，陳說除禍之術，見解精闢，足動人心，「人者可以自求」一句更為樞紐，貫通全文，並引經據典借古諷今，暗含了當世奸臣橫行，危害百姓的憤慨之情，「不求諸人，不委諸天，以無稽之言，而謂我之愆」更是對諉過的執政者發出嚴峻的指責，最後以「濫殺不仁，輕信不智，不仁不智，帥胡取焉？」的斬釘截鐵，警告上位者勿自取惡名。

14. 焚驢志

　　文章善用對比手法,將白驢和將帥相對照,深刻諷刺上位者在天禍之中不勤政愛民,反聽信謠言,昏庸無知。本文托物興諷,寓意深刻,對比鮮明,行文簡潔明快,白驢形象生動鮮明。

問題討論

一、文章指出無知的人不知道自己在做什麼事,你讀完之後有什麼感想?

二、無知使人迷信,有時候會讓人做出很可怕的事,你能舉出發生在國內外社會的幾個例子嗎?

三、作者藉這個寓言式散文想要說明什麼事?

15.〈送秦中諸人引〉

內容導讀

　　本文選自《遺山先生文集》卷三十七。這篇送別友人的簡短文字，生動描述了關中風土民情，以及與秦中友人交游種種軼事，並在方外之人與眾人所求不同的比較中，表達了作者歸隱山林、閒適自樂的心境。

作者介紹

　　元好問（1190年～1257年），字裕之，號遺山。山西太原人，金朝著名詞人、史學家。少年師從郝天挺，淹貫經傳百家，善文，工詩詞，蔚為一代宗工，《金史》稱其：「為文有繩尺，備眾體。其詩奇崛而絕雕劌，巧縟而謝綺麗。其長短句，揄揚新聲，以寫恩怨者又數百篇。」金朝滅亡之後，歸隱故里，惟以著作自任，著有《遺山先生文集》、《遺山詩集》、《遺山樂府》、《中州集》等書。

課文說明

　　【本文】關中[1]風土完厚，人質直而尚義。風聲習氣，歌謠慷慨，且有秦漢之舊。至於山川之勝，遊觀之富，天下莫與為比，故有四方之志者，多樂居焉。

　　【翻譯】關中地區土壤肥沃，人民質樸直爽而講求道義。

---

1. 關中：今陝西省渭河流域之沖積平原。東至函谷關，南至武關，西至散關，北至蕭關，因位於四關之中而得名，又稱「秦中」、「八百里秦川」。

15. 送秦中諸人引

風土習俗與慷慨激昂的歌謠,都保有秦漢時的舊貌。至於山川之美,名勝風景之多,沒有地方能夠與它相比,所以四方有志之士,都喜歡在關中居住。

【本文】予年二十許時,侍先人官略陽[2],以秋試[3]留長安中八九月。時紈綺[4]氣未除,沉涵酒間,知有遊觀之美而不暇也。長大來,與秦人遊益多,知秦中事益熟,每聞談周漢都邑及藍田[5]、鄠杜間風物,則喜色津津然動於顏間。

【翻譯】我二十歲左右,隨先父官居略陽,曾因參加秋試在長安停留八、九個月。當時的我還未脫盡紈綺習氣,整天沉迷在酒杯裡,雖然知道有許多美景卻無暇顧及。長大之後,我與關中人士交往得更多,就對關中的事情更熟悉了,每當聽到談起長安以及藍田、鄠杜一帶地方的風土民情,喜悅之情溢於言表。

【本文】二三君多秦人,與余遊,道相合而意相得也。常約近南山尋一牛田,營五畝之宅,如舉子結夏課[6]時聚書深讀。時時釀酒為具,從賓客游,伸眉高談,脫屣世事,覽山川之勝概,考前世之遺跡,庶幾乎不負古人者。然予以家在嵩前,暑途千里,不若二三君之便於歸也。

【翻譯】各位大都是關中人,與我一道遊覽,志趣相同而

---

2. 略陽:地名,今陝西省略陽縣。
3. 秋試:科舉時代於秋季舉行的鄉試。
4. 紈綺:精美的絲織品,在此代指奢侈的作風。紈:ㄨㄢˊ。
5. 藍田:地名,今陝西省藍田縣。
6. 結夏課:古代舉子進士入選,名曰「春闈」;未考取者退而溫習課業,謂之「過夏」,而結業時便稱為「結夏課」。

相處融洽。我們曾相約在終南山附近地方找一塊地，蓋一座小宅院，就像舉子們夏課結業般聚在一起讀書。常常釀造美酒，和賓客一起遊覽，展眉高談闊論，擺脫所有俗事困擾，一覽山河美景，探究前代遺跡，或許這樣就算不辜負古人了。但我因為家住嵩山附近，大熱天必須跋涉千里，不像各位來往如此方便。

【本文】清秋揚鞭，先我就道，矯首西望，長吁青雲。今夫世俗愜意事，如美食、大官、高貲、華屋，皆眾人所必爭而造物者之所甚靳[7]，有不可得者。若閒居之樂，澹乎其無味，漠乎其無所得，蓋自放於方之外者之所貪，人何所爭，而造物者亦何靳耶？行矣，諸君！明年春風，待我於輞川[8]之上矣！

【翻譯】各位在清秋時分揚起馬鞭，早我一步啟程，我只能仰首西望，對著白雲嘆氣。如今人世間稱心滿意的事情，譬如美食、高官、富有以及豪宅，都是眾人爭相追求而上天卻吝於賜予之物，甚至還可能完全得不到啊。至於閒居的樂趣，就算淡而無味，就算一無所有也不在乎，而這就是置身世外之人所追求的，一般人怎麼會來爭這些，而上天又怎麼會吝惜呢？出發吧！各位！來年春風蕩漾時，就在輞川岸邊等我到來吧！

課文賞析

「引」為文體名，用以說明作者著述宗旨及生平自況，蓋與序跋同義而字數略少。宋代蘇洵之父名「序」，洵為文因避

---

7. 靳：吝惜。靳：ㄐㄧㄣˋ。
8. 輞川：位於今陝西省藍田縣南，景色秀麗。

15. 送秦中諸人引

父親名諱而改稱「引」，後人遂沿用之。

　　本文題名曰「引」，屬於贈序文，文分四段，首段以「關中風土完厚，人質直而尚義。」開篇，「風聲習氣，歌謠慷慨，且有秦漢之舊。」，直寫關中風土民情，並因山川名勝風景之多，天下無處可比，故「有四方之志者，多樂居焉。」進一步襯托渲染，為抒寫關中遊樂之美張本。

　　第二段首先追憶往事，二十歲時，曾因參加秋試，而在長安短暫停留，可惜因玩心過重，錯失了欣賞美景的機會。由年少「沉涵酒間，知有遊觀之美而不暇也」的懊悔，到長大之後「與秦人遊益多，知秦中事益熟」的越發成熟，對這八百里秦川的風土民情，更是喜悅嚮往。

　　第三段「二三君多秦人，與余遊」，文章回到了贈文對象，由前段「與秦人遊益多」而來，並與首段「人質直而尚義」遙相呼應。彼此相約在終南山麓找地蓋宅院，像學子們夏課結業般聚在一起讀書。釀造美酒，一起遊覽，高談闊論，擺脫俗事困擾，一覽山河美景，探究前代遺跡，這種種遊樂的愜意，都是「道相合而意相得」的最佳寫照，也點出了彼此之間的誠摯友誼。

　　而在這送別秦中友人的當下，前段層層蓄勢鋪寫，反加深了離別的惆悵。末段筆鋒一轉，藉眾人爭相追求美食、高官、富有、豪宅，這些上天吝於賜予之物，來諷刺世間汲汲營營、追名逐利之人。而置身世外之人所追求的閒居之趣，就算淡而無味，就算一無所有，這才是上天絕不會吝惜地啊。透過這樣的對比，表達自己淡泊名利，並對田園生活的嚮往，喜愛閒居

的樂趣。

問題討論

一、你有舊地重遊的經驗嗎？心情上有何轉變？請略述之。

二、對於文中所論及眾人爭相追逐的世俗愜意事，你的看法是什麼？

三、你有「道相合而意相得」的朋友嗎？請略述如何的志同道合？

16.〈越人遇狗〉

內容導讀

本文選自《伯牙琴》。作者以文諷世,藉越人以人禮對待獵犬,卻因過度縱容,最後招致自己遭齧首斷足的故事,隱寓宋朝和金、蒙古妥協而自取滅亡的慘痛教訓。

作者介紹

鄧牧(1247年～1306年),字牧心,世稱「文行先生」。浙江錢塘人,元代思想家。於理學、佛老均持反對態度,故自號「三教外人」。長於古文,南宋滅亡後無意仕進,遍遊方外,歷覽名山。晚年隱居餘杭洞霄宮,著有《伯牙琴》、《洞霄圖志》、《游山志》等書。

課文說明

【本文】越人道上遇狗,狗下首搖尾人言曰:「我善獵,與若中分。」越人喜,引而俱歸,食以粱肉[1],待之以人禮。狗得盛禮,日益倨[2],獵得獸,必盡啖乃已。或嗤越人曰:「爾飲食之,得獸,狗輒盡啖,將奚以狗為?」越人悟,因與分肉多自與。狗怒,齧[3]其首,斷領足,走而去之。夫以家人豢[4]狗而與狗爭食,幾何不敗也!

【翻譯】有個越地的人在路上遇到一隻狗,狗兒低頭搖

---

1. 粱肉:美食,晁錯〈論貴粟疏〉:「衣必文采,食必粱肉。」
2. 倨:傲慢。
3. 齧:咬。齧:ㄋㄧㄝˋ。
4. 豢:飼養。豢:ㄏㄨㄢˋ。

尾，使用人的語言說道：「我善於捕獵，捕到獵物後願和你平分。」越人聽了很高興，帶著狗一起回家，給牠好吃的食物，像對待人一樣的對待牠。狗兒受到盛情的待遇，漸漸變得傲慢，獵到了野獸，必定全部吃掉。有人譏笑那越人說：「你提供牠飲食，獵到的野獸，狗卻全部吃了，那狗兒究竟有何用處呢？」越人醒悟了，分肉時就多一些給自己。狗兒大怒，咬他的頭，又咬斷了他的脖子和雙腳才逃走。以家人的態度養狗，卻又和狗爭奪食物，哪有不失敗受害的呢！

課文賞析

　　《伯牙琴》中原文標題為〈二戒學柳河東〉，包含了〈越人遇狗〉及〈楚佞鬼〉兩篇，是仿效柳宗元〈三戒〉[5]所作的短篇寓言故事。「戒」者，「誡」也，以歷史典故或人間事物為譬喻主題，闡揚作者所欲提出的道理，藉以達到警惕世人的用意。

　　〈越人遇狗〉全文共一百一十字，以越人與狗為主角。狗兒最先提出了「我善獵，與若中分。」希望能與越人合作狩獵，利益均分。越人高興地帶牠回家，給牠好吃的食物，並以人禮相待，在此說明了兩者原本和善相處的關係。但隨著日子過去，狗兒受到盛情待遇，卻慢慢傲慢起來。「獵得獸，必盡啖乃已。」指出了狗兒仗著自己本能，將獵物全部占為己有。看到這樣的情況，就有人嘲笑他，「爾飲食之，得獸，狗輒盡啖，將奚以狗為？」越人這才醒悟，在分肉時多留了一些給自己。狗兒發

---

5. 三戒：柳宗元長於古文，善用寓言，撰有〈三戒〉：〈臨江之麋〉、〈黔之驢〉與〈永某氏之鼠〉，藉麋鹿、驢、鼠三種動物的下場，諷刺依勢干類、竊時肆暴，最後招致災禍的人。

16. 越人遇狗

現之後大怒，不但咬他的頭，又咬斷了他的脖子和雙腳才逃走。

　　獵人與獵犬，為了獵物（利益）而相結合，自然有其相處之道。越人不明此節，過份地善待獵犬，等到明白事理時卻為時已晚，最後落得身首異處的悲慘下場。總觀全文，作者以越人諷諭前朝，而以狗兒暗指鄰邦（金、蒙古）。宋朝先後與金、蒙古同盟，以圖「聯金滅遼」、「聯蒙古滅金」，抱著這種但求偏安的心態，雖能一時合作愉快，但等到發現對方不懷好心時，已經大勢已去，無力應付，最後只能自取滅亡。最末一句「夫以家人豢狗而與狗爭食，幾何不敗也！」的深切惋惜，點出了本文勸誡主旨之所在，頗值得吾人深思。

問題討論

一、文中的越人該用甚麼態度與狗兒相處？

二、古今中外的寓言故事裡，常以動物作為主角，請再舉出幾個例子，並說明故事的寓意。

三、請試述人與狗之間的差別。

17.〈錄鬼簿序〉

內容導讀

　　本文選自《錄鬼簿》。鍾嗣成因履試不第，長期寄居於杭州。那時候他常與現代劇曲作家來往，並且對宋朝以來學者空談性理而不在乎國家大事與社會民生很不贊同；他認為，劇曲作家用作品來關懷社會才是真正的大人物，因此編著《錄鬼簿》兩卷，記錄這些劇曲作家的生平小傳及其作品目錄，本文即是《錄鬼簿》的序文。

作者介紹

　　鍾嗣成（？～？），字繼先，號醜齋，元朝大梁(今河南開封）人。鍾嗣成活躍於元文宗年間，貌醜不得志。著有《錄鬼簿》[1]二卷，記錄元曲作家生平及其作品目錄。鍾嗣成曾任江浙行省掾史。他的雜劇作品《鄭莊公》、《蟠桃會》、《詐遊雲夢》等作品已失傳。

課文說明

　　【本文】賢愚壽夭[2]，死生禍福之理，固兼乎氣數而言[3]，聖賢未嘗不論也。蓋陰陽之屈伸[4]，即人鬼之生死，人而知夫

---

1. 《錄鬼簿》：有上、下二卷，約成書於元至順元年(約公元1330年)。記載元曲作家生平及其作品目錄。錄有作家100多人，作品目錄458種。
2. 夭：早死。
3. 固：本來。氣數：命運。
4. 屈伸：指更替。

17. 錄鬼簿序

生死之道，順受其正5，又豈有巖牆桎梏之厄哉6！雖然，人之生斯世也，但知以已死者為鬼，而不知未死者亦鬼也。酒嚣飯囊7，或醉或夢，塊然泥土者8，則其人雖生，與已死之鬼何異？此曹固未暇論也9。其或稍知義理，口發善言，而於學問之道，甘為自棄，臨終之後，漠然無聞，則又不若塊然之鬼之愈也。

【翻譯】無論是賢明的人或愚蠢的人，也無論是長壽或早夭，這都是死生禍福的道理，原本就有這種命運的說法，古代的聖賢也曾經提到過。大概陰與陽的更替就好像人鬼之間的生死之別，人們如果知道這生死的道理，就會順應自然法則，又怎麼會有立於危險或身陷囹圄這種厄運呢？雖然是這樣，但人們生存在世上，只會把已經死了的人當作是鬼，而不知道未死之人也是鬼啊！如果是酒囊飯袋、醉生夢死，每天像泥石土塊一樣沒有知覺，這樣的人即使活著也和死去的人沒有兩樣，這本來就不用多說。有的人稍稍知道這些道理，嘴裡說著好話，但對於學問方面的道理卻甘願自暴自棄，死了以後不被後人所知曉，那麼這也不比那些泥石土塊般的鬼好。

【本文】余嘗見未死之鬼弔已死之鬼，未之思也，特一間耳10。獨不知天地闔闢，亙古迄今11，自有不死之鬼在。何則？聖賢之君臣，忠孝之士子，小善大功，著在方冊者12，日月炳

5.順受其正：順應自然法則。
6.巖牆：高而危險的牆。桎梏：鐐銬。厄：困危。
7.酒嚣飯囊：酒囊飯袋。嚣：一ㄥˊ。
8.塊然：無知覺的樣子。
9.此曹：這一類人。未暇：沒空暇。
10.特：不過。一間：一點點。
11.闔闢：從關閉到打開。亙：ㄍㄣˋ，綿延之意。
12.著：留。方冊：史冊。

煥[13]，山川流峙[14]，及乎千萬劫無窮已，是則雖鬼而不鬼者也。余因暇日，緬懷古人，門第卑微，職位不振[15]，高才博藝，俱有可錄。歲月彌久，湮沒無聞，遂傳其本末，弔以樂章[16]。復以前乎此者，敘其姓名，述其所作，冀乎初學之士，刻意詞章[17]，使冰寒於水，青勝於藍，則亦幸矣。名之曰《錄鬼簿》。嗟乎！余亦鬼也。使已死未死之鬼，作不死之鬼，得以傳遠，余又何幸焉？若夫高尚之士，性理之學，以為得罪於聖門者。吾黨且啖蛤蜊[18]，別與知味者道。

【翻譯】我曾經見過一些還沒死的人在憑弔那些已經死亡的鬼，他們沒有好好思考這中間的道理，他們只不過是一點點的區別罷了。卻不知道開天闢地、從古至今以來，人間自有不死之鬼存在，這話怎麼說呢？聖賢般的君臣，忠孝兩全的讀書人，都會載入史冊，像日月山川般的永遠存在，千萬年都不會消逝，這就是他們雖然死了卻被認為沒有死的原因。我在閒暇時，懷想這些故去的戲曲家，他們出身低微，職位不高，但才識卓越博深，到處都有可寫的地方。只是隨著時光的流逝，時間越久他們的事跡越被湮埋不為後人所知，於是我記述這些人的姓名事跡及他們的劇目，還替這些劇作家寫弔詞，希望那

---

13. 炳煥：鮮明的樣子。
14. 山川流峙：高聳的山及奔流的水。
15. 振：高。劫：梵語「劫簸」的省略語，天地一毀一成，為一劫。
16. 弔以樂章：指《錄鬼簿》中替十八位劇作家所寫的弔詞。
17. 刻意：用盡心力。詞章：指詩文。
18. 且啖蛤蜊：據《南史・王融傳》載：「沈昭略不識王融，曰：『是何年少？』融曰：『僕出於扶桑，入於暘谷，何人不知，而卿此問。』昭略曰：『不知許事，且食蛤蜊。』」表示不願意譏諷，只好吃蛤蜊。啖：吃。

17. 錄鬼簿序

些初學的人，多留意他們的辭采文章，盼望能夠青出於藍，就萬幸了。這本書因此取名為《錄鬼簿》。唉！我其實也是人間之鬼呀！假如我能讓這些已死和未死的鬼都能成為永遠不死的鬼以長遠流傳，我這又是何其幸運啊！至於那些所謂的高尚之士，只知道性理學問，認為我有悖於聖人之道，我們不屑與他們爭論，只會另外說給那些深解其味的人聽。

【本文】至順元年龍集庚午月建甲申二十二日辛未[19]，古汴鍾嗣成序[20]。

【翻譯】至順元年歲次庚午七月二十二日，古汴州鍾嗣成序。

課文賞析

〈錄鬼簿序〉全文不到三百八十字，短小精悍，巧妙犀利，作者在序文中表達了自己編輯《錄鬼簿》之用意，表面上寫鬼，其實是寫人，字裡行間洋溢著對那些地位雖然卑微，才能卻相當出眾的雜劇作家群的熱情謳歌，表達了不以貧富貴賤、階級地位待人的思想傾向。

文章緊扣「鬼」字，開門見山，指出世間有兩種鬼，一是「酒甕飯囊，或醉或夢，塊然泥土者」，二是「稍知義理，口發善言，而於學問之道，甘為自棄」，按說第二種鬼比前者要好，但作者卻說後者不如前者，由此自然引出「余嘗見未死之

---

19. 至順：元文宗的年號。至順元年：即公元 1330 年。龍：歲星。龍集：歲次。月建甲申：這個月的干支是甲申，指這一年的夏曆七月。
20. 古汴：古時候的汴梁，即今天的河南省開封市。

鬼弔已死之鬼，未之思也，特一間耳」，接著順勢點出作者撰述《錄鬼簿》之用意：「緬懷古人，門第卑微，職位不振，高才博藝，俱有可錄。歲月彌久，湮沒無聞，遂傳其本末，弔以樂章。復以前乎此者，敘其姓名，述其所作，冀乎初學之士，刻意詞章，使冰寒於水，青勝於藍，則亦幸矣。名之曰《錄鬼簿》。」特別是四字句應用，句法緊湊，使得整個段落一氣呵成，音調鏗鏘。

　　文章雖短，卻構思精巧。在運思謀篇上緊抓住一個「鬼」字作文章，扣緊題目，省卻許多繁文，簡潔精鍊，層次井然，漸次加深。第一層指出，賢愚壽夭，生死禍福乃命運之所定，若能遵從人鬼生死變化的道理行事，又怎會陷入困惡的處境？緊接著的一個「雖然」又推進一層，「人之生斯世也，但知以已死者為鬼，而未知未死者亦鬼也。」點明醉生夢死之輩「則其人雖生，與已死之鬼何異？」再藉由「此曹固未暇論也」更進一層，指出那些庸庸碌碌之人，也是一種鬼，一是作者所輕視的「鬼」。

　　作者在本文中幽默地將「鬼」分成「已死之鬼」和「未死之鬼」，大膽巧妙地揭露那些鎮日只懂得吃喝玩樂的酒囊飯桶，只懂得空口白話、甘心自暴自棄的人，雖然活著，卻是跟死鬼並沒有兩樣的行屍走肉。司馬遷曾言：「人固有一死，或重於泰山，或輕於鴻毛」，有的人活得光明磊落，猶如「日月炳煥，山川流峙」。有的雜劇作家雖僅是小人物，「門第卑微，職位不振」，但「高才博藝」，佳作傳世，已故也罷，在世也罷，人們都將永遠懷念他們。

17. 錄鬼簿序

　　這篇序文主旨鮮明，言簡意賅，構思精巧，準確有力地表達作者感情，文章最後巧用「若夫高尚之士，性理之學，以為得罪於聖門者，吾黨且嗷蛤蜊，別與知味者道。」的典故譬喻，含蓄中見堅定，幽默中見諷刺，做為全文結束，不僅恰到好處，更顯出尖銳潑辣，幽默風趣。

問題討論

一、根據本文，何謂已死之鬼與未死之鬼？請略述之。

二、文中的「鬼」指的是什麼人？

三、作者為什麼要做這篇序？

第五章、明清時期之散文選

本單元列舉：張岱〈西湖七月半〉、紀昀〈許南金不畏鬼〉，以及龔自珍〈病梅館記〉等文章做說明：

18.〈西湖七月半〉

內容導讀

本文選自《陶庵夢憶》。〈西湖七月半〉是作者追憶有關杭州人七月半遊西湖的文章，內容描寫了七月半杭州人遊湖賞月的盛況，對杭州人的生活情調及西湖的湖光月色有非常生動的描寫，令人彷彿身臨其境一般。張岱還將遊客賞月的心態分類觀察，筆調詼諧、語言清新，為小品文的佳作。

作者介紹

張岱（1597年～1679年），字宗子，又字石公，號陶庵，別號蝶庵居士。明季山陰（今浙江紹興）人。明末清初散文家。張岱出身仕宦之家，早年生活豪奢，曾說自己：「少為紈褲子弟，極愛繁華。好精舍，好美婢，好孌童，好鮮衣，好美食，好駿馬，好華燈，好煙火，好梨園，好鼓吹，好古董，好花鳥；兼以茶淫橘謔，書囊詩魔。」[1]，晚年窮困，避居山中。著有《陶庵夢憶》、《西湖夢尋》、《夜航船》、《三不朽圖贊》等書。

課文說明

【本文】西湖七月半，一無可看，止可看看七月半之人。

1.語出《瑯嬛文集》卷五〈自為墓誌銘〉。

第五章、明清時期之散文選--18.西湖七月半

看七月半之人，以五類看之。其一，樓船簫鼓2，峨冠盛筵3，燈火優傒4，聲光相亂，名為看月而實不見月者，看之。其一，亦船亦樓5，名娃閨秀6，攜及童孌7，笑啼雜之，環坐露臺8，左右盼望，身在月下而實不看月者。看之。其一，亦船亦聲歌，名妓閑僧，淺斟低唱9，弱管輕絲10，竹肉相發11，亦在月下，亦看月而欲人看其看月者，看之。其一，不舟不車，不衫不幘12，酒醉飯飽，呼群三五13，躋入人叢14，昭慶、斷橋15，嘄呼嘈雜16，裝假醉，唱無腔曲17，月亦看，看月者亦看，不看月者亦看，而實無一看者，看之。其一，小船輕幌18，淨几暖爐，茶鐺旋煮19，素瓷靜遞20，好友佳人，邀月同坐21，或匿影22樹

2.樓船：艙作樓形的大船。簫鼓：這裏作動詞用，吹簫擊鼓之意。
3.峨冠：高高的帽子。
4.優：優伶，演戲的人。傒：通「奚」，僕人。
5.亦船亦樓：即樓船。
6.娃：美女，這裏指歌妓。閨秀：大戶人家的女子。
7.童孌：即孌童，俊美的男童。孌：ㄌㄩㄢˇ。
8.露臺：指樓船上面的陽臺。
9.淺斟：慢慢的飲酒。低唱：低迴宛轉地唱歌。
10.管：指吹奏的樂器。絲：指彈撥的樂器。弱：輕柔。
11.竹：指竹製的管樂器。肉：指歌喉。相發：互相協和發聲。
12.幘：古代男子包頭的頭巾。幘：ㄗㄜˊ。
13.呼群三五：三五成群的彼此呼喚。
14.躋：此指擠進。躋：ㄐㄧ。
15.昭慶：昭慶寺，又名菩提院，在西湖東北岸。斷橋：本名寶祐橋，唐代稱其為斷橋，在西湖白堤的東邊，靠近昭慶寺。
16.嘄呼：高聲亂叫。嘄：古同「叫」，音：ㄐㄧㄠˋ。
17.無腔曲：不成調的曲子。
18.輕幌：又輕又細的帳幔。幌：ㄏㄨㄤˇ。
19.茶鐺：燒茶的小鍋。鐺：ㄔㄥ。旋：即。
20.素瓷：白色的瓷杯。靜遞：靜靜的傳遞。
21.邀月同坐：邀來月下同坐。
22.匿影：藏身。

下，或逃囂裡湖[23]，看月而人不見其看月之態，亦不作意看月者[24]，看之。

【翻譯】西湖七月半的時候，實在沒有什麼值得看的，只能看那些在七月半遊西湖的人。那些在七月半遊西湖的人，可以把他們分成五類來看。第一類人，他們坐在豪華的樓船陽臺上，帶著簫鼓及高帽，擺著盛宴，演戲的人和船上的燈光照在一起，名義上是看月亮而實際上卻不看月亮，看看他們！第二類人，他們也坐著樓船，旁邊有知名的歌女和大家閨秀，還有俊美的男童，笑聲嬌啼混雜在一起，圍坐在露臺上，左顧右盼，他們就處在看月亮最好的地方而實際上卻不看月亮，看看他們！第三類人也坐著船，也有音樂和歌聲及名妓、閒僧在旁，他們慢慢地喝酒，管絃輕柔，管樂聲和著歌聲，也在月下，他們也在看月也希望別人看他們看月，看看他們！第四類人，他們不坐船也不乘車，不穿長衫也不戴頭巾，酒醉飯飽之後，呼叫三五個同伴躋入人群中，在昭慶寺、斷橋邊狂呼亂叫，假裝酒醉，唱的歌不成調，月也看，看月者也看，不看月者也看，而實際上卻什麼也沒在看的，看看他們！第五類人，乘著有又輕又細的帳幔的小船，備有淨几暖爐，茶壺隨時在煮，素雅的瓷杯靜靜地遞送，旁邊有好友和美人，邀請來月下同坐，他們有時藏影在樹下，有時逃避喧鬧躲在裡湖，看月而別人看不見他們看月時的情態，也不是非常在意看月的人，看看他們！

【本文】杭人游湖，巳出酉歸[25]，避月如仇。是夕好名[26]，

23.囂：吵鬧。裏湖：西湖分為裏湖和外湖兩部分。
24.作意：用心。
25.巳出酉歸：古人以十二地支記時間，從半夜零時開始，每兩個小時為一個時辰。巳時為上午九點到十一點，酉時為下午五點至七點。
26.好名：喜好追求名聲。

第五章、明清時期之散文選--18.西湖七月半

逐隊爭出，多犒門軍酒錢[27]，轎夫擎燎[28]，列俟岸上[29]。一入舟，速舟子急放斷橋[30]，趕入勝會[31]。以故二鼓以前[32]，人聲鼓吹，如沸如撼[33]，如魘如囈[34]，如聾如啞[35]。大船小船一齊湊岸，一無所見，止見篙擊篙[36]，舟觸舟，肩摩肩，面看面而已。少刻興盡[37]，官府席散，皂隸喝道去[38]，轎夫叫船上人，怖以關門[39]，燈籠火把如列星[40]，一一簇擁而去。岸上人亦逐隊趕門[41]，漸稀漸薄，頃刻散盡矣。

【翻譯】杭州人遊湖，通常巳時出酉時歸，避開月亮好像在避開仇敵一樣。這晚為搏得好名聲，他們成群結隊爭著出城，大都是送給守城門的衛兵酒跟錢，轎夫舉著火把列在岸上等待。一上船，他們就催促船家趕快把船開往斷橋，以便趕入這個盛會。因此二更之前，人聲和音樂聲沸騰、震撼，像夢魘、囈語，又像聾子跟啞巴。大船小船一齊靠岸，什麼景象也看不見，只看到篙擊篙，船碰船，肩碰著肩，臉看臉而已。一會兒他們興致盡了，官府的宴席也散了，衙門的差役喝斥開道離去，

27.犒：用食物或錢財慰勞別人。
28.擎燎：舉著火把。擎：ㄑㄧㄥˊ。
29.列：列隊。俟：等待。
30.速：這裏作動詞用，催促。舟子：船夫。放：行。
31.勝會：熱鬧的集會。
32.二鼓：二更。古時把一夜分為五更。二更約晚上九點至十一點。
33.撼：搖動。
34.魘：夢魘，作夢時發出呻吟或驚叫。魘：ㄧㄢˇ。囈：說夢話。囈：ㄧˋ。
35.如聾如啞：像聾子般大聲的呼叫，像啞巴一樣說不清。
36.止：只。篙：撐船用的竹竿。
37.少刻：一會兒。
38.皂隸：衙役。喝道：官員外出時，衙役會在前面開路並喝令行人閃開。
39.怖：嚇唬。
40.列星：羅列在天空的星星。
41.趕門：急忙趕路進城門。

轎夫叫船上的人趕緊上岸，恐嚇他們說城門要關了。一時間將燈籠火把排列得像星星一樣，一一簇擁著離開了。岸上人也成群結隊的趕著進城門，人越來越少，頃刻間就散光了。

【本文】吾輩始艤舟近岸[42]，斷橋石磴始涼[43]，席其上[44]，呼客縱飲。此時月如鏡新磨[45]，山復整妝[46]，湖復頮面[47]，向之淺斟低唱者出[48]，匿影樹下者亦出，吾輩往通聲氣[49]，拉與同坐，韻友來[50]，名妓至，杯箸安[51]，竹肉發。月色蒼涼[52]，東方既白，客方散去。吾輩縱舟，酣睡於十里荷芰之中，香氣拍人[53]，清夢甚愜[54]。

【翻譯】這時我們這班人才擺船靠岸，斷橋的石階才開始變涼而已，坐在石階上，招呼客人開懷暢飲。這時候的月亮好像剛磨出來的鏡子一樣，山重新打扮整齊了，湖面彷彿重新洗過臉。之前那些輕輕喝酒、柔柔歌唱的人出來了，躲在樹下的人也出來了。我們互相問候，拉他們坐在一起。風雅的朋友來了，知名的歌妓也來了，杯盤筷子擺好了，簫笛和著歌唱一起發出美妙的聲音。直到月色蒼涼、東方將白的時候，客人才散

---

42. 艤舟：攏船靠岸。艤：一ˇ。
43. 石磴：石階。磴：ㄉㄥˋ。
44. 席：這裡作動詞用，擺開宴席。
45. 月如鏡新磨：月亮像剛剛磨過的銅鏡一樣明亮。
46. 復：又。整：整理。
47. 頮面：洗臉，頮通「靧」。此指湖面復歸明亮潔淨。頮：ㄏㄨㄟˋ。
48. 向：剛才。
49. 往通聲氣：過去打招呼。
50. 韻友：風雅的朋友。
51. 箸：筷子。安：擺放妥當。
52. 蒼涼：淒涼。
53. 拍人：撲人。
54. 愜：愜意，心滿意足。愜：ㄑㄧㄝˋ。

第五章、明清時期之散文選--18.西湖七月半

去。我們這班人把船繩放開，開到在十里荷花中睡去，荷花香氣襲人，還做著清夢，真是愜意啊！

課文賞析

　　張岱的〈西湖七月半〉別開生面，劈頭一句：「西湖七月半，一無可看，止可看看七月半之人。」一筆撇開其它情景，直指於遊人，點出題旨中心，構思別具一格。

　　接著將七月半看月之人分成五類，以三言兩語的筆畫勾勒，形態各異：一是「名為看月而實不見月」的達官顯貴；二是「身在月下而實不看月」的名娃閨秀；三是「亦在月下，亦看月而欲人看其看月」的名妓閒僧；四是「月亦看，看月者亦看，不看月者亦看，而實無一看」的市井小民；五是「看月而人不見其看月之態，亦不作意看月」的文人騷客。這五類人都成了作者眼中的風景，寫得細緻入微，生動傳神，他們彼此相對，各自形成一幅獨立畫面，雖未表明遊人身分地位，但通過各自的遊湖情景，我們可以輕易的推測與想像。

　　完成對這五類人的描摹之後，作者極狀遊湖的熱鬧景象。杭州人平日遊湖，是「巳出酉歸，避月如仇」，但七月半這一天，那些附庸風雅的達官貴人，在夕陽西斜的時候「逐隊爭出，多犒門軍酒錢，轎夫擎燎，列俟岸上。一入舟，速舟子急放斷橋，趕入勝會。」調侃嘲諷的口氣，將其迫不及待、蜂擁出城的情態描繪得活靈活現。「人聲鼓吹，如沸如撼，如魘如囈，如聾如啞。大船小船一齊湊岸，一無所見，止見篙擊篙，舟觸舟，肩摩肩，面看面而已。」連用了數個比喻，精妙恰當的寫出了人聲鼎沸的嘈雜。再寫「官府席散，皂隸喝道去，轎夫叫船上人，怖以關門，燈籠火把如列星，一一簇擁而去。岸上人

亦逐隊趕門，漸稀漸薄，頃刻散盡矣。」恰與先前來時的匆忙相呼應，寫出這些遊人不過是趕湊熱鬧，對於「看月」並不真正在意，反諷其實乃「好名」而已，點畫出了這些人的庸俗。

而真正賞月的，在人群散去的時候，才停舟靠岸，「呼客縱飲」。作者由動入靜，描寫了文人雅士，在附庸風雅之輩散去後邀約三五好友在月下同坐，輕歌曼舞，美酒千杯，月色、青山、湖水、荷花，一切寧靜而美好，映襯出作者等人高雅的情懷。在此之前，作者無一字描摹月色，這時才正面寫出，意在表明只有他們才能領略月色之美，萬籟俱寂中，「酣睡於十里荷芝之中，香氣拍人，清夢甚愜。」言盡而意無盡，深遠恬淡。作者利用了「看月」與「不看月」作為全篇主軸，形成了對襯的框架結構，一俗一雅，褒貶不言自明，庸俗和高雅，喧嘩與清寂，對照鮮明。

這篇小品描述了七月半杭州人遊湖賞月的盛況，重點不是自然風光的美麗，而是側重刻畫賞景之人，將遊客賞月的心態分成五類觀察，寓諧於莊，情態刻畫得生動逼真，表現的已經不是自然山水，而是人文山水。對於遊人的生活情調與西湖的湖光月色的描寫，更是優美靈動，使人身臨其境。全文語言清新別致，流暢自然，筆墨變幻，豐富多彩，聲色兼備，極具藝術概括力和表現力。

問題討論

一、你也有過像本文末段描述這樣愜意的經驗嗎？請略述之。

二、你最喜歡文章中的哪幾句？為什麼？

三、文章中用了哪幾種修辭法？請舉例。

19.〈許南金不畏鬼〉

內容導讀

　　本文選自《閱微草堂筆記》卷六。內容描寫南皮許南金先生不怕鬼，先後兩次面對鬼怪時，不僅從容不迫的應對，甚至予以反擊，讓鬼怪最後消失得無影無蹤。文末告誡世人，只要言行端正，就能不受鬼魅的影響，在詼諧趣味中，展現了教化世俗的正面意義。

作者介紹

　　紀昀（1724年～1805年）字曉嵐，又字春帆，晚號石雲，諡號文達，河北獻縣人，為人風趣幽默，富文采，為清朝大學士。乾隆三十八年任《四庫全書》總纂，校定四庫書，鉤纂提要，終成有清一代文宗，阮元譽其成就「辨漢宋儒術之是非，析詩文流派之正偽」。著有《紀文達公遺集》、《史通削繁》、《閱微草堂筆記》等書。

課文說明

　　【本文】南皮[1]許南金[2]先生最有膽。在僧寺讀書，與一友共榻。夜半，見北壁燃雙炬。諦視，乃一人面出壁中，大如箕，雙炬其目光也。友股慄[3]欲死，先生披衣徐起曰：「正欲讀書，苦燭盡，君來甚善。」乃攜一冊背之坐，誦聲琅琅。未數頁，

---

1. 南皮：地名，燕、齊交界之處，古屬兗州，今河北省南皮縣。
2. 許南金：號比庵，雍正元年（1723年）舉人，家居教授，以名教風化為己任，門下弟子多通儒，紀昀與其兄同在其列。
3. 股慄：大腿發抖。

目光漸隱，拊壁呼之，不出矣。

【翻譯】南皮有位許南金先生，非常有膽量。在寺廟裏讀書時，與一個朋友共睡在一張床上。半夜裏，看見北邊牆壁上燃起了兩隻火炬。仔細一看，竟然是一張人臉從牆壁中浮現，大得像簸箕，兩隻火炬就是他眼睛發出的光芒。友人嚇得大腿直發抖，怕得要命。先生卻披上衣服，慢慢起來說：「我正想要讀書，無奈火燭卻燒盡了，你來得正好。」於是拿起一本書背對著人臉而坐，開始高聲誦讀。讀了沒幾頁，那目光漸漸隱去，先生拍著牆壁叫他，他也不出來。

【本文】又一夕如廁，一小童持燭隨。此面突自地涌出，對之而笑。童擲燭仆地，先生即拾置怪頂，曰：「燭正無臺，君來又甚善。」怪仰視不動，先生曰：「君何處不可往，乃在此間？海上有逐臭之夫[4]，君其是乎？不可辜君來意。」即以穢紙拭其口。怪大嘔吐，狂吼數聲，滅燭而沒，自是不復見。

【翻譯】又有一天夜晚先生上廁所，一個小書僮拿了火燭跟隨著。那張人臉突然從地上冒出來，對著先生笑。書僮嚇得扔了火燭跌坐在地上，先生立即拾起火燭放在鬼怪的頭頂，說道：「火燭正好缺了燭臺，你來又太好了。」鬼怪物抬頭仰望，動也不動，先生說：「你哪裏不好去，偏偏來到了這裏呢？海上有專愛追逐臭味的人，難道就是指你嗎？不可以辜負你的來意。」於是拿起汙穢的草紙擦拭鬼怪的嘴。鬼怪大口嘔吐，用

---

4. 海上有逐臭之夫：典出《呂氏春秋》，又曹植〈與楊德祖書〉：「人各有好尚，蘭茞蓀蕙之芳，眾人所好，而海畔有逐臭之夫。」比喻人嗜好怪癖(此應指狐臭)，與眾不同。

19. 許南金不畏鬼

力吼叫幾聲，滅熄火燭後消失了，從此再也不出現。

【本文】先生嘗曰：「鬼魅皆真有之，亦時或見之；惟檢點生平，無不可對鬼魅者，則此心自不動耳。」

【翻譯】先生曾經說：「鬼魅都是真實的存在，有時還會遇見他們，但只要自己言行檢點，沒有不可面對鬼魅的事，那麼你的心就不會動搖了。」

課文賞析

在古典戲劇中總是經綸滿腹、辯才無礙的風流才子紀曉嵐，是近代家喻戶曉的人物，他最為人推崇的學術成就即是總纂《四庫全書》，編撰《四庫全書總目提要》，大力提倡漢學，成就了乾嘉考據的樸實學風。但他更為人津津樂道的著作，卻是記載千餘則各種軼聞趣事與鄉野奇談的志怪雜著～《閱微草堂筆記》。

許南金是紀昀的授業恩師，紀昀在《閱微草堂筆記》裡對其著墨甚多，其中最有趣的一則，就是本篇這位先生不怕鬼怪，進而與其周旋的故事。故事第一句「南皮許南金先生最有膽」即開門見山，點出了故事主角的身分及特徵，而後用兩個小故事，實際印證「最有膽」。首先是許南金曾與友人一起在寺廟裏讀書，夜半鬼怪由牆壁中緩緩出現，「大如箕，雙炬其目光也。」具體摹寫出鬼怪的形狀。面對這樣的情況，友人嚇得大腿直發抖，他卻披衣起身，對鬼說來得正好，然後拿一本書背對著鬼臉而高聲誦讀，讓鬼自覺無趣而消失。又有一天夜晚許南金上廁所時，那張人臉又突然從地上冒出來，書僮嚇得扔了

蠟燭跌坐在地上，先生仍然鎮定的與其周旋，最後拿起草紙擦拭鬼怪的嘴，嚇得這個鬼怪從此再也不敢出現。

　　這個故事運用了對比手法，先後兩次面對鬼怪時，友人見到鬼怪「股慄欲死」、童子「擲燭仆地」，而許南金先生則是從容不迫的應對，甚至予以反擊，讓這隻鬼怪最後消失得無影無蹤。而故事最末，紀昀則借先生之口告誡世人：「惟檢點生平，無不可對鬼魅者，則此心自不動耳。」鬼魅之事，或虛或實，實屬難知，唯有胸懷磊落者，自然能無所畏懼，也就是俗話說的：「平生不做虧心事，夜半敲門心不驚」。魯迅在《中國小說史略》中，對《閱微草堂筆記》有極高的評價：「惟紀昀本長文筆，多見秘書，又襟懷夷曠，故凡測鬼神之情狀，發人間之幽微，托狐鬼以抒己見者，雋思妙語，時足解頤；間雜考辨，亦有灼見。敘述復雍容淡雅，天趣盎然，故後來無人能奪其席，固非僅借位高望重以傳者矣。」

問題討論

一、文中「君來甚善」、「君來又甚善」兩句，表現出許南金先生甚麼樣的個性？

二、對於歷來言之鑿鑿的各種鬼怪傳說，你認為世上有無鬼神？你的想法是什麼呢？

三、你知道乾隆皇帝為何要紀曉嵐編纂《四庫全書》嗎？請略述之。

20.〈病梅館記〉

內容導讀

　　本文選自《定盦文集》卷三。〈病梅館記〉又名〈療梅說〉，內文寫梅樹因為受到人為的束縛無法正常生長而變為病態之形。本文以梅喻人，作者反對當時社會上的思想被統治者所禁錮，本文隱含反對當時社會束縛人才之意。文中寫開館療梅，正是說明解放遭受壓抑的人才的重要。

作者介紹

　　龔自珍(1792年～1841年)字璱人，號定盦[1]。曾更名為易簡，字伯定，再更名為鞏祚。浙江仁和人。清朝著名思想家及文學家，晚年卒於江蘇雲陽書院。龔自珍初從文字[2]、訓詁[3]入手，後來漸漸涉及金石、目錄之學，並泛及詩文、地理及經史百家。他的詩文著作甚為豐富，文章風格縱橫自成一傢，後人輯成《龔自珍全集》。

課文說明

　　【本文】江寧[4]之龍蟠，蘇州之鄧尉[5]，杭州之西溪[6]，皆產

---

1. 盦：ㄢ。
2. 文字學：是一門研究文字的起源、發展、演變及文字的形、音、義關係的專門學科。
3. 訓詁學：是中國傳統專門研究古書中詞義的學科。
4. 江寧：清代江寧府，在今南京市。龍蟠：龍蟠里，在南京的清涼山下。
5. 鄧尉：山名，在蘇州西南，傳說漢代有個叫鄧尉的人曾經隱居在此地，故得名。
6. 西溪：杭州市靈隱山西北。

梅。或曰：「梅以曲為美，直則無姿；以欹[7]為美，正則無景[8]；梅以疏[9]為美，密則無態。」固也。此文人畫士，心知其意，未可明詔[10]大號，以繩[11]天下之梅也；又不可以使天下之民斫直、刪密、鋤正，以夭[12]梅、病梅為業以求錢也。梅之欹、之疏、之曲，又非蠢蠢[13]求錢之民，能以其智力為[14]也。

【翻譯】南京的龍蟠里、蘇州的鄧尉山及杭州的西溪都種梅花。有人說：「梅要彎曲才好，直的便沒有姿態；梅要橫斜才好，太正了便無景緻；梅要稀落才好，密了便沒有姿態。」這些話固然沒錯，可是只能文人畫士自己心裡知道，不可以昭告種梅樹的人，把這用來做天下梅樹的標準；也不能叫天下種梅的人都把直的砍去、密的刪掉、正的鋤去，然後把病殘梅樹當做賺錢的東西來賣。梅的斜橫疏曲不是那些蠢笨、一心謀利的梅農，用他們的智力所能做得出來的。

【本文】有以文人畫士孤癖之隱[15]，明告鬻梅者：斫其正，養其旁條；刪其密，夭其稚枝[16]；鋤其直，遏[17]其生氣，以求重價[18]，而江、浙之梅皆病。文人畫士之禍之烈[19]至此哉！

---

7. 欹：傾斜。欹：ㄑㄧ。
8. 景：景緻。
9. 疏：稀落。
10. 詔：告。
11. 繩：衡量。
12. 斫：砍。斫：ㄓㄨㄛˊ。鋤：鏟除。夭：殘害。夭：ㄧㄠˇ。
13. 蠢蠢：愚昧無知。蠢蠢求錢之民：這裡指梅農。
14. 為：辦到。
15. 孤癖：奇特的嗜好。隱：心理。
16. 夭：折。稚枝：幼枝。
17. 遏：阻止、妨害。遏：ㄜˋ。
18. 重價：高價。
19. 烈：酷暴。

20. 病梅館記

【翻譯】有人把文人畫士愛殘梅的癖好，明白告知賣梅的人，他們就把正幹砍去，培養梅樹的旁枝，又把茂密的枝幹折去，斷掉嫩枝；把直的枝幹削去，阻礙它的生長，這樣便可以賣重價，卻不知道從此江浙兩省的梅樹都跟著病殘。文人畫士的禍害竟然酷暴到這個地步！

【本文】予購三百盆，皆病者，無一完者。既泣之三日，乃誓療之，縱之[20]，順之。毀其盆，悉埋於地，解其棕縛[21]，以五年為期，必復之全之[22]。予本非文人畫士，甘受詬厲[23]，辟[24]病之館以貯之。

【翻譯】我買了三百盆病梅，簡直沒有一棵是完好健全的，我因此難過得哭了三天，後來立誓要醫治它們、解放它們、順適讓它們成長，我把盆毀掉，把梅樹種在地上，又把縛枝的繩索一概除去，要在五年裡恢復、保全它們。我本來就不是文人畫士，就算別人罵我，我也心甘情願。我造了一所病梅館，安放這些病梅。

【本文】嗚呼！安得使予多暇日，又多閑田，以廣貯江寧、杭州、蘇州之病梅，窮[25]予生之光陰以療梅也哉？

【翻譯】唉！我哪裏還能夠有更多的時間，買更多的田地來收集全南京、杭州、蘇州的病梅，窮盡我一生的時光來醫治

---

20. 縱之：解放它，即讓它自由地生長。
21. 解其棕縛：解除在它身上的棕繩和束縛。縛：ㄈㄨˊ。
22. 復之全之：恢復它自然的形態、保全它的生機。
23. 詬厲：辱罵、憎惡。
24. 辟：同「闢」，開設。
25. 窮：竭盡。

梅樹的疾病呢？

課文賞析

　　《病梅館記》是龔自珍的散文代表作。寫江南梅樹因受人工束縛而轉為病態畸形，藉以控訴舊體制、舊傳統、舊觀念、舊思想扼殺人才的罪惡，明寫梅，實寫人，梅即是人，人即是梅，以梅喻人，寫闢梅館療救病梅，藉以抒發解放人才和個性自由的理想。

　　文章開頭點出三個著名的產梅勝地：「江寧之龍蟠，蘇州之鄧尉，杭州之西溪」，引出下文要談的「病梅」，正常健康的梅是「直、正、密」，而病梅卻是「曲、欹、疏」。「梅以曲為美，直則無姿；以欹為美，正則無景；梅以疏為美，密則無態。」世人捨棄梅的「直、正、密」，而取病梅的「曲、欹、疏」，直言歌頌梅的病態美，並認為是天經地義、理所當然，既然如此，那麼必以這樣的標準來審度、改造梅之美，梅自然不得不病，隱隱約約地在字裡行間點出了這樣一層意思。

　　而此種「審美趣味」全因當時一群「文人畫士孤癖之隱」，以病為美，以變態為美。「斫其正，養其旁條；刪其密，夭其稚枝；鋤其直，遏其生氣，以求重價」正與前段歌頌的梅之美相承，生動地寫出賣梅求利的商人為投其所好，迫不及待的神態。作者痛陳這些「文人畫士」把好端端的梅花弄成這般矯揉造作，感嘆商人為迎合求利趨之若鶩，如果說「文人畫士」是罪魁禍首，那麼這些商人則是為虎作倀。表面上，作者是在說病梅之禍始，實際上卻是將矛頭指向了當時當時病態的社會體制和畸形的社會風氣，扼殺人才，禁錮思想的統治者，以隱喻

式的手法，抨擊了被病態審美觀包裹的深刻文化政治病態。

　　接著寫作者心疼於病梅，多方購買，開闢梅館收藏治療。「泣之三日」是為病梅，更是為天下遭受迫害與禁錮的人才掬一把同情悲悼之淚。於是「乃誓療之，縱之，順之。毀其盆，悉埋於地，解其棕縛，以五年為期，必復之全之」，透露出作者急於療救之心切，與賣梅求利之商人正反相照，而「誓」、「必」二字更是表現了作者斬釘截鐵、屹立不搖的決心。最後文情一轉，由決心療梅轉為抒發無可奈何的慨嘆，反映出社會積重難改，僅靠個人棉薄之力難以挽救，有志於世，然無力補天。

　　文人畫士喜賞病梅，投其所好的人如法炮製，到作者決心療梅，最後更點出心有餘而力不足，幾個轉折寫來跌宕有致，寓意深刻，感慨蒼涼，揭露且批判了當朝腐朽的思想統治以及壓制摧殘人才的罪惡，表達了改革社會政治，衝破黑暗獲取自由的強烈期盼。

問題討論

一、讀完本文，你有什麼感想？

二、殘梅、病梅的遭遇讓你聯想到什麼呢？

三、中國古代婦女的纏足和本文的病梅情況有何不同？

第六章、民國時期之散文選

本單元列舉：魯迅〈紀念劉和珍君〉、周作人〈故鄉的野菜〉、朱自清〈生命的價格～七毛錢〉、，以及梁遇春〈淚與笑〉等文章做說明：

21.〈紀念劉和珍君〉

內容導讀

「三一八」慘案是1926年北洋政府以武力鎮壓群眾運動一事。1926年3月12日，兩艘日本軍艦護衛奉系軍艦進入大沽口並攻擊國民軍，死傷十多人。國民軍隨即將日本軍艦逐出大沽口。事後日本聯合7國公使向北京政府發出「最後通牒」，要求拆除大沽口國防設施，並限48小時以內答覆，否則以武力相逼。北洋政府因態度過於軟弱，引起各界不滿。學生聯合會等團體共約5000多人於3月18日當天在天安門舉行「反對八國最後通牒的國民大會」，會後遊行隊伍在段祺瑞執政府門前廣場請願。雙方衝突中，執政府方首先開槍，導致47人死亡、200多人受傷。死者中即有當時的北京女子師範大學學生劉和珍[1]。而三一八下令開槍的到底是誰，至今仍舊眾說紛紜，多數人認為是段祺瑞，傅斯年認為是鹿鍾麟，還有人指出是當時總理賈德耀。

作者介紹

---

1. 劉和珍（公元 1904 年～1926 年）江西省南昌人，北京女子師範大學英文系學生。劉和珍 1926 年於三一八慘案中遇害。魯迅 1926 年在《語絲》刊物上發表散文〈紀念劉和珍君〉。

21. 紀念劉和珍君

周樹人（1881年～1936年），本名周樟壽，1898年改名為周樹人。浙江省紹興府會稽縣人。魯迅是周樹人最常用的筆名。他是中國現代最著名的文學家，對後世影響也最深。魯迅的作品有：小說、雜文、散文、翻譯作品等。1918年他在《新青年》雜誌上發表短篇白話小說《狂人日記》，1921年發表中篇小說《阿Q正傳》。他曾和周作人、錢玄同、林語堂等人共同創辦《語絲》周刊。魯迅在1927年至1936年這段期間創作了很多回憶性的散文與雜文，並且還翻譯及介紹外國的文學作品。1936年病逝於上海。

課文說明

【本文】中華民國十五年三月二十五日，就是國立北京女子師範大學為十八日在段祺瑞執政府前遇害的劉和珍楊德群兩君開追悼會的那一天，我獨在禮堂外徘徊，遇見程君，前來問我道，「先生可曾為劉和珍寫了一點什麼沒有？」我說「沒有。」她就正告我，「先生還是寫一點罷；劉和珍生前就很愛看先生的文章。」

這是我知道的，凡我所編輯的期刊，大概是因為往往有始無終之故罷，銷行一向就甚為寥落，然而在這樣的生活艱難中，毅然預定了《莽原》全年的就有她。我也早覺得有寫一點東西的必要了，這雖然於死者毫不相干，但在生者，卻大抵只能如此而已。倘使我能夠相信真有所謂「在天之靈」，那自然可以得到更大的安慰，～～但是，現在，卻只能如此而已。

可是我實在無話可說。我只覺得所住的並非人間。四十多個青年的血，洋溢在我的周圍，使我艱於呼吸視聽，那裡還能

有什麼言語？長歌當哭，是必須在痛定之後的。而此後幾個所謂學者文人的陰險的論調，尤使我覺得悲哀。我已經出離憤怒了。我將深味這非人間的濃黑的悲涼；以我的最大哀痛顯示於非人間，使它們快意於我的苦痛，就將這作為後死者的菲薄的祭品，奉獻於逝者的靈前。

真的猛士，敢於直面慘澹的人生，敢於正視淋漓的鮮血。這是怎樣的哀痛者和幸福者？然而造化又常常為庸人設計，以時間的流馳，來洗滌舊迹，僅使留下淡紅的血色和微漠的悲哀。在這淡紅的血色和微漠的悲哀中，又給人暫得偷生，維持著這似人非人的世界。我不知道這樣的世界何時是一個盡頭！

我們還在這樣的世上活著；我也早覺得有寫一點東西的必要了。離三月十八日也已有兩星期，忘卻的救主快要降臨了罷，我正有寫一點東西的必要了。

在四十餘被害的青年之中，劉和珍君是我的學生。學生云者，我向來這樣想，這樣說，現在卻覺得有些躊躇了，我應該對她奉獻我的悲哀與尊敬。她不是「苟活到現在的我」的學生，是為了中國而死的中國的青年。

她的姓名第一次為我所見，是在去年夏初楊蔭榆女士做女子師範大學校長，開除校中六個學生自治會職員的時候。其中的一個就是她；但是我不認識。直到後來，也許已經是劉百昭率領男女武將，強拖出校之後了，才有人指著一個學生告訴我，說：這就是劉和珍。其時我才能將姓名和實體聯合起來，心中卻暗自詫異。我平素想，能夠不為勢利所屈，反抗一廣有羽翼的校長的學生，無論如何，總該是有些桀驁鋒利的，但她卻常

21. 紀念劉和珍君

常微笑著，態度很溫和。待到偏安於宗帽胡同，賃屋授課之後，她才始來聽我的講義，於是見面的回數就較多了，也還是始終微笑著，態度很溫和。待到學校恢復舊觀，往日的教職員以為責任已盡，準備陸續引退的時候，我才見她慮及母校前途，黯然至於泣下。此後似乎就不相見。總之，在我的記憶上，那一次就是永別了。

我在十八日早晨，才知道上午有群眾向執政府請願的事；下午便得到噩耗，說衛隊居然開槍，死傷至數百人，而劉和珍君即在遇害者之列。但我對於這些傳說，竟至於頗為懷疑。我向來是不憚以最壞的惡意，來推測中國人的，然而我還不料，也不信竟會下劣兇殘到這地步。況且始終微笑著的和藹的劉和珍君，更何至於無端在府門前喋血呢？

然而即日證明是事實了，作證的便是她自己的屍骸。還有一具，是楊德群君的。而且又證明著這不但是殺害，簡直是虐殺，因為身體上還有棍棒的傷痕。

但段政府就有令，說她們是「暴徒」！

但接著就有流言，說她們是受人利用的。

慘象，已使我目不忍視了；流言，尤使我耳不忍聞。我還有什麼話可說呢？我懂得衰亡民族之所以默無聲息的緣由了。沉默呵，沉默呵！不在沉默中爆發，就在沉默中滅亡。

但是，我還有要說的話。

我沒有親見；聽說她，劉和珍君，那時是欣然前往的。自

然，請願而已，稍有人心者，誰也不會料到有這樣的羅網。但竟在執政府前中彈了，從背部入，斜穿心肺，已是致命的創傷，只是沒有便死。同去的張靜淑君想扶起她，中了四彈，其一是手槍，立仆；同去的楊德群君又想去扶起她，也被擊，彈從左肩入，穿胸偏右出，也立仆。但她還能坐起來，一個兵在她頭部及胸部猛擊兩棍，於是死掉了。

始終微笑的和藹的劉和珍君確是死掉了，這是真的，有她自己的屍骸為證；沉勇而友愛的楊德群君也死掉了，有她自己的屍骸為證；只有一樣沉勇而友愛的張靜淑君還在醫院裡呻吟。當三個女子從容地轉輾於文明人所發明的槍彈的攢射中的時候，這是怎樣的一個驚心動魄的偉大呵！中國軍人的屠戮婦嬰的偉績，八國聯軍的懲創學生的武功，不幸全被這幾縷血痕抹殺了。

但是中外的殺人者卻居然昂起頭來，不知道個個臉上有著血污⋯⋯。

時間永是流駛，街市依舊太平，有限的幾個生命，在中國是不算什麼的，至多，不過供無惡意的閒人以飯後的談資，或者給有惡意的閒人作「流言」的種子。至於此外的深的意義，我總覺得很寥寥，因為這實在不過是徒手的請願。人類的血戰前行的歷史，正如煤的形成，當時用大量的木材，結果卻只是一小塊，但請願是不在其中的，更何況是徒手。

然而既然有了血痕了，當然不覺要擴大。至少，也當浸漬了親族、師友、愛人的心，縱使時光流駛，洗成緋紅，也會在微漠的悲哀中永存微笑的和藹的舊影。陶潛說過，「親戚或餘

21. 紀念劉和珍君

悲，他人亦已歌，死去何所道，託體同山阿。」[2]倘能如此，這也就夠了。

我已經說過：我向來是不憚以最壞的惡意來推測中國人的。但這回卻很有幾點出於我的意外。一是當局者竟會這樣地凶殘，一是流言家竟至如此之下劣，一是中國的女性臨難竟能如是之從容。

我目睹中國女子的辦事，是始於去年的，雖然是少數，但看那幹練堅決，百折不回的氣概，曾經屢次為之感嘆。至於這一回在彈雨中互相救助，雖殞身不恤的事實，則更足為中國女子的勇毅，雖遭陰謀秘計，壓抑至數千年，而終於沒有消亡的明證了。倘要尋求這一次死傷者對於將來的意義，意義就在此罷。

苟活者在淡紅的血色中，會依稀看見微茫的希望；真的猛士，將更奮然而前行。

嗚呼，我說不出話，但以此紀念劉和珍君！

課文賞析

本文不僅寄託著作者對劉和珍的沉痛哀輓，也披露了作者對當局的強烈抨擊，熔記敘、議論、抒情三者為一爐，使文章具有強烈的感染力和高度的說服力。

---

2. 語出陶淵明〈輓歌・其三〉：「荒草何茫茫，白楊亦蕭蕭。嚴霜九月中，送我出遠郊。四面無人居，高墳正嶕嶢。馬為仰天鳴，風為自蕭條。幽室一已閉，千年不復朝。千年不復朝，賢達無奈何！向來相送人，各自還其家。親戚或餘悲，他人亦已歌。死去何所道，託體同山阿。」

文章開頭，程君問「可曾為劉和珍寫了一點什麼沒有」，勾起了作者對烈士的哀思，一再地提到自己「有寫一點東西的必要」，表達出其欲語還休的沉痛。「我只覺得所住的並非人間。四十多個青年的血，洋溢在我的周圍，使我艱於呼吸視聽，那裏還能有什麼言語？」形象地勾勒了自己的沉鬱悲痛，具體地描繪了「非人間」的景象。

　　細節描繪生動流暢，似親臨現場，如第五段劉和珍、張靜淑、楊德群前仆後繼、殞身不恤，極盡細膩刻畫之能事，敘述子彈「從背部入，斜穿心肺，已是致命的創傷」，於是張靜淑「想扶起她，中了四彈，其一是手槍」，楊德群見狀「又想去扶起她，也被擊，彈從左肩入，穿胸偏右出，也立仆」，最後「一個兵在她頭部及胸部猛擊兩棍，於是死掉了」，整個過程有如電影畫面一般，栩栩如生地將一個驚心動魄的血腥場面展現在讀者面前。

　　文章適切的運用了比喻、反復、對比、反襯的手法，遣詞用字精鍊，鮮明生動，妙手點染，卻了無斧鑿痕跡，於細微處可見真情。

問題討論

一、讀完本文，你有什麼感想？

二、劉和珍為什麼要去請願？

三、你會為了人權、自由或國家主權而犧牲生命嗎？為什麼？

四、本文作者描述劉和珍「始終微笑著，態度很溫和」類似的字句，出現多次，其用意為何？

22.〈故鄉的野菜〉

內容導讀

　　本文選自《周作人文選》。內容描述幾種作者故鄉常見的野菜，蘊含作者對故鄉深摯的眷戀情感。本文表面上是詠物，實際上卻無處不在寫作者的思鄉之情。文中引用兒童歌謠，讀來令人覺得親切有味。

作者介紹

　　周作人（1885年～1967年），本名櫆壽[1]，字星杓，又名啟明、啟孟、起孟，是魯迅的二弟，浙江紹興人。中國現代著名散文家、評論家及翻譯家，曾任《語絲》周刊主編和撰稿人。他撰寫的《魯迅的故家》、《魯迅的青年時代》、《魯迅小說裡的人物》等文章，為研究魯迅提供了很多珍貴的史實資料。著有：上述及《瓜豆集》、《永日集》、《自己的園地》、《木片集》等書；譯作有：《路吉阿諾斯對話集》、《希臘擬曲》、《財神》、《希臘神話》、《伊索寓言》、《古事記》、《狂言選》、《枕草子》等書。

課文說明

　　【本文】我的故鄉不止一個，凡我住過的地方都是故鄉。故鄉對於我並沒有什麼特別的情分，只因釣於斯游於斯的關係，朝夕會面，遂成相識，正如鄉村裡的鄰舍一樣，雖然不是親屬，別後有時也要想念到他。我在浙東住過十幾年，南京東京都住過六年，這都是我的故鄉，現在住在北京，於是北京就

1.後改名為奎綬。

成了我的家鄉了。

　　日前我的妻往西單市場買菜回來，說起有薺菜在那裡賣著，我便想起浙東的事來。薺菜是浙東人春天常吃的野菜，鄉間不必說，就是城裡只要有後園的人家都可以隨時采食，婦女小兒各拿一把剪刀一只「苗籃²」，蹲在地上搜尋，是一種有趣味的遊戲的工作。那時小孩們唱道：「薺菜馬蘭頭³，姊姊嫁在後門頭。」後來馬蘭頭有鄉人拿來進城售賣了，但薺菜還是一種野菜，須得自家去采。關于薺菜向來頗有風雅的傳說，不過這似乎以吳地⁴為主。《西湖游覽志》⁵云：「三月三日男女皆戴薺菜花。諺云：三春戴薺花，桃李羞繁華。」顧祿的《清嘉錄》⁶上亦說：「薺菜花俗呼野菜花，因諺有三月三螞蟻上灶山之語，三日人家皆以野菜花置灶陘⁷上，以厭蟲蟻。侵晨村童叫賣不絕。或婦女簪髻上以祈清目，俗號眼亮花。」但浙東人卻不很理會這些事情，只是挑來做菜或炒年糕吃罷了。黃花麥果通稱鼠麴草⁸，系菊科植物，葉小微圓互生，表面有白毛，花黃色，簇生梢頭。春天採嫩葉，搗爛去汁，和粉作糕，稱黃花麥果糕。小孩們有歌讚美之云：

　　　「黃花麥果韌結結⁹，關得大門自要吃：半塊拿弗出，一塊

---

2. 苗籃：竹皮編成的籃子。
3. 馬蘭頭：野菜名，可食用。秋天開深紫花，又稱雞兒腸、紫菊、馬蘭等。
4. 吳地：一般指江蘇，此處指浙西。
5. 《西湖遊覽志》：明田汝成撰，共二十四卷。另有志餘二十六卷。
6. 《清嘉錄》：顧祿著，書中記吳中歲時土俗。
7. 灶陘：作為灶邊承器物的用途。陘：ㄒㄧㄥˊ，灶的邊緣。
8. 鼠麴草：全株密被白色綿毛，春夏間開筒狀黃花，又稱米麴、鼠耳、茸母等。
9. 韌結結：堅韌的樣子。

22. 故鄉的野菜

自要吃。」

　　清明前後掃墓時，有些人家大約是保存古風的人家用黃花麥果作供，但不作餅狀，做成小顆如指頭大，或細條如小指，以五六個作一攢[10]，名曰繭果，不知是什麼意思，或因蠶上山時[11]設祭，也用這種食品，故有是稱，亦未可知。自從十二三歲時外出不參與外祖家掃墓以後，不復見過繭果，近來住在北京，也不再見黃花麥果的影子了。日本稱作「御形」，與薺菜同為春天的七草[12]之一，也採來做點心用，狀如艾餃，名曰「草餅[13]」，春分前後多食之，在北京也有，但是吃去總是日本風味，不復是兒時的黃花麥果糕了。掃墓時候所常吃的還有一種野菜，俗稱草紫，通稱紫雲英[14]。農人在收穫後，播種田內，用作肥料，是一種很被賤視的植物，但采取嫩莖瀹食[15]，味頗鮮美，似豌豆苗。花紫紅色，數十畝接連不斷，一片錦綉，如鋪著華美的地毯，非常好看，而且花朵狀若蝴蝶，又如雞雛，尤為小孩所喜。間有白色的花，相傳可以治痢。很是珍重，但不易得。日本《俳句大辭典》云：「此草與蒲公英同是習見的東西，從幼年時代便已熟識，在女人裡邊，不曾採過紫雲英的人，恐未必有罷。」中國古來沒有花環，但紫雲英的花球卻是小孩常玩的東西，這一層我還替那些小人們欣幸的。浙東掃墓用鼓

10.攢：聚集。這裡指一把、一束之意。攢：音ㄘㄨㄢˊ。
11.蠶上山時：即蠶作繭的時候。
12.春天的七草：日本春天七草指：芹、薺、鼠麴草、蘩蔞、稻槎菜、菘、蘿蔔。
13.草餅：日本習俗：三月雛祭時供草餅。草餅多以艾或蒿草為餡，外裹糯米皮。
14.紫雲英：豆科，又稱翹搖、野蠶豆。莖匍匐於地，春天開紫紅色的花。
15.瀹食：煮來食用，瀹：煮，ㄩㄝˋ。

吹，所以少年常隨了樂音去看「上墳船裡的姣姣[16]」；沒有錢的人家雖沒有鼓吹[17]，但是船頭上蓬窗下總露出些紫雲英和杜鵑的花束，這也就是上墳船的確實的證據了。

課文賞析

本文表面上描寫故鄉幾種平淡無奇的野菜，藉由妻子買菜歸來不經意的一句話勾起作者的兒時記憶與故鄉趣事，蘊含著對故鄉眷戀之情。

首段作者佯裝不在意的說：「我的故鄉不止一個，凡我住過的地方都是故鄉。」看似豁達，實則處處充滿懷念。次段妻子由市集買菜歸來，不經意的一句話為引子，帶出了下文的三種野菜：薺菜、黃花麥果、紫雲英，用白描的手法精細的介紹了故鄉的野菜，包括它們的形狀、特點、俗名、學名、用途以及文獻的記載。敘寫婦女、孩童採拾薺菜和後園戲耍的樂趣，描繪了清明祭祖掃墓時作供的黃花麥果與常吃的紫雲英。寫黃花麥果時說：「自從十二三歲時外出不參與外祖家掃墓以後，不復見過繭果。」即使日後在北京吃到了，也「總是日本風味，不復是兒時的黃花麥果糕了。」寫紫雲英時又說：「但紫雲英的花球卻是小孩常玩的東西，這一層我還替那些小人們欣幸的。」故鄉的一草一木，並未隨著年歲增長而消逝，反而更加鮮明，薺菜、黃花菜和紫雲英從記憶的深層漸次浮現了。文末以少年常隨鼓吹樂音和船頭蓬窗下露出的紫雲英、杜鵑花，追

16.鼓吹：浙東習俗，掃墓時演奏的音樂。
17.上墳船裡的姣姣：越俗三月掃墓，男女皆盛服靚妝，畫船簫鼓如杭州人遊湖，即是上墳船。姣：美好，ㄐㄧㄠ。姣姣，此處指紫雲英。

22. 故鄉的野菜

看「上墳船裡的姣姣」作結，饒有一番趣味。

　　筆下是故鄉的野菜，勾勒的實是心頭的深層鄉思，欣賞與讚美越多，遺憾與依戀越深，這份思情也就越發綿遠。全文無一「情」字，亦無抒情筆致，藉著對故鄉三種野菜饒有趣味的追憶，鄉間的風俗、幾句俏皮話，平白樸素的言語隱匿了沉甸甸的深摯思念。

　　文中雜引甚多，涉獵廣博，雅俗並蓄，相互參照，鎔鑄自然，不著痕跡，親切有味，可以細品周作人散文的獨特韻致。

問題討論

一、你的故鄉在什麼地方？有沒有讓你懷念的人、事、物？

二、你對家鄉的印象是什麼？

三、說到家鄉，你會聯想到什麼？

23.〈生命的價格～七毛錢〉

內容導讀

　　本文選自《我們的七月》，內容描述作者看到一個五歲的孩子被兄嫂用七毛錢賣給一個糊塗的夥計，他推想女孩兄嫂賣她時的情景及設想她將來可能的命運：被賣作丫頭、妾甚至於被賣入妓院的命運，不禁感慨萬千。

　　朱自清散文也常書寫當時社會諸多不合理的現象，他關愛、悲憫弱小的生命，在他的文章中常反映出作者心裡的沉重，如本篇所談的關於買賣「人」的現象。

作者介紹

　　朱自清（1898年～1948年），本名自華，字佩弦，號秋實，後改名為自清。祖籍浙江紹興，生於江蘇省東海縣。朱自清是中國現代散文作家。他就讀北京大學時，是新潮社的成員，曾參與五四運動。朱自清的散文以描寫見長，他用樸實自然的語言，於敘述中寄寓深摯真實的情感。他的散文種類多樣，有隨筆、遊記、雜感等；或敘事以言情，或寫物以繪景，評時議勢皆自然流暢，風格樸實、感情真摯。

課文說明

　　【本文】生命本來不應該有價格的；而竟有了價格！人口販子、老鴇，以至近來的綁票土匪，都就他們的所有物，標上參差的價格，出賣於人；我想將來或許還有公開的人市場呢！在種種「人貨」裡，價格最高的，自然是土匪們的票了，少則

23. 生命的價格---七毛錢

成千,多則成萬;大約是有歷史以來,「人貨」的最高的行情了。其次是老鴇們所有的妓女,由數百元到數千元,是常常聽到的。最賤的要算是人口販子的貨色!他們所有的,只是些男女小孩,只是些「生貨」,所以便賣不起價錢了。

　　人口販子只是「仲買人」,他們還得取給於「廠家」,便是出賣孩子們的人家。「廠家」的價格才真是道地呢!《青光》裡曾有一段記載,說三塊錢買了一個丫頭;那是移讓過來的,但價格之低,也就夠令人驚詫了!「廠家」的價格,卻還有更低的!三百錢、五百錢買一個孩子,在災荒時不算難事,但我不曾見過。我親眼看見的一條最賤的生命,是七毛錢買來的!這是一個五歲的女孩子。一個五歲的「女孩子」賣七毛錢,也許不能算是最賤;但請您細看:將一條生命的自由和七枚小銀元各放在天平的一個盤裡,您將發現,正如九頭牛與一根牛毛一樣,兩個盤兒的重量相差實在太遠了!

　　我見這個女孩,是在房東家裡。那時我正和孩子們吃飯;妻走來叫我看一件奇事,七毛錢買來的孩子!孩子端端正正的坐在條凳上;面孔黃黑色,但還豐潤,衣帽也還整潔可看。我看了幾眼,覺得和我們的孩子也沒有什麼差異;我看不出她的低賤的生命的符記～如我們看低賤的貨色時所容易發現的符記。我回到自己的飯桌上,看看阿九和阿菜,始終覺得和那個女孩沒有什麼不同。但是,我畢竟發現真理了!我們的孩子所以高貴,正因為我們不曾出賣他們,而那個女孩所以低賤,正因為她是被出賣的;這就是她只值七毛錢的緣故了!呀,聰明的真理!妻告訴我這孩子沒有父母,她哥嫂將她賣給房東家姑爺開的銀匠店裡的夥計,便是帶著她吃飯的那個人。他似乎沒

有老婆，手頭很窘的，而且喜歡喝酒，是一個糊塗的人！我想這孩子父母若還在世，或者還捨不得賣她，至少也要遲幾年賣她；因為她究竟是可憐可憐的小羔羊。到了哥嫂的手裡，情形便不同了！家裡總不寬裕，多一張嘴吃飯，多費些布做衣，是顯而易見的。將來人大了，由哥嫂賣出，究竟是為難的；說不定還得找補些兒，才能送出去。這可多麼冤呀！不如趁小的時候，誰也不注意，做個人情，送了乾淨！您想，溫州不算十分窮苦的地方，也沒碰著大荒年，幹什麼得了七個小毛錢，就心甘情願的將自己的小妹子捧給人家呢？說等錢用？誰也不信！七毛錢了得什麼急事！溫州又不是沒人買的！大約買賣兩方本來相知；那邊恰要個孩子頑兒，這邊也樂得出脫，便半送半賣的含糊定了交易。我猜想那時夥計向袋裡一摸一股腦兒掏了出來，只有七毛錢！哥哥原也不指望著這筆錢用，也就大大方方收了完事。於是財貨兩交，那女孩便歸夥計營業了。

　　這一筆交易的將來，自然是在運命手裡；女兒本姓「碰」，由她去碰吧了；但可知的，運命決不加惠於她！第一幕的戲已啟示於我們了！照妻所說，那夥計必無這樣耐心，撫養她成人長大！他將像豢養小豬一樣，等到相當的肥壯的時候，便賣給屠戶，任他宰割去；這其間他得了賺頭，是理所當然的！但屠戶是誰呢？在她賣做丫頭的時候，便是主人！「仁慈的」主人只宰割她相當的勞力，如養羊而剪它的毛一樣。到了相當的年紀，便將她配人。能夠這樣，她雖然被擲在丫頭坯裡，卻還算不幸中之幸哩。但在目下這錢世界裡，如此大方的人究竟是少的；我們所見的，十有六七是刻薄人！她若賣到這種人手裡，他們必搾榨她過量的勞力。供不應求時，便罵也來了，打也來

23. 生命的價格--七毛錢

了！等她成熟時，卻又好轉賣給人家作妾；平常捃搾的不夠，這兒又找補一個尾子！偏生這孩子模樣兒又不好；入門不能得丈夫的歡心，容易遭大婦的凌虐，又是顯然的！她的一生，將消磨於眼淚中了！也有些主人自己收婢作妾的；但紅顏白髮，也只空斷送了她的一生！和前例相較，只是五十步與百步而已。～更可危的，她若被那夥計賣在妓院裡，老鴇才真是個令人肉顫的屠戶呢！我們可以想到：她怎樣逼她學彈學唱，怎樣驅遣她去做粗活！怎樣用籐筋打她,用針刺她！怎樣督責她承歡賣笑！她怎樣吃殘羹冷飯！怎樣打熬著不得睡覺！怎樣終於生了一身毒瘡！她的相貌使她只能做下等妓女；她的淪落風塵是終生的！她的悲劇也是終生的！～唉！七毛錢竟買了你的全生命～你的血肉之軀竟抵不上區區七個小銀元麼！生命真太賤了！生命真太賤了。

因此想到自己的孩子的運命，真有些膽寒！錢世界裡的生命市場存在一日，都是我們孩子的危險！都是我們孩子的侮辱！您有孩子的人呀，想想看，這是誰之罪呢？這是誰之責呢？

課文賞析

本文帶有深刻的批判性，雖細緻沉著，卻隱藏著絲絲的激憤抑鬱。

內容描述作者看到一個五歲的女孩子,被兄嫂用七毛錢賣給一個糊塗的夥計，他推想女孩兄嫂賣她時的情景及設想她將來可能的命運：被賣作丫頭、妾甚至於被賣入妓院的命運，不禁感慨萬千。

文章開頭明言：「生命本來不應該有價格的；而竟有了價格！」表現了對世道不公的憤慨。作者在敘述中表現了對被賣女孩的同情，並揭露了社會的黑暗面，雖不乏議論，但動之以情，而非以強硬的邏輯推理咄咄逼人。當他聽聞女孩將被買賣時，腦海中立即浮現自己的孩子，情不自禁的兩相對照，覺得之間並沒有太大的差別，「我看了幾眼，覺得和我們的孩子也沒有什麼差異；看不出她的低賤的生命的符記」，引出「我們的孩子所以高貴，正因為我們不曾出賣他們，而那個女孩所以低賤，正因為她是被出賣的；這就是她只值七毛錢的緣故了！」由己及人的角色置換，使人反思問題對自身的影響。「您有孩子的人呀，想想看，這是誰之罪呢？這是誰之責呢？」最後以詰問作結，發人深省。

問題討論

一、除了本文所說的情況之外，你能舉出世界上還有哪些地區、國家正在或曾經發生相似的事嗎？臺灣有沒有？

二、讀完本文，你有什麼感想？

三、一個人的生命能否用金錢來衡量？為什麼？

4. 淚與笑

24.〈淚與笑〉

內容導讀

　　本文選自《淚與笑》。作者認為笑與淚是對人生最直接的反應。文章舉出幾種笑：冷笑、失笑、苦笑等；幾種淚：傷逝的清淚、同情的淚、存亡慣見渾無淚等來說明其中的苦況，在淚與笑中蘊涵著作者對人生及生活的吟味，呈現出深厚的情感。

作者介紹

　　梁遇春（1906年～1932年），福建閩侯人，中國現代散文家。梁於1924年進入北京大學英文系，1928年畢業後曾在上海暨南大學任教，後返回北京大學圖書館工作。1926年開始，陸續在《語絲》、《現代文學》、《新月》等刊物上發表作品。後因染急性猩紅熱去世。著有《春醪集》和《淚與笑》，翻譯作品有《英國詩歌選》、《草原上》、《紅花》、《吉姆爺》等。

課文說明

　　【本文】匆匆過了二十多年，我自然也是常常哭，常常笑，別人的啼笑也看過無數回了。可是我生平不怕看見淚，自己的熱淚也好，別人的嗚咽也好；對於幾種笑我卻會驚心動魄，嚇得連呼吸都不敢大聲，這些怪異的笑聲，有時還是我親口發出的。當一位極親密的朋友忽然說出一句冷酷無情冰一般的冷話來，而且他自己還不知道他說的會使人心寒，這時候我們只好哈哈哈莫名其妙地笑了，因為若使不笑，叫我們怎麼樣好呢？我們這個強笑或者是出於看到他真正的性格（他這句冷語所顯露的）和我們先前所認為的他的性格的矛盾，或者是我們要勉強這麼一笑來表示我們是不會給他的話所震動，我們自己另有

一個超乎一切的生活,他的話是不能損壞我們於毫髮的,或者⋯⋯但是那時節我們只覺到不好不這麼大笑一聲,所以才笑,實在也沒有閒暇去仔細分析自己了。當我們心裡有說不出的苦痛纏著,正要向人細訴,那時我們平時尊敬的人卻用個極無聊的理由(甚至於最卑鄙的)來解釋我們這穿過心靈的悲哀,看到這深深一層的隔膜,我們除開無聊賴地破涕為笑,還有什麼別的辦法嗎?有時候我們倒楣起來,整天從早到晚做的事沒有一件不是失敗的,到晚上疲累非常,懊惱萬分,悔也不是,哭也不是,也只好咽下眼淚,空心地笑著。我們一生忙碌,把不可再得的光陰消磨在馬蹄輪鐵,以及無謂敷衍之間,整天打算,可是自己不曉得為甚麼這麼費心機,為了要活著用盡苦心來延長這生命,卻又不覺得活著到底有何好處,自己並沒有享受生活過,總之黑漆一團活著,夜闌人靜,回頭一想,那能夠不吃吃地笑,笑時感到無限的生的悲哀。就說我們淡於生死了,對於現世界的厭煩同人事的憎惡還會像毒蛇般蜿蜒走到面前,纏著身上,我們真可說倦於一切,可惜我們也沒有愛戀上死神,覺得也不值得花那麼大勁去求死,在此不生不死心境裡,只見傷感重重來襲,偶然掙些力氣,來歎幾口氣,歎完氣免不了失笑,那笑是多麼酸苦的。這幾種笑聲發自我們的口裡,自己聽到,心中生個不可言喻的恐怖,或者又引起另一個鬼似的獰笑。若使是由他人口裡傳出,只要我們探討出它們的源泉,我們也會惺惺惜惺惺而心酸,同時害怕得全身打顫。此外失望人的傻笑,下頭人挨了罵對於主子的陪笑,趾高氣揚的熱官對於貧賤故交的冷笑,老處女在他人結婚席上所呈的乾笑,生離永別時節的苦笑～這些笑全是「自然」跟我們為難,把我們弄得沒有辦法,我們承認失敗了的表現,是我們心靈的堡壘下面刺目的降旛。莎士比亞[1]的妙句「對著悲哀微笑」(smiling at grief)說

---

1. 莎士比亞:威廉・莎士比亞(William Shakespeare,公元1564年4月

4. 淚與笑

盡此中的苦況。拜倫[2]在他的傑作「DonJuan」裡有二句：

「Ofalltales'tisthesaddest～andmoresad，」

「Becauseitmakesussmile.」

這兩句是我愁悶無聊時所喜歡反覆吟誦的，因為真能傳出「笑」的悲刻的情調。

淚卻是肯定人生的表示。因為生活是可留戀的，過去是春天的日子，所以才有傷逝的清淚。若使生活本身就不值得我們的一顧，我們那裡會有惋惜的情懷呢？當一個中年婦人死了丈夫時候，她嚎咷地大哭，她想到她兒子這麼早失丟了父親，沒有人指導，免不了傷心流淚，可是她隱隱地對於這個兒子有無窮的慈愛同希望。她的兒子又死了，她或者會一聲不響地料理喪事，或者發瘋狂笑起來，因為她已厭倦於人生，她微弱的心已經麻木死了。我每回看到人們的流淚，不管是失戀的刺痛，或者喪親的悲哀，我總覺人世真是值得一活的。眼淚真是人生的甘露。當我是小孩時候，常常覺得心裡有說不出的難過，故意去臆造些傷心事情，想到有味時候，有時會不覺流下淚來，那時就感到說不出的快樂。現在卻再尋不到這種無根的淚痕了。哪個有心人不愛看悲劇，亞里士多德所說的淨化的不錯。我們精神所糾結鬱積的悲痛隨著臺上的悽慘情節發出來，哭泣之後我們有形容不出的快感，好似精神上吸到新鮮空氣一樣，我們的心靈忽然間呈非常健康的狀態。Gogol的著作人們都說

～1616 年 5 月 3 日），是英國文學史、戲劇史和西方文藝史上最傑出的詩人和劇作家之一，被譽為英國的民族詩人和「吟遊詩人」。他的作品包括劇本、十四行詩、敘事詩和其他詩作等。

2.拜倫：喬治・戈登・拜倫（George Gordon Byron，1788 年 1 月 22 日～1824 年 4 月 19 日），英國詩人、作家，浪漫主義文學作家。世襲男爵，人稱「拜倫勳爵」（Lord Byron）。於 1824 年因瘧疾死於希臘。

是笑裡有淚，實在正是因為後面有看不見的淚，所以他小說會那麼詼諧百出，對於生活處處有回甘的快樂。中國的詩詞說高興賞心的事總不大感人，談愁語恨卻是易工，也由於那些怨詞悲調是淚的結晶，有時會逗我們灑些同情的淚，所以亡國的李後主[3]，感傷的李義山[4]始終是我們愛讀的作家。天下最愛哭的人莫過於懷春的少女和在情海中翻身的青年，可是他們的生活是最有力，色彩最濃，最不虛過的生活。人到老了，生活力漸漸消磨盡了，淚泉也枯了，剩下的只是無可無不可那種行將就木的心境和好像慈祥實在是生的疲勞所產生的微笑～我所怕的微笑。十八世紀初期浪漫派詩人格雷在他「OnaDistantProspectofEtonCollege」裡說：

流下也就忘記了的淚珠，

那是照耀心胸的陽光。

「Thetearforgotassoonasshed，

Thesunshineofthebreast.」

這些熱淚只有青年才會有，它是同青春的幻夢同時消滅的，淚盡了，個個人心裡都像蘇東坡所說的「存亡慣見渾無淚」

---

3. 李後主：李煜（公元 937 年～978 年），本名從嘉，字重光，號鐘山隱士、鍾峰隱者、白蓮居士、蓮峰居士等。南唐的末代君主，祖籍徐州。李煜在南唐滅亡後被北宋俘虜，政治上無成就，卻善工詞，被譽為詞中之帝。

4. 李義山：李商隱（約公元 812 年或 813～858 年），字義山，號玉谿生、樊南生。晚唐詩人。原籍河內懷州（今河南沁陽）。他和杜牧合稱「小李杜」，與溫庭筠合稱為「溫李」，與同時期的段成式、溫庭筠風格相近，且都在家族裡排行第 16，故並稱為「三十六體」。

4. 淚與笑

⁵那樣的冷淡了，墳墓的影已染著我們的殘年。

課文賞析

本文透露淚與笑是對人生最直接的反應，情感彼此糾纏，共同豐富了人生。

文中首先詳寫了幾種笑：苦笑、失笑、冷笑、傻笑、獰笑等。「當一位極親密的朋友忽然說出一句冷酷無情冰一般的冷話來」只好摸摸鼻子「莫名其妙地笑」；感到心中百般苦痛時，「我們平時尊敬的人卻用個極無聊的理由（甚至於最卑鄙的）來解釋我們這穿過心靈的悲哀」，於是也只能「除開無聊賴地破涕為笑」。整日倒楣疲累懊惱，做何反應都不是，便「空心地笑著」；一生忙碌得無法享受人生，「夜闌人靜，回頭一想，哪能夠不吃吃地笑，笑時感到無限的生的悲哀」？厭倦傷感一切，「來歎幾口氣，歎完氣免不了失笑，那笑是多麼酸苦的」。這幾種笑聲，若從自己口中說出，則「心中生個不可言喻的恐怖。或者又引起另一個鬼似的獰笑。」若出於他人口中，則「我們也會惺惺惜惺惺而心酸，同時害怕得全身打顫。」接著作者又簡列了其他的「笑」：「此外失望人的傻笑，下頭人挨了罵對於主子的陪笑，趾高氣揚的熱官對於貧賤故交的冷笑，老處女在他人結婚席上所呈的乾笑，生離永別時節的苦笑」，以莎士比亞之妙語「對著悲哀微笑」和拜倫之詩作結：「Of all tales 't is the saddest～and more sad, Because it makes us smile.」，內心熾烈的情感透過笑的行為方式在現實中凝結，「是我們心靈的堡壘下面刺目的降旛」。

5.存亡慣見渾無淚：語出蘇東坡詩〈過永樂文長老已卒〉：「初驚鶴瘦不可識，旋覺雲歸無處尋。三過門間老病死。一彈指頃去來今。存亡慣見渾無淚，鄉井難忘尚有心。欲向錢塘訪圓澤，葛洪川畔待秋深。」

相較於笑，淚的部分即給予讚頌，迸出了一句「眼淚真是人生的甘露」。孩提時當心中有說不出的難過，便會臆造些傷心事而掉淚，並感到說不出的快樂。有心人愛看悲劇故事，「精神所糾結鬱積的悲痛隨著臺上的悽慘情節發出來」，中國詩詞的「怨詞悲調是淚的結晶，有時會逗我們灑些同情的淚，所以亡國的李後主，感傷的李義山，始終是我們愛讀的作家。」而「天下最愛哭的人莫過於懷春的少女和在情海中翻身的青年。」那是因為他們對生活還有熱情與追求，直到這段美妙的歲月逐漸逝去了，「生活力漸漸消磨盡了，淚泉也枯了，剩下的只是無可無不可那種行將就木的心境和好像慈祥實在是生的疲勞所產生的微笑～我所怕的微笑。」於是成了作者最感沉痛的面容。作者提出浪漫派詩人格雷在「OnaDistantProspectofEtonCollege」的話為此段作結：「流下也就忘記了的淚珠，那是照耀心胸的陽光。」熱淚是只有「懷春的少女」、「情海中翻身的青年」才擁有的陽光，隨著美妙青春的逝去而幻滅。

最後以蘇東坡「存亡慣見渾無淚」作結，「墳墓的影已染著我們的殘年」，「淚」進一步深化為生命奮發的動力，人生的甜美甘露。

本文以正反面論述，舉例適切，引經據典，隨著作者的娓娓道來，展現了其對於生活的吟味咀嚼，理中帶情，情中有理。

問題討論

一、讀完本文，你有什麼感想？

二、你認為笑與淚之間有何關聯？為什麼？

三、關於哭和笑，請舉出一次你印象最深刻的事件，試說明之。

肆

練習篇

本單元之用意,則在於讓讀者檢視習修本課程的成果,並藉由授課教師之批閱而產生雙方互動討論的效果,以提高人生的境界。

題目:請以自由發揮方式,試撰寫一篇散文文章。

> 國家圖書館出版品預行編目資料
>
> 中國散文卷／蔡輝振　編著～二版～
> 臺中市：天空數位圖書　2025.08
> 面：17 x 23 公分
> ISBN：978-626-7576-25-0（平裝）
> 1.CST：國文科　2.CST：讀本
> 836　　　　　　　　　　　　　　　　　　114011035

書　　　名：中國散文卷
發 行 人：蔡輝振
出 版 者：天空數位圖書有限公司
作　　　者：蔡輝振
版面編輯：採編組
美工設計：設計組
出版日期：2025年8月（二版）
銀行名稱：合作金庫銀行南臺中分行
銀行帳戶：天空數位圖書有限公司
銀行帳號：006～1070717811498
郵政帳戶：天空數位圖書有限公司
劃撥帳號：22670142
定　　　價：新臺幣480元整
電子書發明專利第 I 306564 號
※如有缺頁、破損等請寄回更換　　　　　版權所有請勿仿製

服務項目：個人著作、學位論文、學報期刊等出版印刷及DVD製作
影片拍攝、網站建置與代管、系統資料庫設計、個人企業形象包裝與行銷
影音教學及技能檢定系統建置、多媒體設計、電子書製作及客製化等
TEL　：(04)22623893　　MOB：0900602919
FAX　：(04)22623863
E-mail：familysky@familysky.com.tw
Https ://www.familysky.com.tw/
地　址：台中市南區忠明南路 787 號 30 樓國王大樓
No.787-30, Zhongming S. Rd., South District, Taichung City 402, Taiwan (R.O.C.)